散り花

Ryushi Nakagami
中上竜志

日本経済新聞出版

散り花

装幀　間村俊一
装画　北林研二

1

和食を好むようになった。

三十を過ぎてからのことだ。躰は健康で、成人病の兆候も、肉体的な衰えも感じたことはなかった。単に、年齢による味覚の変化だと思っていた。

それまでは、栄養のバランスなど気にしたことがなかった。太らない体質もあったが、好きなだけ食い、人が呆れるほど飲んだ。

職業的な矜持がなかったと言えば嘘になる。しかし、根底にあったのは見栄よりもむしろ肉体を維持できないことへの恐怖心だった。

食えば強くなる。それが本気で信じられていた時代にこの世界に入った。根拠のない根性論を強いられた最後の世代でもある。

若い頃は、食うことが苦痛だった。体重が増えないでいると、血反吐を吐くような練習の後に、尋常でない量の食事を課せられた。背後には竹刀を持ったコーチがおり、吐き出せば竹刀で打たれ、はじめから食わされる。ある意味、練習よりも過酷だった。

しごきではなく、相手が真剣だったからこそ性質《たち》が悪かった。外の常識は通用しなかった。いくら腕っぷしに自信があろうと、そんなものは入門した初日に完膚なきまでに叩き潰される。化物の世界で生きていくには、自分もまた化物になるしかなかった。それが唯一の術だった。

結果として頑丈な躰ができあがった。しかし、三十を過ぎた頃、ふと思った。苦労して作り上げたこの躰は、いったいなにを生み出したのか。

それを自問したときから、自分の裡でなにかが変わった。次第に食事の量も、酒量も減った。自分でも気づかぬまま、倦んでいたのだろう。それ以上に、稼業への熱が冷めていた。肉体を維持できない恐怖心はいつしか消えていた。

キッチンから魚を焼く匂いがした。

食卓にはすでに小鉢に盛られた料理が何品か並んでいる。

「昨日、徳島のお母さんから、すだちが届いたの」

「それで秋刀魚か」

「もう食べた？」

「いや、初物だ」

「よかった」

二週間ぶりの自宅だった。

東北から関東へ下る旅。短いものだった。昔は一月近い巡業がざらだったが、いまでは長くても三週間を超えることはない。

経費削減のためで、巡業は小型化し、移動距離も泊まりも減った。羽振りのいい時代は一泊していたものが、いまでは当然のように深夜でも移動する。

前夜も、宇都宮での試合後にバスで帰京した。一日のオフを挟んで最終戦は東京である。オフを自宅で過ごせるため選手に文句はなかったが、それでも解散したのは深夜だった。

立花は、グラスに注いだビールを飲み干した。練習後は一本だけ飲む。そう決めていた。決めているだけで、飲もうと思えばいくらでも飲める。

選手としての自分に見切りをつけてから体重は落ちた。食事の量が減ったのだから当然だが、練習は普段決めているメニューを楽にこなせた。試合も問題なかった。

それどころか、躰が軽くなった分、動きがよくなった。無意識のうちに練習にも力が入った。たった一ヶ月でそれまで百十キロ前後あったウエイトは、百キロを切っていた。

さらに二ヶ月目には、体重計は九十二キロを示した。

プロレスには階級があり、百キロ以上のヘビー級と、それ以下のジュニアヘビー級とに分かれ、試合を別にしている。試合ごとに計量があるわけではなく、自己申告制のため、実際は公式発表より重い選手はざらにいるが、逆の例は稀だった。

ジュニアヘビー級の体重を見て、ヘビー級のなかで試合をこなせるのかという不安が生じた。すでに二十キロ近い減量をしていたのだ。もともと、ヘビー級では軽量だった。しかし、力は落ちておらず、瞬発力とスタミナは明らかに向上していた。それは新鮮な感覚だった。

その頃から、なにか特別な練習をしているのか、とよく訊かれるようになった。癌だというほかに、総合格闘技に転向するらしいという噂さえ立った。笑うしかなかった。選手としての自分に見切りをつけただけなのだ。

しかし、予期していなかった問題が生じた。まるで、それまで両手足に重りをつけて試合に臨んでいたかのように躰は軽く、相手に合わせて力を抑えなければならなくなった。二十代の一時期、そんなこともあったが、いまさら同じ状況に身を置かれても、戸惑うばかりだった。

もうひとつ、体重が落ちたことで、一発の衝撃《ダメージ》は大きくなったが、その分回復が早くなった。眼醒めたとき、前日の試合のダメージが嘘のように消えている。はじめの頃、それが信じられなかった。

怪我は付き物の稼業である。

古傷を抱えているのは皆同じだが、キャリアが長い分だけその数は多く、歳を重ねるごとに治癒力は落ちていく。完全な状態など、久しく覚えがなかった。オフはただ躰を癒すためだけに使い、それでも癒えないダメージを引きずったまま新たな巡業に出る。痛みは薬か気力でごまかすしかなく、それを隠してリングに上がる。そして、さらなる傷を負う。

悪循環でしかなかった。それが食生活を変えただけで、長年の苦しみから解放されたのだ。人間の細胞は約三年で一新するというが、三ヶ月で成ったかのような感覚だった。

そうして一年余りが過ぎた。体重は九十キロ台前半を維持し、体調はすこぶる良い。

変わらないのは、冷めたままの稼業への情熱だけだった。

「できたわよ」

立花は食卓についた。

大根おろしが添えられた秋刀魚にすだちを搾る。味噌汁にも入れた。徳島の港町で育ったせいか、秋になるとすだちが欠かせなくなる。すだちは、秋になると徳島の実家から山のように送られてくる。

「うまいな」

立花が言うと、里子が微笑んだ。岐阜の雪深い土地で育った肌は透けるように白い。はじめて抱いたとき、その白さに躊躇いを覚えた。汚してしまうような気がしたのだ。

「このあいだ、記事になってた」

「そうか」

里子は、スポーツ紙やプロレス専門誌に必ず眼を通していた。立花はほとんど見ない。他人の感想には興味がなかった。

食事を終えると、風呂に入った。里子も後から来て服を脱いだ。

「膝は大丈夫?」

「ああ」

昨夜は深夜に帰宅したため、ひとりでシャワーを浴びただけだった。里子の躰を見るのは二週間ぶりだった。

今年三十になった里子の下腹にはわずかだが肉がつきはじめていた。体重は変わっていないと言うから、年齢による変化なのだろう。

里子とは四年になる。

風呂を上がると、馴染んだ躰を抱いた。声を殺しながらも里子の反応は激しかった。巡業の前にはさらに過敏になる。しかし寂しいとは言わない。そういう女だった。

青葉台にあるこのマンションは里子のもので、岐阜の素封家である里子の父親が、東京に出たひとり娘に買い与えたものだった。仕事は、品川にある法律事務所で事務をしている。それも父親が口を利いたものだった。

里子の指が、腕の傷痕をなぞっていた。

「痛くないの？」

「痛いわけがないだろう」

「傷だらけ」

髪をかきわけられた。額の生え際にも傷がある。四年前、巡業先の岐阜で里子と知り合った日に負った傷だった。故意にカットした出血をプロレスではジュースというが、パイプ椅子の金具部分が偶然当たったもので、つまり、故意ではなく事故だった。

「この傷も、消えないのね」

「薄くはなっただろう？」

「あんなに血が出るなんて、ほんとうに驚いた」

「野蛮だと思ったか」

「だって、その直後に涼しい顔して煙草を吸ってるんだから」

里子は、その日がはじめてのプロレス観戦だった。プロレスについてはまったくの無知で、そのときも会社の同僚に誘われてついてきただけに過ぎなかった。流血が刺激的すぎたのだろう。気分を悪くした里子は、外の空気を吸いに会場を出た。立花もトレーナーに傷を縫わせたあと、一服しに外へ出た。そこで知り合った。縁といえば縁だった。

さっきまで頭から血を流していた人間が、平然と煙草を吸っている姿に、里子は眼を丸くしていた。頭部は派手に血が出るものだが、里子には違う人種に見えたのだろう。

実際、住む世界は違いすぎていた。

半年ほどして深い仲になっても、里子はあくまで巡業先にいる女のひとりでしかなかった。年に数度、一夜だけの情を重ねる関係。年中旅をしているような男に、それ以上の約束ができる甲斐性などなかった。里子が良家の娘であることも、枷を嵌めるのに十分な理由だった。

だからこそ二年経ち、里子が東京に出てきて、ひとり暮らしをはじめたときは啞然とした。家庭的で、控えめな性格の里子には似つかわしくない行動力だと思ったのだ。

国内最大のメジャー団体に所属していれど、しがない一介の中堅選手に過ぎない自分に、里子はなにを見たのか。いまでもそれはわからなかった。

「シャワー浴びるか?」

煙草が欲しくなり、立花は言った。

「もう少しこのままでいさせて」

里子は腕のなかにいた。普段は甘えを表に出さない女だった。

一緒になるか。その言葉が出かかって口のなかで消えた。

里子は、いつまで待つつもりなのだろうか。東京へ出てきてからも二年になる。煮え切らない男に業を煮やしたとしても無理はなかった。そうなったとき、自分は後悔するのだろうか。

それとも、安堵するのか。

　当初は、レスラーとの付き合いに反対していた両親も、いつしか立花との仲を公認していた。頑なな娘に折れたというのが本音だろう。それでも、父親は立花の後援者になったばかりか、引退後の世話までするつもりでいる。

　どのレスラーも、第二の人生に悩んでいた。他に生きる術を知らないから、躰を騙し騙し現役を続けている選手もいる。それを考えれば、恵まれた話だった。

　一緒になることに弊害はなかった。

　引退を待たずとも、先に岐阜へ越してもいい。地方に暮らし、巡業になると東京に出てくる選手は何人かいた。東京にいなければならない理由はないのだ。家族がいれば、里子の巡業中の寂しさもまた違うだろう。

　そんなことを考えるとき、いつまでこの稼業を続けるのかと思う。

　プロレスに未練があるわけではなかった。代わりはいくらでもいる中堅に過ぎず、この先チャンスが巡ってくることもない。廃業するなら早いに越したことはないだろう。

　里子が眼を開けて立花を見ていた。

「明日、外で飯でも食うか?」

「どうして」

「たまには外食もいいだろう」

「次の巡業、すぐでしょう。オフの間は手料理を食べてほしい」

「そういうもんか」

「あなたは？」

「俺は、もともと出歩くのが好きじゃない」

「年中旅をしてるのに」

里子は笑った。どこか幸薄げな顔が、笑うと花が開いたようになる。知り合った頃、その笑顔に惹かれた。

里子が寝息を立てはじめると、立花は静かにベッドを下りた。リビングのソファに座り、煙草に火をつける。

テーブルの上にある卓上のカレンダーを手にとった。立花がオフの期間がマーカーペンで塗り潰されている。巡業中は、その日興行がある街の名前が小さな字で書き込まれていた。

愛されているのだろう。里子は耐える女だった。一向に将来について口にしない男に不満を洩らすことはなく、男の真意を探るような真似もしない。

この女を幸せにしなければならない。その思いに嘘はなかった。

三十三になった。この世界では最も脂が乗る年代だった。同時に、トップと中堅に確実に分類される時期でもある。

十八でこの世界に入った。将来を、有望視されていたのだろう。入門して五年目に、海外修行に抜擢された。エリートの証だった。一年か二年、海外で経験を積み、帰国後は頂点へ立つための階段を昇っていく。そして自分の時代を築く。

そんな野心を持っていた頃がいまでは懐かしかった。この先、何年やろうと自分が頂点に立つことはない。チャンスでも実力でもない。資格そのものが自分にはなかった。

里子も三十だった。決断する時期は、もうとっくに過ぎている。しかし、最後の一歩が踏み出せずにいた。

プロレスに未練はないはずだった。気楽な稼業ではない。金銭面で恵まれているとも言えない。日々、躰を削りながら、リングを降りたそのとき、五体満足でいられる保証などどこにもなかった。かたわになった自分の面倒を見てくれとは、里子にも両親にも言えなかった。

これが最後。巡業の前にはいつもそう思う。引退を伝えたところで、会社は反対しないだろう。むしろ、厄介者がいなくなると歓ぶかもしれない。

日付が変わっていた。

明日の最終戦のことを考えた。一万人を収容できる大会場。その、なんでもない前座試合のひとつ。対戦相手だけでなく、誰と組むのかすら覚えていなかった。そんな試合を最後にする。考えるまでもなかった。自分にはそれができない。

自分を嗤った。未練を、認められないでいる。

なぜ、しがみつくのか。躰を作り直した。それで欲が出たのか。

違う。冷めた情熱に火がついたわけではなかった。待遇への不満も、干された会社への恨みもない。

ただ、どこかで飢えていた。

まだ出し尽くしていない。十五年に及ぶキャリアのなかで、命を燃やし、自分が持つものすべてをぶつける試合をしていない。

けじめをつけるべきなのだろう。しかし、このままで終われるのか。悔いはないのか。

答えは出ない。堂々巡りのまま、時間だけが過ぎていた。

2

道場は、瀬田の住宅街にあった。

築三十年を超える古い建物で、若手が暮らす寮も隣接している。

マスコミの数がいつもより多かった。テレビ局のクルーもいる。

道場に来るのは久しぶりだった。青葉台の里子のマンションに移ってからは、近くのスポーツジムを練習場所にしていた。リングこそないが、設備や器具は道場と比較できないほどに整っているのだ。

すでにほとんどの選手が集まっていた。顔を合わすのは先の巡業《シリーズ》以来になる。秋が深まりつつあるにもかかわらず、道場内はむっとした空気が立ち込めていた。

全員が揃うと、現場監督の新田が奥から出てきて、合同練習がはじまった。

プロレスリング・ジャパンは、国内最大のメジャー団体である。

年間売り上げから観客動員数、所属選手や社員数に至るまで業界第一位を誇っていた。ただ、売り上げは年々落ちていた。ジャパンだけでなく、プロレスそのものが低迷期に入って久しい。

合同練習はすぐに終わり、後は個々で勝手にやることになった。

立花はリングに上がった。空いているうちにロープワークをやろうと思ったのだ。

記者たちは思い思いに選手からコメントを取っている。顔ぶれは決まっているが、今日はひときわ大きな輪ができていた。いま最も勢いに乗り、注目を集めている男である。間違いなく次の巡業の主役だった。

立花は、リングの感触を確かめながら、ロープワークをはじめた。ロープに向って走るだけの単純な運動だが、単純なものにこそ奥深さがある。たかがロープワークでも、十五年やっていまだ極めたとは言えなかった。いかに勢いを殺さず、そして美しく走れるか。基本中の基本こそが実は最も難しい。多分、どの世界でもそうだろう。

「立花さん、すみません」

テレビ局のディレクターがリング下に来て言った。

「ちょっと神谷さんの画を撮りたいんで、リング空けてもらってもいいですか?」

立花は苦笑して頷いた。

リングを下りると、入れ替わりに神谷がリングに上がった。次の巡業の主役である。

「一言の礼もなしか」

森がそばに来てぼそりと言った。

「トレーナーも練習に出てるのか」

「誰かさんと違って、俺は毎日いるよ」

「暇なんだな」

軽口を叩いているそばから、リングの周りにはマスコミが群がってきた。追い払われるようにリングから離れた。

「ちょっと過剰だな」

森が呆れ顔で言った。

マスコミのほとんどは神谷に群がっている。何人かの選手は練習の手を止めてリングを見ていた。

「見ろ、キレかかってるぞ」

森が顎を向けた先に、もうひとつマスコミの輪があった。中心に、現チャンピオンの三島がいる。記者の質問に答えているようだが、眼はリング上を睨みつけていた。

「無理もないな。主役の座を奪われたんだ」

森が同情するように言う。

「一時的なもんだろう」

「なかなかの曲者だ。マスコミの扱い方をよくわかってる」

「えらく買ってるんだな」

確かに、神谷はいまプロレス界最大の注目株である。しかし、デビューしてわずか三年の若手だった。キャリアがものを言うこの世界ではひよっこの部類に入る。

「実力はあるぞ。もともとレスリング経験者だ。全日本も獲ってる」

神谷が鳴り物入りで入団したことは知っていた。会社の期待は相当のものだったようで、年俸とは別に契約金なるものが出たと聞いている。この業界では異例だった。さらに若手に義務づけられた様々な雑用も神谷は特例で免除されている。

デビュー戦も早かった。入門から三ヶ月足らずで、対戦相手にはトップ選手を当てる待遇ぶりだったのだ。

プロレスの場合、レスリングの経験は、他のどの格闘技よりも有利になる。それは事実だが、レスリングの下地を積んだ者が必ずしも大成するとは限らなかった。レスリングの技術は、プロレスにとってあくまでひとつの要素でしかないからだ。

森が道場の隅に誘った。

そこからは道場全体が見渡せた。リング上でフラッシュを浴びている神谷と、それに群がるマスコミ陣。三島のまわりにも記者がいるが、数は少なかった。選手の大半は面白くない顔をしている。

「この間の試合は見たのか?」

「テレビでな」

森が言うのは、先の巡業の最終戦だった。神谷が総合格闘家のロシア人選手を撃破したのだ。しかもプロレスではなく、総合格闘技のルールだった。

ピークは過ぎたものの、ロシア人格闘家は、これまで何人ものレスラーをマットに沈めてきた実績を持っていた。業界にとっては、煮え湯を飲まされ続けてきた仇敵になる。

その相手を、デビューしてわずか三年の神谷が、完膚なきまでに叩きのめした。救世主という呼び名が、大袈裟でないほどその勝利は劇的なものだった。

「どう見た？」

「あれだけの結果を出されちゃ、誰も文句は言えないだろう」

「それだけか？」

「なにかあるのか」

「相手はリングに上がれる躰じゃなかったって噂だ」

「ほう」

「内臓を壊していたらしい。詳しくは知らんが、総合のリングならドクターチェックでストップがかかるほどだったという話だ」

内臓の不調は肌に如実に現れる。ロシア人選手は、全身に油を塗っていた。それはレスリング出身の神谷を警戒してではなく、肌の艶の悪さを隠すためだったということか。

「出来レースだったのか？」

「それはない。向こうが呑まないさ」

森は断言した。いまのプロレスの地位からしてその通りだろう。ピークを過ぎているにしても、わざわざプロレスのリングに上がり、レスラー相手に負けてやる意味はない。

「要するに、体調が万全でなくても勝てると舐められたわけか」

「オファーしたら、はじめは三島を指名してきたらしい。もちろん断ったが、次は新田さんだ。そこで話がなくなってもおかしくなかったが、物事には順序があるとフロントが説得したんだろう」

「本命は後悔してるのか」

「新田さんか。あの人も馬鹿じゃない。マスコミには踊らされないさ」

現場監督兼トップ選手でもある新田は、来年五十を迎える。その歳で現役を続けていることじたいこの業界の奇特さを表しているが、さらに面妖だったのは、ロシア人選手の参戦が発表されると、マスコミがこぞって対戦相手の予想に新田の名を挙げたことだった。

五十の男が総合格闘技の試合をやる。妄想ではなく本気でそれを大々的に報じる。業界の恥を世間に曝しているようなものだった。

プロレスが、最強を謳っていた時代があった。

正確には、謳うことを許される勢いを誇っていた時代があった。

いまは違う。世代交代の失敗、相次ぐ団体の乱立。気がつけば、かつてプロレスがいた位置には、台頭してきた総合格闘技がいた。そして別物だという認識のないまま、不用意に交わった一部の人間が返り討ちに遭うことで、業界全体の権威を失墜させてきた。

神谷も同様だった。序盤から棒立ちになり、好きなようにパンチを浴びせられていた。準備不足は明らかで、総合側のレフェリーであれば試合を止めていてもおかしくなかった。

しかし、転機があった。棒立ちでパンチを食らい、前に倒れかけたとき、偶然クリンチのようなかたちになったのだ。

レフェリーのブレイクが一瞬遅れたことも幸いした。神谷はクリンチの状態のまま、ロシア人選手を頭から後方に投げた。強引で、かたちも崩れていたが、勝負はその一撃で決まったようなものだった。ロシア人選手は受け身を取れず、首にダメージを負った。立ち上がっても眼の焦点が定まっていなかった。

神谷はその瞬間から変貌した。相手のダメージに気づいたのだ。そのときから神谷は、どう勝つかにこだわっている。つまり完全なノックアウト勝ちを狙ったのだ。

試合はタオルが投げられて終わったが、ロシア人選手は担架に乗せられてそのまま病院送りとなり、さらには首を毀して引退するおまけまでついた。

試合を組んだマッチメイカーは歓喜しただろう。

総合格闘技をいまのブームに押し上げた立役者のひとりを叩きのめして、プロレスファンの憂さを晴らしただけでなく、煮え湯を飲まされ続けた総合格闘技界に一矢報いることができたのだ。

神谷は千載一遇のチャンスをものにした。実力だけでなく、意外な貪欲さもあった。チャンスを摑み、運を味方にするのもまた実力のうちだった。なによりもこの試合で神谷は、ファンの絶大な支持を得ることになった。

突然、マスコミからどよめきが起こり、道場内が静まりかえった。

「なんだ?」

森が怪訝な顔を向けた。

神谷がリング上から新田に向かってなにか言っていた。

「正気か、おまえ」

新田が低い声で言うのが聞こえた。マスコミでも滅多な口をきけない貫禄がある。選手もしかりだった。

「面倒なの、好きじゃないんで」

神谷が軽い口調で言った。新田にそんな物言いをする選手はいない。異常を感じ取ったのか、シャッターを切る音が無数に重なった。

「撮るな」

新田が怒号を上げた。カメラマンが一斉に下がったのは、過去に新田の逆鱗に触れ、蹴飛ばされた記者が何人もいるからだった。取材禁止を受けた例もある。他の競技ならつるし上げにされるだろうが、プロレスという特異な世界では問題にならない。

「もう一回言ってみろ」

「今シリーズのタイトルマッチ、まだ決まってないでしょう。俺が名乗り出ますよ」

神谷が物怖じせず言った。

「どういうつもりだ、おまえ?」

「自分の力を証明したいんで」

選手たちも、仁王立ちの新田の周りに集まりはじめた。カメラマンは新田から離れて盛んにシャッターを押している。撮るなという方が無理だった。

「なに考えてんだ、あいつ」

森が呆れた口調で言う。プロレスリング・ジャパンのヘビー級王座。つまり、国内最高峰に位置するタイトルである。金星を挙げたとはいえ、デビュー三年の若手が挑戦できるものではなかった。

神谷はリング上から新田を中心にした選手たちを見下ろしている。

シナリオがあるのか、微妙なところだった。用意されているようでもあり、神谷の暴走に見えなくもない。

「調子に乗るなよ。一気に頂点を獲れると思ってるのか」

「ここにいる全員のクビを獲ったらいいですか」

シナリオはない。新田の眼が据わるのを見て立花はそう思った。

「おもしれえな、本気か、おまえ？」

マスコミをかき分けるようにして三島が前に進み出てきた。現チャンピオンである。

「三島さん、俺の挑戦受けてくださいよ」

「勝てると思ってるのか」

「なんなら、いまやりますか？」

その言葉に三島がキレた。マスコミを払いのけてリングに駆け上がろうとする。さすがに選手たちが数人がかりで止めた。いつのまにか森も三島を止めに入っていた。

立花は背を向け、道場を出た。怒号が飛び交っているが、一歩外へ出れば静かな住宅街である。

道場からは依然として物騒な声が響き渡っていた。大柄な男たちが何十人も集まり、午前中から騒いでいるのだ。近所の住人は堪ったものではないだろう。

しばらくすると、顔を真っ赤にした三島が出てきて、車に乗り込むなり乱暴に発進させた。遅れて付け人が出てきたが、すでに三島のメルセデスは遠ざかっていた。

騒ぎは鎮まったようだった。道場に戻ると新田と神谷の姿はなく、かわりに営業本部長の岩屋がマスコミに取り囲まれていた。新田の参謀であるブッカーである。

やはり、シナリオはあったのか。普段は顔を出さない岩屋が道場にいたことが、それを物語っていた。

ブッカーの仕事は、他団体や海外選手との交渉である。ロシア人の総合格闘家をジャパンのリングに上げたのが岩屋なら、当然、マッチメイクにも関わっただろう。そして神谷は金星を挙げた。岩屋がそのまま神谷の売り出しを画策したとしてもおかしくはなかった。

ただ、岩屋の仕掛け《アングル》は、三島に知らされていなかった。それが腑に落ちなかった。三島の怒りは本物だった。後でアングルだったと知れば、三島は不信感を抱くだろう。

協議する。岩屋の苛立った声が聞こえてきた。

新田は承知しているのか。立花には新田の怒りも本物に見えた。しかし、新田の承諾なく、参謀の岩屋が勝手に仕掛けるなどありえなかった。

森の意見が気になったが、思い直した。自分には関係のないことだった。

練習する雰囲気ではなかった。立花は帰ることにした。道場を出て駐車場に向かっていると、近所の住人らしい主婦が歩いていた。

会釈は返されず、主婦は足早に家に入りドアを閉めた。

施錠する音が聞こえてきたような気がした。

3

里子がトレーに焼酎とグラスを載せて運んできた。

立花は卓上のカレンダーに眼をやった。明日から約半月にわたり、西日本をまわる巡業がはじまる。グラスに焼酎を注ぐと、里子は躰を寄せてきた。口数が少ないのは感傷的になっているのだろう。

寂しいのか。出かかった言葉を立花は飲み込んだ。里子が寂しいと言えばどうするのか。岐阜へ行こうと言うのだろうか。

ずっと、きっかけを待っているような気がした。もしかしたら里子もそうなのかもしれない。しかし、それを確認したわけではなかった。言葉にせずとも伝わるものがあれば、言葉にしなければ伝わらないものもある。

「帰る頃は寒くなってるな」

里子が小さく頷いた。

「紅葉でも観に行くか」

「うん」

「岐阜はきれいそうだな。山が深い」

「でも遠いわ」

「そうだな」

遠くない。思ったが違うことを言っていた。煮え切らない。自分を嗤いたくなった。

里子がテレビをつけた。

プロレスリング・ジャパンの試合中継がはじまっていた。深夜に三十分の枠。かつてゴールデンタイムに生中継で放送され、高視聴率を誇っていたプロレスは、時代の流れとともに隅に追いやられた。何時間もの枠をとり、大々的に放送される総合格闘技とは雲泥の差がある。

それでも、民放のテレビ局がついているというのは団体にとって強みだった。無数の団体が乱立するなかで、テレビ局と提携しているか否かをメジャー団体の基準とするなら、現在当てはまるのはジャパンだけだった。

番組は、オープニングから、道場の喧騒を流していた。

リング上の神谷に摑みかかっていこうとする三島と、それを抑える選手たち。そして無数のマスコミ。乱闘劇はめずらしいものではないが、日付のテロップを見て里子は驚いていた。

映像は、それから新田と神谷のやり取りに変わった。

下克上宣言。神谷のタイトル戦要望を、番組ではそう表現していた。続いて岩屋が出てきた。まだ混乱が冷めやらぬなか、岩屋は困惑した表情で、前例がないと苛立ちを露わにして繰り返していた。

新田と協議するため、道場の奥に入っていく岩屋の背中をカメラが映し、コマーシャルに入った。

里子が小さく息を吐いた。立花はグラスをとり、焼酎のロックを飲んだ。

コマーシャルが終わると、再び岩屋が現れた。タイトルの挑戦は認められない。デビュー三年の挑戦など前例がない。しかし、総合戦での勝利は無視できない。そこで、今シリーズ、神谷には試練の十番勝負を課す。その結果次第では、最終戦で三島への挑戦もありうる。

結果次第。それは全勝かという問いに、岩屋は険しい顔で頷いていた。

過酷というより無謀なシナリオだった。すんなりとタイトルに挑戦させないのは、神谷にプロレスの実績が足らないと見たのか。

岩屋が対戦相手の名を読み上げはじめた。途中からナレーションの声にかわり、対戦相手の顔が順に映し出される。

里子が声をもらした。七戦目に立花の顔が出ていた。視線を感じたが、立花は表情を変えなかった。

十名の顔が出揃った。たいした選手はいなかった。キャリアが長いだけの中堅どころ。多少なりプロレスを知っていれば、勝敗を予想できる。そんな顔ぶれだった。

対戦相手には、神谷にプロレスの厳しさを教えてやってほしい。岩屋は最後まで険しい顔を崩さなかった。狸だった。試練の十番勝負を組んだということは、神谷のタイトル挑戦は決まったも同然だろう。

読めないのはタイトルマッチの結果だった。新田は、タイトルの移行を決めたのか。デビュー三年でタイトルに挑戦するだけでも十分な快挙である。しかし、神谷にベルトを巻かせるのは暴挙だった。なによりも、この一年王者としてジャパンを引っ張ってきた三島の顔を潰すことになる。

それがわからぬ新田ではないと思うが、なにか釈然としなかった。

映像は試合会場に切り替わっていた。

前巡業の最終戦、神谷が大金星を挙げた興行のメインイベントである。ヘビー級のベルトをかけたタイトルマッチ。チャンピオンの三島に挑戦したのは、フリーで参戦している吉川というベテランだった。

試合は見ていない。前座の出番が終わると、立花はすぐに会場を後にしたのだ。どうでもいい六人タッグ戦で、大会場ではいつもそんな消化試合だった。

吉川は、約三ヶ月孤軍奮闘し、挑戦を認められただけあって、並々ならぬ意欲を見せていた。最終戦で、しかも大会場でのメインである。フリーとしてこれ以上の名誉はないだろう。

勝敗は決まっている。それは動かないが、両者に求められるのは最終戦のメインイベントにふさわしい内容だった。

試合は、吉川の一方的な攻撃が続いた。三島が受けていると言うより、吉川が反撃させない。膝への執拗な一点攻撃で、三島の顔に次第に焦りが見えた。流れが変わったのは、三島の一発の手刀だった。三島の本気の手刀を受けたことは何度もある。鉄の棒で殴られたような衝撃なのだ。それも何年も前の話で、威力はさらに増しているだろう。

その一発で吉川の動きは鈍った。そこから三島は怒濤の反撃に出た。吉川はなにもできず、観客がスリー・カウントを叫ぶ大合唱とともにマットに沈んだ。

ことごとく技を受け切り、そこから叩き潰す。終わってみれば三島の試合で、圧勝だった。八度目の防衛である。一年近くベルトを巻いているだけに、さすがに隙はない。

一年前、プロレスリング・ジャパンは、団体存亡の危機にあった。その最中、ベルトを巻いた三島のプレッシャーは並大抵ではなかったはずだった。危機感を払拭させる、絶対的な強さを持ったチャンピオン像が求められていたのだ。

三島はそのプレッシャーに打ち勝った。その努力には頭が下がった。三島とは同期だった。森と三人、同じ年の同じ日に入門したかつての仲間でもある。

同期の一人はベルトを巻き、もう一人は引退し、自分は中堅に甘んじている。それについて深く考えることはなかった。

番組の最後に、神谷が現れた。神谷は、シュートという言葉を連呼していた。真剣勝負という意味だが、この業界では、台本《ブック》のない試合を示唆する隠語でもある。

意味をわかった上で使っているとしたら、なかなかの曲者だった。

番組が終わった。里子がテレビを消し、グラスに焼酎を足した。神谷との試合については触れようとしない。売出し中の若手としがない中堅。プロレスの裏側を知らなくても、いや知らないからこそ、勝敗は容易に予想できる。

家の電話が鳴り、里子が腰を上げた。深夜である。

「寺尾さん?」

受話器を持った里子が言い、こちらを向いた。

「いないと言ってくれ」

「聞こえてるわ」

仕方なく立花は受話器を持った。週刊リングの編集長で、古い付き合いになる。

「悪いな、こんな時間に。携帯が繋がらなかったから、家の方にかけさせてもらった」

帰宅すると、携帯の電源は切る。里子の家の番号は何人かにしか教えていなかった。

「編集長直々に電話とはめずらしいな。用件はなんだ」

「もちろん、神谷戦についてだ。コメントが欲しい」

「ないな」

電話の向こうで寺尾が笑った。

「まあ、そう言うだろうとは思っていた」

「なら、いいだろう」

里子が旅行鞄を開いて、荷物のチェックをしていた。荷物は最小限で、たくさん持ち歩く趣味はなかった。タイツとリングシューズさえあれば、レスラーは世界中どこへでも行ける。

「相変わらずだな。テレビは見たのか」

「ああ」

「かなり豪語していたが」

神谷がシュートと連呼していたことだろう。プロレスの微妙な部分に触れるため、寺尾ははっきりとは言わなかった。

「若いんだろう」

「故意だとしたらどうする」

「ないな、それは」

全試合、シュートでやる。ありえなかった。躰がもたない。かりに、神谷にその力があったとしても、新田が許すわけがなかった。秩序を乱すことになるからだ。

「話は変わるが、ジャパンの上は揉めてるのか」

「誰の話だ？」

一瞬、新田と三島の顔が脳裡に浮かんだ。

「現場監督と営業本部長だ。仲違いしたんじゃないかと記者の間で噂になってる」

現場監督として絶対的な統制を敷く新田と、参謀の岩屋。この十年、他団体との対抗戦をはじめ、多くの抗争アングルを描き、ジャパンを仕切ってきた不動のコンビである。

「俺に訊いても無駄だぞ」

「神谷の総合戦に、監督は絡んでないそうだな」

「そうなのか」

「総合戦の発案は峰岸さんで、仕切ったのは本部長だという話だ。監督は蚊帳の外に置かれていたらしい。まあ、関わる気がなかったと俺は見てるが」

峰岸はテレビ局のプロデューサーだった。ジャパンのリングで行われた神谷の総合格闘技戦に、局が絡んでいた。確かに唐突に組まれた感があったが、局の意向なら、新田も無下にはできなかっただろう。

神谷の総合戦については反対の声もあった。ジャパンはこれまで総合格闘技と一線を画してきたからだ。実際、カードが発表されてからもチケットの売り上げは伸びなかったと聞く。

「今回の神谷の件も、主導権を握っているのは本部長みたいだな。監督は関与していないんじゃないのか」

「それはないだろう」

「道場での監督の怒り。俺にはあれが本物に見えたんだがな。しかもあのシュート宣言だ」

電話の向こうで寺尾が沈黙した。

「なにが言いたい？」

「チャンスだと思うんだが」

「なんのチャンスだ」

「もう一回、どでかい花火を上げるチャンスさ」

「相手を見て言った方がいいな」

「言ってるつもりさ。知らないだろうが、俺が一番買っているレスラーはいまも同じだ」

「あんたの仕事は、いかに業界を盛り上げるかだろう。神谷に乗らないのか？」

「当然、乗る。特集を組むことも決まった。個人的な意見を言えば、気に食わないが」

「どこが気に食わない？」

「ほんとうに本物なのかまだ見えない。確かに口はでかいが、神谷自身も踊らされているような気がする。まあ、俺たちがさらに踊らせるんだが」

「華はある」

「あれが華なら、先は見えてる」

「感覚が古いんじゃないのか」

「それを言うなよ。本気で悩んでいるんだ」

互いに笑い、電話を切った。

業界と同様に、専門誌も冬の時代を迎えている。業界の低迷は相次ぐ分裂と総合格闘技の台頭によるものだが、週刊誌はそれだけでなく、インターネットが主流になってから、その役目を終えた感があった。すでにプロレスから撤退した出版社もある。寺尾は四十の若さで編集長に大抜擢されたが、投げやりの人事だとも陰口を叩かれていた。

里子が氷の入った新しいグラスを持ってきて、焼酎を注いだ。

「記者の人から電話があるなんて、はじめてね」

「ただの愚痴だ」

立花は煙草をくわえた。

デビュー三年目の若手が十番勝負に挑む。それだけでも前例はないが、全勝した暁にはタイトルへの挑戦権が賭けられている。

全勝という条件を設けた以上、神谷のタイトル挑戦は動かない。それがプロレスだった。クライマックスはあくまで三島戦であり、それまでの十戦は通過点に過ぎないのだ。

しかし、新田は絡んでいないという。

神谷のシナリオが岩屋の主導によるものなら、対戦相手を決めたのも岩屋なのだろう。総合戦に勝利し、救世主としていま最も注目を集める神谷に、上の人間を撃破させる。岩屋なら、十人の顔に泥を塗るなど平気だろう。成功すれば、総合の一戦と、わずか十戦で業界の秩序を壊したまったく新しいタイプのエースが生まれることになるからだ。

いかにもレスラー出身ではない岩屋が考えそうな策ではあった。新田の参謀として岩屋の手腕は誰もが認めるところだが、好かれてはいなかった。選手を駒としか見ていないからだ。

もしも新田が同じシナリオを描いたなら、神谷の相手には自分の子飼いを当てたはずだった。選手には絶対的な服従を要求し、実際に支配下に置いているが、公平な面もあるのだ。煮え湯を飲ませるのが子飼いの選手なら、誰も不満は言わない。

そして、新田なら秩序を壊すような真似はしない。

しかし、新田が関与していないのが事実だとしても、それは十番勝負だけであるはずだった。

タイトルマッチが新田の管理外で行われるのはありえなかった。

新田はあえて距離を置き、神谷を見極めようとしているのかもしれない。それはつまり、神谷を認めていない証でもある。もしも、神谷を実力不足だと見れば、岩屋と峰岸がなにを言おうと、新田は神谷の戴冠を許さないはずだった。

ただ、神谷はファンの支持を得ている。それが厄介だった。頂点に立つ者に求められるのは、強さでもキャリアでもなかった。いかに客を呼べるか。プロレスが興行である以上、レスラーの価値はそれがすべてだった。不人気であろうと、ファンに憎まれていようと、この世界では客を呼べるレスラーが絶対なのだ。

考えても仕方なかった。神谷がどれだけの集客力を持つのかは、明日からの巡業でわかる。もしも大入りが続くようなら、新田も岩屋の声を無視できなくなるだろう。

荷物のチェックを終えた里子が隣に座った。手を伸ばすと、素直に頭を預けてくる。

「怪我しないでね」

里子が言う。頑張れとも、負けないでとも言わない。そういう女ではないから、一緒になっても構わないと思った。

それでも、立花が頂点に立つことを一度でも想像したことがないと言えば嘘になるだろう。

ただ、立花にそんな気概がないことを、里子は知らない。

4

裸絞《スリーパー・ホールド》めが決まった。

神谷の腕はがっちりと相手の顎の下に入っている。

「チョークじゃねえのか、あれ」

誰かが呟いた。モニターのなかのレフェリーは動かない。高平がゆっくりと両膝をつき、腕がだらりと下がった。脱力したのを確認してレフェリーがゴングを要請する。

若手が高平に水をかけていた。ほんとうに落ちていたらしい。

高平はジュニアヘビー級の選手だが、体格差を差し引いても一方的な試合内容だった。グラウンドの攻防こそあったが、神谷は一切技を受けず、あっさりと絞め落として終わらせたのだ。

試合時間は三分に満たない。

「情けねえな」

控室が静まりかえった。椅子に座り、モニターを見ていた新田が吐き捨てたのだ。

口を開く者はいなかった。常人離れした肉体を持つ男たちが押し黙る様は、滑稽を通り越して異様ですらあるが、プロレスリング・ジャパンでは日常の光景である。

新田は、現場監督であると同時に、三十年のキャリアを誇る猛者だった。興行の責任者として選手を監督するだけでなく試合カードを決めるマッチメイカーであり、さらにはトップ選手のひとりとして試合をこなしている。

誰も新田の真似はできない。それは認めていた。ただ、絶対服従を強いる新田のやり方はじめなかった。体育会系で育ってきた連中は自然に受け入れているが、レスラーは本来一匹狼であるべきだった。組織に属している以上、規律は必要だが、牙をなくしてはならない。

控室の外が騒がしくなった。戻ってきた神谷が、マスコミに囲まれているのだろう。三連勝である。スポーツ紙はこぞって神谷の連勝を大きく取り上げていた。なかには、十番戦をすごろくに見立て、対戦相手の顔を並べている紙面もある。

メインの試合に出るため、新田が控室を出て行った。

神谷の試合に台本《ブック》はない。開幕戦の控室でレフェリーの青木からそれを告げられたとき、選手たちはざわついた。全勝という条件を設けてはいたが、神谷のタイトル挑戦は決定事項だと誰もがとらえていたのだ。

台本がないなら、勝敗はわからない。神谷に勝ってもいいのか。憤慨した選手の問いに青木は答えなかった。答えられなかったのだろう。

控室に集められたのは対戦する十名だけで、岩屋も神谷もその場にはいなかった。

初戦、二戦とも、神谷は五分以内に仕留めた。

ロープワークも、お約束のムーブも、攻守の交代もない。相手を一方的に潰すスタイルは、プロとして誉められたものではないが、総合格闘技戦で金星を挙げた神谷だから許される勝ち方ではあった。

ただ、対戦相手たちは明らかに萎縮していた。十戦全勝すれば、神谷は最終戦で三島が持つタイトルに挑戦する。ファンもマスコミも神谷の快進撃に期待している。しかし、神谷が敗れた瞬間に、すべては終わる。巡業《シリーズ》の目玉を潰すことになるのだ。

神谷の試合に台本はないが、対戦相手たちはフロントの意を汲み、神谷にあえて白星をくれてやっているようにも見えた。いかにも中堅らしい忖度である。

確かに、中堅が意地を見せたところで意味はなかった。次に繋がるものがないからだ。

神谷の十番勝負に新田が絡んでいないことも、選手たちを戸惑わせていた。実際、新田は一歩引いて神谷の試合を見ている。ふがいない試合内容には不満を抱いているのだろうが、神谷を潰せとは言わない。案外、選手たちは新田のその一言を待っているような気もした。

神谷がマスコミから解放されたらしく、控室の外が静かになった。

神谷は控室に入ってこなかった。外国人レスラーが使っている別の控室にいるのだ。それだけでなく、神谷は移動も外国人用バスを使っていた。引導を渡す先輩らと、顔をつき合わせていたくないという理由だった。それも皆の反感を買っている。

今回の巡業は、西日本中心のサーキットだった。

全十五戦。最終戦は大阪である。その後、二週間のオフを挟んで、十一月下旬から十二月中旬まで続く巡業があり、年内の日程を終える。

主役は当然神谷だった。通常なら開幕戦と中盤の一戦、それと最終戦にテレビカメラが入る程度だが、今回は全戦にテレビ局のクルーが帯同し、神谷の試合を撮っている。

マスコミの数も違った。客入りもいい。誰もが新たなエースに期待していた。大仕事をやってのけた後の下克上宣言に、久しぶりに胸がすく思いをしたのだろう。

そして神谷は全戦勝ちにいくつもりでいる。プロレスのセオリーを無視した、相手の技をまったく受けない試合運びは、明らかに十戦のスタミナを考えたものだった。

メインイベントがはじまると、立花は荷物を持って控室を出た。

関係者用の出入り口前に、選手バスが二台横づけされている。大型車は本隊、もう一台の小型車は外国人選手とフリーの選手が使用していた。

本隊用のバスに乗りこみ、自分の席に座った。これからバスで次の街へ向かう。日付が変わる前にはホテルに入れるはずだった。

選手がひとりバスに乗りこんできた。

神谷に敗れた高平だった。控室にいるのが耐えられなかったのか、高平はコスチュームの上にTシャツを着ただけの格好だった。

席は遠くない。高平の溜息が聞こえた。膝を故障してから低迷しているが、一時期はジャパンのジュニアの顔だった。

落ち込んでいるのは不甲斐ない試合内容のせいか。ただ、高平に神谷を仕留めようという意気込みはなかった。それは動きを見ればわかる。

神谷のシュートに応じるか、それとも、あえて星をくれてやるか。

勝敗が設定されていない以上、神谷に勝利しても問題はないはずだった。しかし、トップ選手がひとりもいない顔ぶれは、暗黙の了解で負けを求められているようにも受け取れる。自分ならどうするか。やはり、勝ちは譲るだろう。それでも仕事として最低限の内容は魅せたかった。必ずしも勝者が勝者とは限らない。それがプロレスだった。

神谷にしてもこのままプロレスのセオリーを無視した試合を続けていれば、かりにタイトルを獲ったところで神谷の支持が続くとは思えなかった。

デビュー三年で、先輩を相手に十番勝負に挑んでいる。ファンはそこまで考えて拙い試合は大目に見るだろうが、忘れてはならないのは、神谷は総合戦においてプロレス技で相手を粉砕したことだった。パンチでも関節技でもなく、プロレスが最も得意とする投げ技でノックアウトしたことにファンは狂喜したのだ。

神谷の十番勝負については、もうひとつ妙な噂があった。神谷の相手に選ばれた十名は、なんらかの査定対象ではないかというのだ。

毎年一月の契約交渉が近いせいか、妙に生々しい噂だった。

年俸が毎年アップする時代は過ぎ去って久しいが、はじめて大幅に下がったのが昨年の契約だった。それまでも会社の業績が落ちているという話は聞いていたが、ほとんどの選手が二十パーセント減の金額を提示され、業績悪化が事実だったことを知ったのだ。今年こそ昨年と同額を維持したが、来年はさらなる減額が待っているという声もある。

ジャパンは、業界の最大手とされていた。年俸も待遇も、他団体に比べて恵まれている。しかし、これ以上年俸カットが続くなら、離脱する選手が出てきてもおかしくなかった。

　他団体より恵まれているとはいえ、それはあくまでプロレスという小さな業界内においての話だった。日々躰を削り、引退後には五体満足ではない危険を伴う稼業に見合った報酬を貰っているとは言い難かった。

　ギャラに差がないのなら、ジャパンにこだわる必要はなかった。リングは他にもあるのだ。移籍を食い止めるために、不要な選手の首を切る。昨年すでに制服組のリストラは敢行されていた。次は選手でもおかしくはなかった。

　会社は昨年から揺れに揺れている。

　神谷の総合格闘技戦もそのひとつだった。これまで頑なに一線を画してきたにもかかわらず、禁を解いたのだ。結果は功を奏し、神谷という新たなスターが生まれたが、今更感が否めなかったのもまた確かだった。

　総合格闘技がプロレスを脅かす前に、打って出るべきだという声は過去にジャパンでもあった。

　総合格闘技に対応できる選手を何人か選び、しっかりと準備させたうえで送り出す。しかし、その計画は新田の反対で白紙になった。新田は敗れたときの影響の大きさを憂慮したのだろう。フリーのレスラーが負けるのと、ジャパンの看板を背負った選手が負けるのとでは意味合いが違うからだ。

　関わらない限り、最強を謳うジャパンの屋台骨が揺らぐことはない。新田の主張は一理あった。だが結果として、業界全体は総合格闘技に大きく水をあけられた。ファンは総合格闘技に流れ、それを取り返そうと、強引な仕掛け《アングル》を乱発したが、いずれも盛り上がりに欠けたまま終わっている。展開があまりに稚拙すぎたのだ。

そして一年前、ジャパンを震撼させる大量離脱劇があった。

現役の王座保持者《タイトル・ホルダー》が数人の選手を引き連れて退団し、新団体を興したのだ。

早年引退し、ジャパンの次期代表に就くと目されていた新田は、責任を取るかたちで取締役を解任された。その頃から、新田と岩屋を団体の不振を招いた戦犯だとする声が囁かれるようになった。

絶対的な体制を敷いてきたが、必ずしも新田と岩屋の立場は盤石ではなくなっている。

スター選手が退団し、ジャパンの観客数は激減した。一方で前チャンピオンの新団体もまた苦戦していた。日本のプロレスの歴史とは、分裂の歴史でもある。相次ぐ団体内のごたごたに、ファンは嫌気が差したのだろう。見たいのはリング上での闘いなのだ。そんな単純な心理を業界の人間は見抜けていなかった。

昨年は苦しい客入りが続いた。今年の契約こそ昨年額を維持したが、巡業は縮小され、箱と呼ばれる会場の規模も変更されている。当然、それは次の契約に響く。

プロレスには、最強という呪縛がある。

総合格闘技の台頭を許したのも、その呪縛に縛られた者たちが打って出て行き、返り討ちにあったからだった。それによりプロレスの最強神話はあっけなく崩れ去った。

立花は煙草に火をつけ、読みかけの文庫本を開いた。

外が騒がしい。バスが出るのを待つファンが群がっているのだろう。立花は少しだけ窓を開けた。煙草の煙が吸いこまれるように出ていく。

活字に視線を落とした。すぐに集中した。

5

控室に戻ると、試合カードが張り出されていた。

休憩明けの第五試合。タッグマッチで、パートナーは荒井、対戦相手はアメリカ人のタッグチームだった。

ベテランと組むのは楽だった。長い付き合いだけに、余計な気を遣う必要がない。いちいち声をかけなくても、阿吽の呼吸で試合を進めることができる。

荒井は三十年を超えるキャリアを持つ大ベテランだった。頂上争いとは無縁のレスラー人生を歩んできたが、中堅として団体を支えてきた自負はあるだろう。

五十二歳になる。枯れてはいないが、野心があるわけでもない。それでいてしっかりとした技術はもっている。職人のようなものだった。通なファンほどそういったレスラーを好む。興行のなかでは、荒井のような職人肌の彩りも重要な要だった。

「今日、どうすんだ」

練習後に汗を拭っていると、荒井が声をかけてきた。張りはなくなってきたものの、さすがに五十過ぎとは思えない躰をしている。トレーニングを欠かさず積んでいるからこそ、この歳まで現役を続けられるのだろう。

「行きませんよ」

試合ではなく、興行主《プロモーター》が開く打ち上げのことだった。

プロレスの興行は手打ちと呼ばれる自主興行と、興行権そのものをひとつのパックとして売り渡す売り興行の二種類がある。

今日の興行は売り上げが上々だったのだろう。神谷効果であるのは間違いないが、打ち上げを開くくらいだから、完売したのかもしれない。鳥取市で、一日オフを挟んで次の松江も、同じプロモーターの売り興行だった。

「たまにはハメを外しに行ったらどうだ」

「もうそんな歳じゃないですから」

「三十そこそこでか。のこのこ行く俺はどうなるんだ」

「荒井さんは若いですよ」

「そうか？」

「子供さん、大きくなりましたか？」

荒井は目尻を下げると隣に座り、しばらく子供の話をした。まだ小学校に上がらない娘がいるのだ。三度目の結婚だが、はじめての子供だった。

「立花、子供は早くつくれよ。俺みたいに歳をとってからだと苦労するぞ。廃業したくてもできねえんだからよ」

「まだ十年はやれそうですよ」

「娘が成人するまでは無理か」

荒井が大声で笑った。

第二試合がはじまり、立花はコスチュームに着替えた。黒のロングタイツにレガースとリングシューズ。頻繁にコスチュームを変える選手もいるが、立花はもう何年も変えていなかった。古くなると、同じものを仕立てる。

全八試合。若手の試合からはじまり、最後はトップ選手が締めて終わる。すべての試合に役割があった。出番は休憩明けの第五試合だった。やることはわかっている。

二十分の休憩に入り、立花はゴムチューブを使って躰を温めた。

休憩が終わる五分前に控室を出た。入場口の前で、荒井は先に待っていた。緊張も興奮もなかった。そんな大一番とはもう何年も縁がない。外国人のなかには祈りを捧げる選手もいるが、そうした習慣もなかった。

試合の再開を促すアナウンスが聞こえてきた。

休憩明けの役割は、休憩で集中力が途切れた客を再び熱狂させることにある。メインの試合より目立ってやろうという気概などなかった。組まれた試合順から役割を読み取り、それに見合った試合を魅せる。それが興行であり、プロだと教わった。海外修行先でのことだ。

大音量でテーマ曲が鳴りはじめた。先輩の荒井ではなく、立花の曲だった。荒井が先に飛び出していく。立花も後に続いた。

対戦相手は先に入場していた。

今年の春からジャパンに参戦している、ギアとジョーンズという白人のタッグチームだった。何度か対戦しているため、手の内はだいたいわかっている。日本のマットにも慣れつつあり、それなりの内容は見せられるだろう。

勝利は、日本人側。決まっているのはそれだけで、事前に打ち合わせなどは一切していなかった。展開は流れに任せる。

台本《ブック》が細かく定められているのは、タイトルが絡む大一番や、大会場での興行程度に限られていた。年間百二十戦。一興行あたり八試合としても、九百六十試合に及ぶ。そのすべてに細かいシナリオを組めるわけがなかった。

当然、ミスもある。勝敗が動くことは原則として許されないが、仕掛け《アングル》ではない怪我やアクシデントにより、リング上で試合の展開が変わることはある。だからこそ選手は試合を組み立てる技術のほかに、流れを読む眼がなければならなかった。それは経験を積み重ねてものにするしかなく、レスラーを育てるのに時間がかかるのはそのためだった。

ジャパンのマッチメイカーは新田だが、実際に新田がすべて試合の台本を考えているわけではなく、地方巡業の消化試合はレフェリーの山口と青木、そしてリングアナウンサーの井上の三人に任されていた。全権を握るのはあくまで新田である。

今日の試合は、日本人チームが勝つ。つまり、神谷戦を控えた立花が試合を決める。アメリカ人コンビも、それは説明されなくてもわかっている。

先発は、荒井が買って出た。立花はリングを出て、自軍コーナーのエプロンに立った。

相手方の先発はジョーンズだった。二メートルの巨体である。ギアはそれより頭ひとつ小さいが、横幅はジョーンズの二倍近くあった。キャリアが浅いわりにコンビネーションは良く、なかなかのタッグチームだった。

荒井は長身のジョーンズに苦戦していた。それでも三十年のキャリアは伊達ではない。派手に打たれているようでいて、相手の力をうまく殺していた。

少しして荒井が戻ってきた。タッチをかわし、立花はリングに入った。ジョーンズもギアと代わっている。

リング中央で、ギアと手四つで組み合った。身長は立花の方があるが、体重は比べものにならない。ギアのコールは百七十キロだったが、ゆうにそれ以上あるだろう。

躰を使った力比べでは簡単に跳ね飛ばされた。スピードで翻弄することにした。素早く動き、膝を攻める。キックは若手の頃から使っていた。

ギアは、膝を攻められると嫌な顔をした。膝を毀すのは、レスラーの職業病だが、それでなくてもギアの巨体は体重だけで負担がかかる。

数発キックをぶち込んだところで、反撃を食らった。弾き飛ばされ、さらに全体重で潰される。蹴りが効いてくるのには時間がかかるが、ギアの体重を乗せた攻撃は一発でかなりのダメージを貰う。何度かアイコンタクトを取ったが、荒井はタッチを嫌がった。

作戦を替え、ギアをグラウンドで攻めた。日本マットに慣れたとはいえ、寝技技術では相手にならなかった。筋肉質で大柄なアメリカ人は粘っこい寝技に向かないのだ。アメリカのリングでは寝技より打撃が中心というスタイルも関係していた。わかりやすい痛みが好まれるのだ。ギアの腕を執拗に攻めると、焦れたジョーンズがカットに入ってきた。それを機に、荒井と代わった。ペースを摑めば、キャリアがものを言う。荒井は立花が攻めたギアの腕を、昭和の匂いがする古典的な技でさらに攻め立てた。ギアはすでに大量の汗をかいている。

荒井がギアの髪を摑んで立たせた。ロープに振る。遅れて荒井も走る。跳ね返ってきたギアの胸板に肘を叩きこむ前に、ギアの巨体が跳んでいた。

まともに食らい、荒井が吹っ飛ばされた。受け身を取ったが勢いは殺せず、そのまま二、三回転する。かなり効いたようだった。

そこから、完全にペースを奪われた。

ギアとジョーンズは圧倒的なパワーで荒井をいたぶっていた。立花は何度かカットに入ろうとしたが、そのたびにリング下へ落とされた。

このあたりの連携に、タッグの差がでる。荒井とは長い付き合いでも、本格的に組んだことはないのだ。ギアとジョーンズは、キャリアは浅いながら、タッグで上を目指しているチームだった。その差は大きい。

荒井はすでに長時間捕まっていた。

頃合いと見たのか、ジョーンズがフィニッシュのポーズを見せた。

巨漢二人の合体技が荒井に決まる。さすがに手加減しているが、荒井は虫の息だった。カバーには入らず、試合権のあるジョーンズが、荒井をロープに振った。攻守交代のサインで、荒井が足をもつれさせながらカウンターでエルボーを入れ、コーナーに戻ってきた。

突如、ジョーンズが背後から荒井に襲いかかった。眼を丸くした荒井が再びリング中央に転がされる。ジョーンズの顔が歪んでいた。荒井のエルボーが急所に入ったようだった。それとなくレフェリーが落ち着かせようとするが、ジョーンズは聞こうとしない。

カットに入ろうとしたが、ギアが邪魔をした。ショルダータックルを食らい、立花は客席の最前列前にある鉄柵まで吹っ飛んだ。

リング上では、ジョーンズがパワーボムの体勢に入っていた。相手を頭上に引っこ抜き、マットに叩きつける荒技である。

ジョーンズの眼は本気だった。五十を過ぎた男を、三メートルの高さから落とす。若さゆえか。

立花はリングに飛び込んだ。猛牛のごとく突っ込んでくるギアを飛び越え、ジョーンズの背中を打つ。ぎろりと睨みつけてくるジョーンズに蹴りを放った。ジョーンズの側頭部で汗が弾ける。冷静になれ。伝えたつもりだが、ジョーンズはぐらりと揺れ、膝をついた。

即座に、荒井がロープに走った。片膝をついたジョーンズにラリアットをぶちこむ。タッチのチャンスだが、荒井も熱くなっていた。危険な高さから落とされかけ、頭にきたのだろう。

「立花」

荒井が呼ぶ。二人でジョーンズをロープに振り、肩口から突っ込む。足は荒井に合わせた。荒井の息は完全に上がっている。

ダブルのショルダータックルを食らっても、ジョーンズは倒れなかった。それでも、よろめいたジョーンズに、至近距離から荒井がラリアットを見舞う。立花は横面にハイキックをぶちこんだ。まだ倒れない。そのまま軸足を支点にして躰を回転させた。後ろ回し蹴りが弧を描きながら首筋を捕えた。ジョーンズが棒のように倒れた。

荒井がコーナーポストに駆け上がった。めずらしいこともある。久しく出したことのない大技を繰り出すつもりなのだ。立花はリングに上がってきたギアを対角のコーナーに押しやり、そのまま押さえつけた。

大歓声のなか、荒井が飛んだ。ダイビング・ボディ・アタック。荒井の往年の必殺技だった。コーナーポストの上から全体重を浴びせる単純な技だが、荒井は魅せ方を知っていた。何十年と使ってきた、こだわりの技なのだ。

観客の大合唱とともに、カウントが入る。三つ叩かれる前に、立花を撥ね除けようともがいていたギアが躰から力を抜いた。

ゴングが連打されると、観客は総立ちになった。

ギアとジョーンズがリングを下りても、荒井はまだ起き上がれないでいた。立花は手を伸ばして、荒井を立たせた。

「堪るか」

全身で呼吸をしながら荒井が言った。

「あの野郎、俺を半身不随にするつもりか」

やはり大技を食らいかけて頭にきたのだろう。それでも歓声に気を良くしたのか、荒井はコーナーに上がって声援に応えていた。

退場すると、マスコミが待っていた。主役は荒井である。立花は荒井を残して控室に入ろうとしたが、荒井に呼び止められた。仕方なく横に並んだ。

「いや、立花のおかげで久しぶりに踏ん張れたよ」

マスコミの質問に、荒井は照れながら答えた。

「このまま、立花さんとタッグ結成ってことですか?」

「こんなロートルとじゃ、立花が迷惑だろ。ほんとうならシングルのベルトに挑戦してもおかしくない力を持っているんだから」

荒井は一仕事を終えた職人の顔で、立花を持ち上げるのも忘れなかった。立花にもいくつか質問が飛んだが、適当に答えた。控室でも、荒井は笑顔で迎えられた。年齢を皮肉った声も飛んでいる。

立花はシャワーを浴びに行った。

「よう」

荒井が入ってきて、ひとつ空けてシャワーを使いはじめた。

「まったく、あの外人どもときたら、年寄りを労るってことを知らねえ」

「面食らってましたよ。二人とも」

「今日は悪かったな。俺が決めちまった」

細かい台本があったわけではなかった。勝敗は動かないが、誰が決めるかよりも試合の流れを優先させる。それができるのがベテランでもあった。立花が決めたところでたいした意味はないのだ。かりにあそこで立花と交代していれば、せっかくの流れを壊し、盛り上がりも冷めただろう。

「いよいよだな」

オフを一日挟んで、明後日、松江で興行が行われる。そこで神谷とのシングル戦が決まっていた。神谷にとっては第七戦目になる。

「しょぼい試合ばかりだ。若造相手にみんななにをやってるんだか」

荒井の眼には、対戦相手が手を抜いているように映るのだろう。

台本がないなら、遠慮する必要はない。神谷に勝利することで、様々な不利益を被ることになるとしても、荒井は意地を張るだろう。そういう性格だった。内心では十番勝負の相手に選ばれなかったことが歯痒いのかもしれない。

神谷はこれまでの五戦を、すべてギブアップかレフェリーストップで勝利していた。技らしい技は受けていないため、ダメージはないに等しい。

従来のプロレスとかけ離れた神谷のスタイルは、いまはまだ受け容れられていた。技術はある。人を惹きつける魅力もある。だが、神谷が本物かどうかはまだ見極められなかった。それだけ試合内容は薄い。

「若造に、プロレスがどういうもんか教えてやれ」

「俺がですか」

「小憎たらしいとは思わないのか」

「俺は組まれた試合をやるだけですよ」

「割り切ってるもんだな」

勝敗にはこだわりがなかった。神谷をエースにしたい会社の意向を無視してまで意地を張るつもりはない。ただ、内容は見せたかった。試合を作った上で神谷に勝ちを譲る。それがプロの仕事だろう。

「いつまで出し惜しみしてるんだ」

ぼやく荒井に軽く頭を下げ、立花はシャワー室を出た。

控室に戻り、煙草を吸いながら汗がひくのを待った。モニターには、ちょうど第六試合の八人タッグ戦が終わったところが映し出されていた。次は神谷のシングルである。

リング上で、己のすべてを曝け出してみたいという願望は、心のどこかにあった。余計なものの一切をかなぐり捨てて、命を燃やしてみたい。しかし、前座でそんな相手はいなかった。思うだけだ。自ら望んでいまの立場にいることを忘れてはいなかった。

ただ時折、無性にやりきれなくなる。ふとした瞬間に、本気で相手の顔面を蹴りつけようとしている自分がいる。そんなとき思い浮かぶのは、リング上で白眼を剝いて痙攣する同期の姿だった。

立花は腰を上げ、シャツに袖を通した。大半の選手はジャージだが、立花は移動のときはいつもスーツだった。ネクタイは締めない。

コスチュームをバッグにしまった。十日の巡業でも一月以上の巡業でも、荷物の量は変わらない。タイツとシューズ。それだけあればレスラーは世界中をまわれる。海外修行でカナダにいたとき、プロモーターに言われた言葉だった。金に貪欲で、人として好きになれなかったが、その言葉だけは頭に残った。

歓声が聞こえた。神谷の入場がはじまったのだろう。

荷物を持ち、立花は腰を上げた。

外に出る。歓声は届かず、山陰らしい湿った風が吹いていた。

6

渡り鳥なのか、鳥の群れが飛んでいた。

オフ日だった。試合は明日で、選手は各々自由に過ごしている。

ドアがノックされた。松江のホテルである。立花はベッドから躰を起こした。昼前だった。

「やっぱりいたか」

ドアを開けると、森はずかずかと部屋に入ってきた。

「奴さんはマスコミを引き連れて日本海だとさ。デモンストレーションでもやるんだろう」

神谷のことだろう。試練の十番勝負は六戦を終えて全勝で勝ち越しを決めていた。

「マスコミの使い方はもういっぱしだな」

「たいしたもんだ」

「マスコミに媚を売るのが嫌いな誰かさんとは違う」

「皮肉か？」

「いや、素直に感心してる。膝はどうなんだ？」

「なんともない」

他のレスラーと同様、立花も膝に古傷があった。十五年もやっていれば、誰でも躰はボロボロになる。ただ、体重を落としてからは痛みを忘れていた。生涯付き合うと思っていた痛みから解放されたのだ。

「我慢して他のところも悪くする。ベテランに多いんだよ。若手を見てみろ。少し痛いだけですぐに来やがる。レスラーとしてはどうかと思うが、長くやりたいならその方が賢い」

「おまえのマッサージはごめんだな」

「ぬかしやがる。しかし、ほんとうに悪くないみたいだな。トレーナーとしては、他の連中にも食生活の改善を勧めるべきか悩むところだ」

「チャンピオンあたりからやらせるんだな」

「糖尿をレスラーの職業病だと思ってるようなやつにか？」

「チャンピオンが内臓疾患でベルト返上じゃ、恰好がつかんだろう」

「そのチャンピオンだが、相当にピリピリきてるぞ」

「追い風を感じてるのか」

「ファンもマスコミもこぞって新エースを後押ししてる。このまま神谷が挑戦すれば、会場は神谷一色だ。この一年、誰がこの団体を引っ張ってきたんだって気分なんだろう」

「甘いな」

「まあ、典型的なベビーフェイスだ。どう足掻いてもヒールにはなれん」

「確かにそうだ」

立花は煙草に火をつけた。

「三島の気持ちもわかる。実力は認めるが、あの試合じゃな。それに若すぎる」

「若手がトップに立てば、業界も活性化する」

「資格がない」

「年寄り臭いことを言うなよ」

「そう思わないか。道場でしごかれて、血の汗を流して、それから一段ずつ階段を昇っていったやつだけが頂点に立つ資格があるんだ」

「そういうやり方だから、エースを育てるのに十年かかる」

「十年かけて育てたから、少々のヘマをしてもファンが離れないんだよ。神谷じゃ、たとえ頂点に立ったとしても、一度負ければそれで終わりだ。積み上げてきたものがない」

「手厳しいな」

「おまえは充分にその資格があると見てるんだがな、俺は」

「そいつは光栄だ」

「資格はあるが、本人にやる気がない。それが難点だ」

「中堅の宿命ってやつだ」

「その台詞は似合わんよ、おまえには」

森は元レスラーだった。同期生である。同じ日に入門し、寮も同部屋で、デビュー戦も同じ日だった。ともにしのぎを削ったライバルであり、親友でもあった。

その森を廃業に追いやったのは立花だった。頸椎を毀したのだ。レスラーにとって、首をやるのは致命傷だった。森は爆弾を抱えて闘うよりも、引退する道を選んだ。誰も森の選択を責めることはできなかった。他の箇所なら騙し騙しできても、首の怪我は、命そのものに関わるからだ。

試合中の事故である。立花が糾弾されることはなかった。しかし、それで終わった。海外修行から帰国し、エース候補として頂点を目指していくその矢先だったが、仲間を引退に追いやってまで、頂点を目指そうという気概はなかった。

いつしか、真剣勝負《セメント》をさせたら一番、という不名誉なレッテルを貼られた。試合ではなく道場では強いという意味だった。それすらもいまは懐かしい。

「飯でも行くか?」

「どうせ粗食だろう。ごめんだな。ヘビーなものが食いたい気分だ」

「もう若くないんだ。少しは食生活に気を遣えよ」

「糖尿一直線のチャンピオンに伝えとく」

「もうなってるんじゃないのか」

「よく寝るしな」

森が笑った。

引退し、故郷に帰ると言う森を引き留めたのは新田だった。強引に道場のトレーナーに据えたのだ。立花は、森と一緒に辞めるつもりだった。その意思は新田にも伝えていた。新田は森を残すことで、立花にも思い留まるよう言った。森には、立花を辞めさせないためにトレーナーとして残れ、と告げていた。それを知ったのは森が資格をとり、トレーナーに就いてからだった。

「彼女とはうまくいってるのか?」

「ああ」

「早く一緒になれよ。逃げられるぞ」

「余計なお世話だ」

「俺のところは来年小学校だ。三島のところも幼稚園だとさ」

三島も同日入門の同期だった。同期生は他にもいたが、同じ日に入門したのは立花と森と三島の三人で、デビューまで漕ぎつけたのも三人だけだった。

森とも三島とも、プライベートで付き合いがあるわけではない。三島など、もう何年も口をきいたことがなかった。それでも、同じ日に入門し、生き残った仲間である。ただの同期という関係を超えた感情が二人にはあった。

その感情は、多分、森にも三島にもある。だからこそ、三島は自分のことが許せないのだろう。森を引退に追いやったことではない。それにより覇気をなくし、中堅に甘んじていることを軽蔑しているのだ。

「もう行けよ」

「おまえの実力は俺が一番よく知ってる。なんせ、毀された本人だからな。将来のエース候補を引退に追いやったんだ。おまえには頂点に立つ義務がある」

「義務か」

「明日、かましてやれ」

「おまえがそれを言うのか」

「台本《ブック》はないんだろう」

「表向きはな」

「だが、タイトルマッチは違う」

「そうだろうな」

「いまの流れじゃ、三島が不利だ」

「だから神谷を止めろと言うのか？」

神谷を主役にした今巡業《シリーズ》のクライマックスは、試練の十番勝負を勝ち抜いた神谷と王者の三島のタイトルマッチである。それをしがない中堅が止める。許されることではなかった。

「あんな若造に、同期がやられるのを見たくない」

「なにを甘いことを言ってる」

「おまえも星をくれてやるつもりなのか？」

「おかしいか？」

「意外ではある」

「仕事だ」

「仕事か。確かにそうだ」

森がなにか言おうとして口を噤んだ。

会話が途切れた。束の間の気まずい空気を振り払うように立花の膝を叩き、森が腰を上げた。

「まだ二十年はできる。保証してやるよ」

「耐えられる自信がないな」

「そう言うやつに限って長くやるんだ。辞めろと宣告しても辞めないのさ」

森が笑って部屋を出て行った。

ベッドに横になり、立花は煙草をくわえた。

森は、神谷を三島に挑戦させたくないのだろう。神谷の十番勝負に新田は関与していないが、タイトルマッチは新田の管理下で行われ、当然、台本《ブック》も用意される。勝敗を決めるのはフロントで、最終的な判断を下すのは新田だが、ファンの熱とマスコミの注目度からして、神谷の初戴冠は現実味を帯びつつある。

ただ、三島は負け《ダウン》を呑むのか。まともなプロレスをしていない神谷に、一年にわたり守ってきたタイトルを渡すことを良しとするのか。

この世界で台本を破ることは許されなかった。新田が最終判断を下せば、三島はそれに従うしかない。しかし、感情は別だった。承服できなければ三島は新田に背を向ける。つまり、ジャパンのリングを去る。

そこまで考えたから、森は発破をかけにきたのだろう。

だから神谷を止める。馬鹿げていた。それによりもうひとりの同期がどうなるかまでは森の頭にはないらしい。

煙草の灰がシーツに落ちた。摘まもうとしたが灰は崩れ、真っ白なシーツを汚した。手で払っても布地に入り込んだ灰は取れなかった。手で払い続けた。長いことそうしていた。

夕方、立花はスーツに着替えて部屋を出た。

今日がオフであることを里子は知っているが、連絡はしなかった。里子もしてこない。それでも、里子は電話を待っているだろうという気がした。

もう帰宅しているのだろうか。ソファに座り、卓上のカレンダーを眺めている里子の姿を想像した。電話をすればいい。寂しいか。そう訊けば、里子はなんと答えるだろう。なぜ、自分なのか。里子はそれにも答えるだろうか。

ホテルの前には、選手が宿泊しているのを知るファンがたむろしていた。立花に気づき、何人かが声を上げたが、ジャパンの選手だという声で、それ以上のものではなかった。寄ってくる前に立花はタクシーに乗りこんだ。

行先を告げようとすると、若手が駆けてくるのが見えた。手を振りながら呼び止めている。車を出そうとした運転手を止め、立花は窓を下げた。

「なんだ」

「新田さんが呼んでます」

若手は息を切らしていた。立花はタクシーを降りた。運転手がぼやいたが、千円札を渡すと笑顔になって礼を言った。

新田は、一階にある喫茶スペースの日本中どこにでもあるような中庭を眺められる奥の席にいた。

「明日の試合だ」

向かいの席に座るなり、新田が言った。

「ひと仕事、頼むぞ」

なにを言われたのか、瞬時に理解した。

「泣きついてきやがった」

「そうですか」

「投げで決めたいそうだ」

スリー・カウントで決める。つまり、神谷の試練の十番勝負は立花との試合から台本を設けるという意味だった。

「わかりました」

森は、神谷がマスコミを引き連れてデモンストレーションをやっていると言っていた。二つの顔。たいしたものだった。

「打ち合わせがいるなら、今日のうちにしてくれ。会場じゃマスコミの眼が光ってる」

「しない方がいいんじゃないですか。嚙み合わない方が、説得力があるでしょう」

「そうだな」

少し間を置いて、新田が頷いた。これまで散々な試合内容だったのが、急に嚙み合ってはおかしいことに気づいたのだろう。

ウエイトレスが注文を取りにきた。断ろうとしたが、新田が勝手にコーヒーを頼んだ。

「なにも訊かないのか？」

立花が煙草に火をつけると、新田が言った。煙草の断りではない。

「組まれた試合はやるだけですから」

「テレビが煩くてな」

ぼそりと新田が洩らした。豪快な勝ちは、テレビ局の意向ということか。神谷の試合は全戦撮っているはずだが、使える映像がないのかもしれない。

プロレスらしい試合で神谷が豪快に勝ち、それを大々的に報じれば、三島への挑戦の期待にさらなる拍車がかかる。要するに、神谷に躓かれては困る会社とテレビ局の思惑が一致したのだろう。明日の試合は、週末の放送に十分に間に合うのだ。

「三島には挑戦させることにした。おまえ以降の相手も変える。倉石たちを当てる」

「十番勝負は打ち切りですか」

「そうなるな」

試練の十番勝負を打ち切り、新たな仕掛け《アングル》を用意する。つまり、神谷のシナリオの主導権は岩屋から新田に移ったということだろう。

「明日、三島のシングルを組む。そこで神谷を乱入させる」

プロレスが最も得意とするアングルだった。三島の試合後に神谷が乱入し、改めてタイトル挑戦をアピールする。そこに新田が出て行き新たな条件を課す。単純だが、テレビの放送日と最終戦までの日数を考えれば、その方がよかった。

そして神谷の対戦相手は、中堅から倉石たち新田門下のトップ陣に変わる。ハードルが上がるならファンはむしろ厳しさが増したと見る。

「おまえには借りができるな」

庭に眼を移して、新田が言った。

その言葉で察した。新田は、自分の子飼いにはなるべく傷がつかない負け方を考えているのだろう。そのために、派手な負けがひとつ要る。それに立花が選ばれたということだった。

なぜ、自分なのか。そんな疑問を抱くほど若くはなかった。

コーヒーが運ばれてきた。立花は煙草をもみ消した。

「なにかあるか？」

「いえ」

「呼び止めて悪かったな」

軽く頭を下げ、立花は席を立った。

そのままホテルを出て、タクシーに乗った。先ほどと同じタクシー会社だったが、運転手は違った。行先を告げる前に、運転手は車を出した。

繁華街を抜けると、宍道湖が視界一杯に広がった。湖を紅く染める夕陽が彼方に沈みつつあった。

新田は、神谷の戴冠を決めたのか。それは訊く立場になかった。

この一年、ジャパンを牽引してきたのは三島だった。集客は厳しかったが、それを三島ひとりの責任にするのは酷だった。むしろ現役王者の退団という団体の屋台骨が揺らぐ事態のなかで、三島は新王者としてジャパンの名に恥じない闘いを繰り広げてきたと言える。

その三島が神谷を相手に負けを呑《ダウン》むのか。三島のプライドはそれを許すのか。

車内を貫く西日に手をかざした。

自分には関係のないことだった。誰であれ永遠に勝ち続けることはできない。自分より明らかに力の劣る相手に勝ちを譲る。それがプロレスだった。

二十分ほどで目的地についた。立花は住宅街を歩いた。通りの感覚。それが徐々に記憶と一致していく。

目指すマンションを見つけ、エレベーターに乗った。三階の角部屋。通路を歩いてドアの前に立った。

チャイムを押した。返事はなかったが、ドアの向こうで誰かが魚眼から覗いている気配を感じた。それは一瞬のことで、すぐにドアが開いた。

「来るような気がしてた」

女は冷めた声で言った。夕餉の匂いが漂っていた。

「いいか？」

「いつも同じこと訊くのね。いいわよ、まだひとりだから」

女も同じことを言う。

部屋に上がった。女の部屋の匂いは、なぜこうも各《おのおの》に違うのかといつも思う。名前や顔よりも匂いが女のことを思い出させてくれる。

「来るなら今日だと思った」

「どうして」

「明日、神谷とやるんでしょう。負けたら、顔を出せないと思って」

女の皮肉な物言いに、立花は苦笑した。

「まだ男はできないのか」

「誤解しないでね。年に一度か二度しか来ない誰かさんを待ってるんじゃないのよ。あたしの眼に適う男がいないだけ」

「そうだった」

「電話もしてこないんだから。誰かさんは」

「声を聞いたら会いたくなるからな」

「どうだか」

女は腰の辺りをつねってくると、キッチンに戻った。

立花は上着を脱ぎ、ベッドを背にしたテーブルの前に座った。女がビールを持ってくる。

「ご飯まだでしょ。食べる？」

「ああ」

「いつまでいれるの？」

「会場入りが四時だから、明日の三時頃までは空いてる」

「そうなんだ。じゃあ、明日会社休もうかな」

「無理するなよ」

「あなたのためじゃないの。そういう気分なだけ」

立花は笑って、グラスに注がれたビールを飲んだ。

「先にお風呂入る？」

「後で一緒に入ろう」

「調子いいわね。半年も放っておいて」

顔は怒っているが、女の眼は歓んでいた。

立花は煙草に火をつけた。全国に、こういう女がいる。二ヶ月に一度は必ず行く大都市ならともかく、年に一度か二度、興行があるかないかの地方では、それだけ会うのも稀になる。しかし、そういう相手に限って何年も関係が続いたりするのだから不思議だった。

久しぶりに訪ねてみると、男がいることもめずらしくない。引っ越していて、音信不通になることもしばしばだった。一年ぶりに会うと、子供を抱いていたという笑えない話を他のレスラーから聞いたこともある。

所詮は旅がらすだった。地方の女に求めているのは、欲求の捌け口ではなく、多分、ひとときの安らぎなのだろう。

女の料理を食べた。狭いキッチンで作った料理は、手の込んだ里子のものとは比べようがなかったが、女が半年ぶりに来るかもしれない男に対して微妙な感情を注ぎこんでいるのはよくわかった。

食事を終えると一緒に風呂に入り、ベッドに入った。

半年ぶりの女の躰は、新鮮で懐かしくもあった。そしてどこか哀しい。自分だけの女だとは思っていない。女もそうだろう。ただ、いまこのときは一緒にいる。それで十分だった。

時間を置いて再び手を伸ばすと、女は、いいの、と訊いた。

「明日試合なんでしょう?」

「構やしない」

「大事な試合なんじゃないの?」

「百二十試合のうちの一試合だ」

ボクサーではない。レスラーなのだ。女を抱いた程度で試合に支障が出るようなやわな躰ではなかった。

女の眼が濡れた。単純でいい。それも大切なことだろう。

「明日、観に行くね」

「チケット、いるか?」

「もう買ってる」

「じゃあ、頑張らないとな」

女がプロレスをどう思っているのかは知らなかった。

八百長なのかと面と向かって訊かれたことは何度かある。八百長ではなかった。勝敗に金銭が動くことはないからだ。ただ、勝敗ははじめから決まっている。人によってはそれだけで十分にいかさまなのかもしれない。

しかし、リング上でぶつかり合う肉体と痛みは本物だった。そこに嘘はない。そして感情が加わる。割り切ろうとしても割り切れないもの。抑えようとしても抑えきれないもの。たとえ負けは決まっていても、その思いを相手にぶつける。それにより、勝敗を超えた部分で闘いが生まれ、試合は熱くなる。

「ねえ、勝ってよ」

舌を遣いながら女が言う。

「半年も放ったらかしにしたんだから、罪滅ぼしのかわりよ」

久しぶりのシングル戦が、テレビに流れる。それも、若手にいいようにやられるものだ。

かつては将来を期待された中堅。当時を知る人間が見れば嗤うだろうか。里子はどうか。明日の試合が、週末の放送で使われるなら、立花はまだ巡業先にいる。里子はひとりで、自分の男が無様に敗れるのを見ることになる。

女の手が顔に触れた。この女なら、負けた男を慰めようとするだろうか。里子は、試合には触れないだろう。

女の動きが激しくなる。試合とは違う汗が心地よかった。

7

メインイベントを前にして、間違いなくこの日一番の歓声だった。

悲鳴のような歓声は、テーマ曲すらかき消している。入場口は、鉄柵に群がったファンが差し出す手で埋もれていた。

「凄いもんだ」

レフェリーの山口が呟く声が聞こえた。

立花は振り向いて、自分の入場口に眼をやった。空席が目立っていた。チケットが売れていないのではない。そこにいた客が、神谷の入場を間近に見るために反対側のコーナーまで移動しているのだ。

神谷の下克上宣言は、明らかに客入りに結びついていた。神谷の白星が続く限り、この状態は続くだろう。

メインイベントでは、急遽三島のシングル戦が組まれていた。チャンピオンがシリーズ中盤に、それも地方でシングル戦を行うのは異例だった。しかも相手はトップ選手のひとりで、新田の子飼いでもある倉石である。

マスコミは、神谷が最終戦で挑戦してくると三島が見込んだと推測しているが、実際は仕掛《アングル》けの一部だった。ただ、ファンがそれを知ることはない。

最前列の女から花束を受け取り、神谷がリングインした。コーナーに上がって花束を誇らしげに掲げる。

花束を同期に渡した神谷が、ようやく立花を見た。これまでにはない余裕の表情だった。

リングアナウンサーの井上がマイクを取る。

初対決。その口上に、客席が沸き、リングサイドに群がったマスコミがフラッシュを焚かせた。

コールと同時に、神谷がTシャツを脱ぎ捨て、客席に投げた。女だけでなく男までもが飛びつき、小競り合いになった。慌てて若手が止めに行く。神谷は涼しい顔をしていた。筋肉が隆起し、肌艶もいい。若さだけでなく、トレーニングで鍛え上げられた躰だった。

ゴングが鳴った。

立花は反時計回りに動いた。神谷も同じように動いている。華麗なステップだった。華がある。こればかりは練習して身につくものではなかった。華はもともとあったのだろう。それがこの数週間のうちに一気に開いた。

リングを半周したところで、立花は間合いを詰めた。眼が合う。ぎらついた眼。闘争本能の塊だった。

指を伸ばす。力量を探り合った。神谷は指先まで力が漲っていた。

立花は腰を低くし、眼線を下げた。再び指で探る。その瞬間、神谷の手をかいくぐり、バックを取った。腰に腕を回す。しかしその前に、するりと神谷が消えた。反対にバックを取られていた。

腰をロックされたまま持ち上げられ、うつ伏せでマットに叩きつけられた。躰の上を神谷が回転する。右腕を取られていた。歓声と拍手が沸き起こる。立花は躰を揺らし、反動を利用して立ち上がった。腕を取られたままロープに振る。神谷が飛んでいき、弾丸のように戻ってくる。正面から受けた。跳ね飛ばされ、立花はそのままリング下まで転がった。

神谷がロープを使うのは、今シリーズはじめてだった。

「来いよ」

リング上から神谷が手を叩いて煽った。リング下のテレビカメラが、そばにいる立花に背を向け、神谷を撮っている。

山口が場外カウントをはじめた。立花はゆっくりと場外を周り、テン・カウントを過ぎたところでリングに戻った。すぐさま神谷が蹴りを放ってくる。続けざまにストンピングを浴び、立花はマットに手をついた。なおも神谷は執拗に蹴ってくる。

これまでの六戦とは明らかに違う動きだった。

髪を掴まれて立たされ、ロープに振られた。ロープに触れる前に躰の向きをかえ、ロープの反動を利用して加速する。プロレスの基本だが、基本の美しさはそれだけで客を魅了する。ここでスピードを落とす選手は三流だった。たとえ試合の終盤で、相手のフィニッシュ技が待っていたとしても、突っ込んでいくのがレスラーの美学だった。

神谷が宙を飛んでいた。きれいに閉じられたシューズの裏面が繰り出される。顔面に食らった。

歓声が起こった。神谷のドロップキックの華麗さに対して送られたものだった。加速して突っ込んだ立花に対してではない。そこにプロレスの魔力のようなものがある。

大の字になった立花の胸に、神谷が足を乗せてきた。

「カウント」

山口がマットを叩く前に、立花は足を払いのけて立ち上がった。手四つで組む。神谷が力で押し込んできた。立花はずるずると後退した。ロープを背にする。

「ブレイク」

山口が神谷の背中を叩いた。神谷の押してくる力が緩んだ。その隙に、立花は頭突きを食らわした。鼻っ柱にもろに入り、神谷は手を離すと、鼻を押さえて顔を歪めた。

ブーイングが聞こえた。

「ロートルが」

神谷が睨みつけてくる。どこを狙っているのかという顔だった。

立花は頬を張った。館内に乾いた音が響く。神谷が眼の色を変えた。二発、三発と、連続して頬を張る。神谷も張り返してきた。きれいに頬に入った。神谷の張り手は会場内に谺するように響く。しかし、それだけだった。立花は耳を張っていた。音は悪いが、振動は脳に響く。

打ち合いになった。一発ごとに客が声を張り上げる。手数は立花の方が勝っていた。神谷は頭突きで鼻血を出していた。しかし退かない。気合を入れながら、頬を張ってくる。神谷が耐えるのは若さだけではなかった。声援のパワー。それは確かにある。臆することなく、それを力に変えられる者が頂点に立つことができるのだ。その素質を神谷は十分に兼ね備えている。

張り手からエルボーに変わった。ガツンという音が頭のなかに響く。だが、打ち方が甘かった。プロレス式のエルボーで、人を毀す打ち方ではない。

交互に打ち合っていたのが、徐々に神谷の手数が増えていった。立花は腰を落とし、両膝に手をついた。なおも神谷はエルボーを打ってくる。客の期待に応え、なんとかエルボーで倒そうと必死の形相だった。次第に大振りになってくる。

神谷が大きく息を吐き、気合を入れた。エルボーがくる。それに合わせて立花は拳を放った。頬に衝撃がきたのは、拳に軽い手応えがあった直後だった。

立花は大の字に倒れた。歓声が一際大きくなり、すぐにどよめきに変わった。照明が眩しい。顔を横にすると、すぐそばでうつ伏せに倒れている神谷が視界に入った。眼を見開いている。なにが起きたのかわかっていない様子だった。

モーションが小さかったため、客のほとんどは気づいていないだろうが、拳で顎を打ったのだ。顔面を拳で殴るのは反則だが、プロレスにはファイブ・カウントまでは反則が許されるという特殊なルールも存在する。プロレスの特異性のひとつだった。

神谷はなかなか起き上がれないでいた。脳が揺れているのだ。テンプルを的確に打たれるとそうなる。

立花はゆっくりと立った。普段使わないパンチをなぜ出したのか。新田もプロデューサーの峰岸も苛立っているかもしれない。しかし、きれいに勝たせろとは言われていなかった。

神谷にプロレスを教えてやろうという気はなかった。ただ、なにかが自分の裡にある。怒りに満ちた形相を向ける神谷の顔面を、つま先で蹴りつけた。マットに血が飛んだ。山口が強く胸を叩いてきた。故意に鼻っ柱を狙ったことに気づいたのだろう。

山口を跳ね飛ばし、立花は神谷の前髪を摑んだ。強引に立たせ、懐に入りこんで腰をロックする。バックドロップで投げた。空中で捻りをくわえる。神谷を後頭部からマットに叩き落とした。またどよめきが起こった。海外修行で身につけた技だった。日本で出したことはほとんどない。これを武器にして頂点を目指す前に、森を毀した。そして封印した。

カバーに入った。山口がマットを叩く。カウントは二つ。

神谷は眼の焦点が合っていなかった。返したのはレスラーの習性か。意識は飛んでいるのに、躰が勝手に反応することがある。職業病のようなものだ。

拳で、鼻っ柱を殴った。血が飛ぶ。山口が本気で怒った。もう一度やれば、反則負けにすると眼で言っている。

台本《ブック》のことは、当然把握している。試合の流れを変え、ときに修正するのもレフェリーの重要な役目だった。落ちつけ。山口の眼はそう言っているかのようでもあった。

神谷が自分で立った。焦点はまだ合っていないが、鼻へのパンチで意識が戻ったのだろう。眼が動揺していた。

十分経過。リングアナウンサーのマイクが入る。

神谷のどてっ腹に膝をぶちこんだ。躰がくの字に曲がり、宙に浮いた。それから背中にパンチを落とす。下を向いた神谷の頭を、太腿の間に挟んだ。腹に手を回してしっかりとロックする。頭を挟んだまま、神谷の躰を持ち上げた。立花の太腿を支点にして、神谷が逆立ちした恰好になった。間を取り、次の瞬間、立花はマットを蹴った。両脚を伸ばし、あとは重力に任せる。

脳天杭打ち《パイル・ドライバー》。二人分の体重を乗せて、神谷の頭がマットに突き刺さった。

腕のロックを外すと、神谷の躰が弧を描きながらゆっくりと倒れた。カバーには入らなかった。立花はすぐさま立ちあがり、うつ伏せたまま動かない神谷の髪を摑んだ。強引に立たせる。

「立花さん」

神谷が呻きながら小声で言った。臆している。懇願するような響きだった。若かった。下手な声は、テレビのマイクが拾う。

ぶちぶちと音を立てて髪の毛が抜けた。再び太腿の間に頭を挟んだ。持ち上げる。今度は間を置かず、マットに突き刺した。

同じ技の連続攻撃は客への説得力になる。そして神谷の心を折る。

カバーには行かず、倒れた神谷の躰を蹴りつけた。効きすぎたのか、神谷の反応が鈍い。さらに何発か蹴り、立花はピンフォールした。山口のカウント。遅く感じられるカウントが三つ入る寸前に、かろうじて神谷は肩を上げた。

凄まじい歓声が起こった。リングが揺れている。客が足踏みをする、その振動だった。

神谷の顔が青ざめていた。覇気が消えている。汗の量も多い。鼻は真っ赤に腫れあがりつつあった。

リングの上でそんな顔をするな。そう言ってやりたかった。道場では敵わない相手に試合で勝つ。それがプロレスだろう。

業界の掟。決して破ってはいけないもの。それを知ったのはいつだったか。直接言われたのは、一試合目から二試合目に上がった頃だった。約束事のような取り決めがあることは薄々勘付いていた。道場のスパーリングではたいしたことのない選手が、なぜか試合では勝つのだ。

衝撃はなかった。むしろ、ファンとしてテレビで見ていた頃にときおり感じていた違和感の正体がわかった気がした。はじめから勝敗が決まっていたと考えると、不可解な試合の辻褄が合うのだ。

隙だらけの神谷が立ち上がるのを待った。

ロープに振る。しかし神谷は走れず、途中で倒れた。再び、つま先で顔面を蹴った。ブーイングのかわりに、神谷コールが起こった。

カバーに入った。神谷が返す。返すことは読んでいた。腕を取った。逆十字で絞め上げる。完璧に極まった。反射的に神谷がタップしようとした瞬間、立花は絞め上げる腕の力を弱めた。誰にもわからない。わかるのは神谷だけである。それでよかった。

神谷が躰をばたつかせ、少しずつロープの方に移動した。その間も苦痛の声は洩らしている。絶叫に近い神谷への声援が飛んだ。立花はさらに絞り上げる仕草をした。

神谷の足がロープに届く。山口が飛びかかるようにして、立花に手を離させた。客の足踏みでリングが揺れる。今日の客は、間違いなく次の興行にも来る。そう断言できるほどの盛り上がり方だった。

終わりだ。眼でそれを伝えた。

立ち上がった。遅れて立った神谷をロープに振る。大きなモーションで蹴りを狙ったが、神谷は躰を屈めて、蹴りをかわした。そのまま対面のロープに突っ込んでいく。立花は体勢を崩しながら、躰の向きを変えた。神谷が飛んできた。躰全体を使った、がむしゃらな攻撃だった。

正面から食らい、立花はリング上を転がった。立ちあがったのは、神谷の方が早かった。片膝をついたときには、神谷の低空のドロップキックが顔面を捕えていた。

後頭部をマットに打ちつけた。荒い呼吸が近づいてきて、背後から腰に手が回ってきた。引っこ抜かれる。顎を引いた。原爆固め《ジャーマン・スープレックス》。相手を真後ろから持ち上げて後方に叩きつけ、ブリッジで固める《ホールド》投げ技である。

山口が飛んできて、カウントに入った。カウント・ワンで、神谷が自分から技を解いた。腕は腰をロックしたままだ。躰を回転させ、再び引っこ抜かれた。同じ技の連続攻撃は、さっきのお返しだろう。ただ、投げるタイミングと角度は同じだった。

立花は躰の力を抜いた。戦意がないことを示したつもりだったが、神谷はカウントが入る前にブリッジを解いて立ちあがった。

顔面に蹴りがきた。ひそかに手で受け、立花は顔を押さえて大げさに転がった。

急な動きのせいで神谷は鼻血を噴き出していた。試合を終わらせたはずのせっかくの流れを止めた。それだけ怒り心頭なのか。

起こされた。神谷が背後に回る。三度目のジャーマン。いま決めても説得力はなかった。流れのなかでこそ技が生きるのだ。

甘い男だった。こんな若造に負けてやる。なんのためか。会社のためにか。業界の掟。受け容れれば、どんなスポーツよりも長くできる。そう言ったのは誰だったか。確か、三流どころだった。上の選手にはもっとましなことを言われた。プロレスは勝敗ではなく内容だ。内容に勝った者がほんとうの勝者であり、負けが悔しいなら、相手よりも光れ。

投げをこらえた。立花の背中に額をつけている神谷の鼻息が荒くなる。

腰のロックを解こうとした。神谷が踏ん張る。その力をいなした。神谷が横に転がる。

立ってくるのに合わせ、アッパーをボディに叩き込んだ。神谷が大きく口を開け、動きを止める。胸、膝、腹。左右の蹴りを叩きこんだ。リミッターを外していた。神谷が棒立ちになる。

ハイキック。神谷の側頭部で乾いた音が鳴った。

眼を反転させた神谷の懐に入り、腰をロックした。

高角度のバックドロップ。さらに捻りをきかせた。頭から落ちた神谷が両手足を投げ出して大の字になる。カバーに入った。流れに逆らえず、山口がカウントに入る。神谷が返すと期待する観客の叫び。やめろ。離せ。山口の無言の叫びが聞こえたような気がした。

カウント・スリー。ゴングが乱打された。立花のテーマ曲が鳴らなかった。準備をしていなかったのだろう。

山口が険しい顔で立花の手を取り、乱暴に掲げた。神谷は失神していた。場内は静まりかえっている。若手たちがリングに滑り込んできた。すぐさま神谷に水がかけられる。眼を醒ます前に立花はリングを下りた。

群がってくる客はいなかった。テーマ曲も鳴らない。前を向いたまま立花は退場した。

若手が重い扉を開ける。出番を待っている三島が立っていた。はだけたガウンの下でチャンピオンベルトが光っている。一瞬だけ眼が合った。

控室は静まり返っていた。モニターの前で椅子に座り、腕を組んでいる新田の背中があった。声をかけてくる選手はいない。

立花はシューズを脱ぎ、レガースを外した。水を飲む。それから腰を上げた。モニターにはようやく退場していく神谷の姿が映っていた。若手二人に両脇を支えられていた。

控室の外にマスコミの姿はなかった。神谷の方にまわっているのだろう。それだけ予想外の敗戦だったということだ。

シャワー室の前に、週刊リング編集長の寺尾がいた。

「編集長がわざわざ山陰まで出張か」

「一番注目していた試合だった。来て正解だった」

「ご苦労なことだな」

立花は煙草に火をつけた。

「これで、のんびりはしてられないな。最も勢いのある若武者を倒したんだ。嫌でも表に出ざるを得ない」

「やめてくれ」

「いい試合だった」

寺尾に手をふり、立花はシャワー室に入った。くわえ煙草でシャワーを浴びる。爽快感はなかった。馬鹿な真似をした。少なくとも、プロとしては失格だった。

控室に戻ると、誰もいなかった。メインの試合ははじまっている。チャンピオンのシングル戦である。皆、セコンドに付いたのだろうが、控室の空気に耐えきれずに逃げ出したようにも感じた。

新田だけはモニターの前に変わらぬ姿でいた。

立花は椅子に腰を下ろした。ときおり歓声が聞こえてくる。

「見てみろ、こいつ」

背中を向けたまま新田が低い声で言った。

モニターのなかで三島と倉石が闘っている。新田門下の筆頭を三島は一方的にいたぶっていた。いつもの三島の試合ではなかった。感情に任せた、荒々しい試合運びだった。

「俺への腹癒せをぶつけてやがる。倉石は災難だな」

その言葉で、新田が三島にタイトル戦の負け《ダウン》を呑ませたことがわかった。

「よく呑みましたね」

「本人が思っているほど、会社は評価してない。それに気づいてないから条件ばかり並べやがる」

新田が吐き捨てた。新田の眼には、チャンピオンとしての三島に不満があるようだった。

「三島は、今日からシングル連戦の予定だった。途中で膝をやる」

流れは想像できた。三島は膝の怪我を悪化させ、タイトルマッチではろくに動けない状態になる。それでもギブアップはせず、最後は危険と判断したレフェリーが試合を止める。そしてタイトルは神谷に移動する。三島の傷は最小限で済むだろう。

「カウント三つをとらせろと言ったら、あの野郎、なんて言いやがったと思う。俺を舐めてるんですか、だとよ。膝を呑んだのも渋々だ。まあ、もう意味がなくなったが」

新田の口調は、三島にそう言わせた自分を嘲笑っているかのようだった。

三島の手刀が決まる。チャンピオンのシングル連戦は、当然、神谷に触発されたものとファンは見るだろう。そしてどこかで膝をやる。タイトル防衛に失敗する布石だった。

しかし、そのすべてが無駄になった。神谷が全勝した上でタイトル挑戦。そして新王者の誕生。そうした目論見が霧散したのだ。

「なにを考えてる」

新田が言った。口調は変わらない。自分について問われたのだと立花は気づいた。

「確信犯か」

「いえ」

「我を忘れたか。森を毀したときみたいに」

新田は背中を向けたままだった。モニターのなかでは三島の攻撃が続いている。

「終わったぞ、おまえ」

三島が頭上に持ち上げた倉石を、豪快に脳天から落とした。垂直落下式のブレーンバスター。三島のフィニッシュ技である。

試合が終わった。くぐもったような歓声が聞こえてくる。

立花は控室を出た。気づいた記者が駆け寄ってきたが、一言も喋らず、会場を出た。

本隊のバスに乗り、いつもの席に座った。

クビだとは言われていない。言われていない以上、巡業には同行する。試合に使うか否かは新田が決めることだった。

なぜ、抑えられなくなったのか。せっかくの流れをぶちこわした若造に腹が立ったのか。勝ったところでたいした意味はなかった。意地を張るのは、負けて失うものを持った者だけでいいのだ。

ただ毀したかっただけかもしれない。そんな気がした。悔いはなかった。終わったと新田は言ったが、森の選手生命を断ったときからほんとうは終わっていたのだ。

バッグのなかで携帯電話が鳴っていた。会場入りするまで一緒に過ごした女だった。

「おめでとう」

「ああ」

「凄かったよ。かっこよかった」

女は、はしゃいでいた。

「今日は移動なのよね」

「ああ」

「次に、松江に来るのはいつ?」

「さあ、半年後くらいか」

「わたしが待ってるとは思わないでね」

「いい女だからな」

「でも、そのとき、ひとりだったらいいわよ」

「期待してる」

ジャパンが再び松江に来るとき、自分はもういないだろう。別の団体で旅に出るのは考えられなかった。

「じゃあな」

「ありがとう」

電話を切った。立花は背もたれを倒した。

眼を閉じる。押し寄せた波が引いていくように、女の顔が消えていった。

8

山が色づいていた。

バスは静かに走り、顔に疲れが滲み出た選手たちのほとんどは寝ている。奈良を発ったのは午前中で、これから伊勢で試合をやり、その後、最終戦の大阪に向かう強行日程だった。

巡業の中頃は張りつめている車内の空気も、終盤に近づくにつれてしだいにやわらいでいく。

移動はただ休息に使うが、笑い声が起こったりするのだ。

四六時中顔を突き合わせていると、場を和ませるムードメーカーが必要になってくる。若手の頃は三島がそうだった。明るく、先輩に愛され、馬鹿をやって皆を笑わせていた。

その三島はチャンピオンとなり、バスの一番後ろを指定席にしてふんぞり返っている。新田はいつも一番前の席だった。

その新田がマイクを持った。

「全員、起きろ」

会場入りする前に伊勢神宮に寄り、全員で参拝するのだという。いくつかぼやく声が聞こえた。プロモーターの意向なのだろう。

寝ていた選手たちが起き、身だしなみを直した頃、バスが大型駐車場に入った。

ジャパンのロゴが入ったジャージを着た大柄な男たちが境内に入っていくのを、立花はバスのなかから見ていた。

「立花、行かんのか」

運転手の老松が歩いてきて言った。

「ええ」

「ちょっと土産物屋を覗いてきていいか」

「いいですよ」

「出るときは鍵を閉めてくれな」

言って老松はバスを降りていった。

隣には一回り小さい外国人選手用のバスが並んでいる。外国人たちも参拝に行ったようだった。集団のなかにはマスクマンもいる。参拝者たちは驚いているだろう。

駐車場の隅に倉石の姿があった。中矢というフリーのジュニアの選手となにか話している。意外な組み合わせだった。中矢は長くフリーをしていて、様々な団体を渡り歩いている男だが、キャリアのスタートはジャパンだという変わり種だった。

新田が辞めた人間を使うのはめずらしかった。個人的な遺恨がないだけかもしれないが、中矢の過去を気にしてか、距離を置いている選手は多い。新田に近い選手はなおさらだった。

文庫本に眼を戻し、そのまま最後まで読み終えた。煙草に火をつけたとき、隣のバスの窓が上がった。さきほどまで倉石と一緒にいた中矢だった。立花が入門したとき、中矢はすでに退団していたが、一応先輩になる。立花は軽く頭を下げた。

「参拝、行かなくていいのか?」

「面倒なんで」

「現場監督はなにも言わないんだな。好き勝手は許さないタイプだろう?」

「さあ、どうなんでしょうね」

「黙認されてるわけか。何年目だったかな?」

「十五年です」

中矢の口調は完全に後輩に対するものだった。歳も十は上だろう。

「三島と同期か?」

「ええ」

「神谷戦から試合を組まれてないが、干されたのか？」

「怪我です」

「ふうん」

中矢はまだなにか言いかけたが、老松が戻ってくるのを見て顔を引っ込めた。

ジャパンを退団した経緯は知らないが、中矢はフリーで生き延びている。それだけの実力があるということだった。団体の所属選手と違い、フリーは怪我をしても保障がない。躰が資本であるのは皆同じだが、保障があるのとないのとでは心の余裕度が違うだろう。

小一時間で参拝は終わり、バスはすぐに出発した。

会場入りすると、立花は練習をはじめた。リングはすでに設置してあるが、会場入りが遅れたため、開場時間まであまりなかった。

四時間ほどの滞在で、試合だけをやり、街を後にする。思えば忙しない稼業である。

試合は定刻にはじまった。

対戦カードに、立花の名前はなかった。神谷戦以降、試合は一度も組まれていない。

神谷は試練の十番勝負を、九勝一敗で終えた。

これが単に三年目のエース候補に課した試練だとすれば、文句のない成績だった。しかし、全勝という条件のもとにタイトル挑戦権が賭けられたシナリオである。前例のない挑戦は、佳境を迎えることなく唐突に終了した格好だった。ファンはなんらかの措置を期待したのかもしれないが、新田は早々と、神谷のタイトル挑戦が消えたことを明言した。

客入りはいいが、熱は冷めている。マスコミの数も半減していた。最終戦のチケットはすでに売れているだけに、興行としては痛手である。

そのすべての原因が、自分にあることはわかっていた。巡業の目玉を潰したのだ。おそらく巡業が終われば、なんらかの処罰が下るだろう。

休憩を挟んで後半戦がはじまると、立花は練習着からスーツに着替えた。煙草を吸いに外に出ると、若手がバスに荷物を積んでいた。試合後は大阪に直行するのだ。食事は途中のサービスエリアだろう。若手は先輩レスラーの食事の世話をし、大阪のホテルにつけば、皆の洗濯が待っている。面倒な雑用だが、全員がたどってきた道でもあった。

立花は、なるべく若手の手を煩わせないようにしていた。洗濯は自分でやり、付け人も断っている。気を遣っているのではなく、三年の海外修行で自然に身についたことだった。

控室へ戻ろうとしたとき、中矢と出くわした。

「今夜一杯どうだ？」

「移動ですよ」

「もちろん、大阪に入ってからでいい」

「遅くなりますね」

「嫌そうだな。明日でもいいが」

「明日は、東京に帰るんで」

「要するに断ってるのか」

中矢が苦笑した。軽く頭を下げ、行こうとすると呼び止められた。

「ここだけの話だが、あんたのことを気にかけているところがある」

立花は黙って中矢を見下ろした。

ひとりの男の顔が浮かんだが、立花は打ち消した。人を使うような男ではない。第一、中矢との繋がりがなかった。

「どこです?」

「スタービール」

中矢は、大手ビール会社の名前を口にした。一部上場している大企業である。会長の赤城という老人は大のプロレス通として知られていた。ジャパンのスポンサーに名を連ねていたこともある。

「あそこの会長が、団体を興そうとしてる」

「このご時世にですか」

「馬鹿げてると思うだろうが、本気だ。春に新団体を旗揚げする」

十年前なら信じられた。プロレスが隆盛を極めていた頃だ。しかし、その後は無意味な分裂を繰り返し、さらに総合格闘技の台頭もあって、業界は長く低迷している。まともな経営者ならこの業界に魅力を感じるとは思えなかった。

「何年か前に、協会をつくる話があったのを知ってるか?」

「ええ」

「あのとき、内々に会長就任の要請があったらしい。結局、団体の足並みが揃わずに頓挫したが、赤城会長はずっとそのことを気にしているそうだ。自分がもっと積極的に動いていたら、いまのプロレスの低迷はなかったんじゃないかとな」

「だから新団体を興して、業界を活性化させると?」

「そうだ。そのメンバーのひとりに選ばれた」

業界の協会設立は、あくまで夢物語だったと立花は思っていた。目的は、団体間の選手の移籍に規定を設けることで引き抜きをなくし、分裂による業界全体の首を締める行為を牽制することにあったが、そもそも引き抜きと分裂を繰り返してきたのがプロレスの歴史でもあった。いまをときめく総合格闘技でさえ、もとをたどれば業界の一派に結びつくのだ。

協会設立にあたり最初に声を上げたのは与党の大物議員とジャパンのフロントだったが、その時点で聞く耳を持たなかった団体がいくつもあったという。団体間には決して相容れない深い溝がある。足並みが揃わなかったのは至極当然だった。

「信じてない顔だな」

立花は苦笑して煙草をくわえた。

「直にわかる。発表した以上、撤回はない。面子があるからな」

「そうですか」

「大阪で話の続きをしたい。明日空けといてくれ」

「明日は東京に帰るんで」

中矢が鼻白んだ表情を浮かべた。

「一応、返事を訊こうか」

「断ります」

「まあ、最初はみんなそう言うが」

「他にもいるんですか」

「それは俺の口からは言えん」

いると認めているようなものだった。中矢が神宮の駐車場で人目を避けるようにして倉石と話しているのを見たが、倉石は新田の子飼いだった。新田を裏切るような真似はしない。できないだろう。

「現状に満足してるとは言えないだろう。それに、あんたはジャパンではもう終わりだ。新田を怒らせたんだからな」

若手が荷物をバスの腹に積み込んでいた。

「興味がないですね」

「冷めてるな。廃業でも考えてるのか?」

「見切りはとうにつけてます」

中矢が呆気にとられた顔をし、次に笑いはじめた。

「その反応は予想していなかったな。本気で言ってるのか?」

「ええ」

「それで、神谷をぶちのめしたわけか」

立花は答えず、ただ笑った。笑っている自分を冷静な自分が視ていた。

「まあ、廃業するならいいタイミングかもな。ジャパンは年内で危ういって話だ」

言って中矢は反応を窺うような眼を向けてきた。

「気になるか？」

「それも直にわかるんでしょう？」

「ほんとに冷めてるもんだ。新田の下じゃ、やりづらかっただろう」

「そんなこともないです」

「まあ、気が変わったら連絡をくれ」

控室に戻ると、倉石が頭から血をまき散らしながら暴れていた。

「どうしたんだ」

そばにいる後輩に訊いた。

「神谷にやられたんですよ。場外で頭割られて、それで倉石さんキレちゃって」

「試合は？」

「無効試合《ノー・コンテスト》です」

十番戦を終えてから、神谷は新田門下勢とシングル戦を組まれていた。台本《ブック》はあるはずだが、なぜか連敗している。神谷にプロレスをしようという意識が強すぎるのか、歯車が噛み合っていなかった。総合格闘技風のスタイルで、相手の技を受けず、一方的に決めていた試合の方がまだ見られた。それほどに内容は酷い。

倉石はパイプ椅子で備品を破壊していた。それを荒井がなだめている。新田はいなかった。メインの八人タッグに出ているのだ。いればこんな真似はしない。

倉石も馬鹿だった。暴れるなら、マスコミの前ですればいいのだ。会場からは弁償代を請求され、会社からはペナルティを受ける。それなら記事になった方がましだった。

結局、数人が取り押さえたところを荒井が張り飛ばし、倉石は静かになった。森が面倒臭そうな顔で頭の傷を診て処置をした。

医師免許はないが、森は傷を縫うのが巧い。よほどの傷でなければ、森に頼む選手が多かった。そのかわり麻酔はない。

新田が雷を落とすのを見る前に、立花はバスに乗った。

中矢の話を考えていた。

大企業で知られるスタービールが、ほんとうにこの業界に参戦するなら、それは凄まじい起爆剤になるだろう。しかし、どれだけの支持が得られるのか。ファンは度重なる脱退や引き抜きにはっきりと嫌悪感を示している。闘いに発展する分裂ではなく、互いに背を向ける、女々しい争いだからだ。

いくら資金源が豊富だろうと、引き抜きで選手を集めるのではファンは拒否反応を示すだろう。なによりも理念はあるのか。目指すもの、掲げるもの。ただ金にものを言わせて頭数を揃えたのでは、一時的に騒がせただけで終わる。

理想は壮大でいいのだ。いつからか、この業界には夢がなくなった。外に眼を向けることをやめ、小さな枠のなかに閉じこもる道を選んだ。そのときから、プロレスが最強だとは誰も言えなくなった。

誇りを取り戻す。

一年前、そう言ってジャパンを飛び出し、新団体を興した男がいた。ジャパンの現役のチャンピオンだった。

甲斐に誘われたとき、立花は激しく揺れた。甲斐が語る夢に共鳴したのだ。馳せ参じ、ともに凌ぎ合いたいと思った。ただ、自分には資格がなかった。

揺れたのはその一度きりだった。たとえスタービールに大金を積まれたとしても迷うことはない。中矢が洩らした、ジャパンが危ないという話にも興味はなかった。潰れたなら潰れたで構わない。

そして、どうするのか。里子と一緒になり、岐阜の里子の親に世話になるのか。あるいは、中矢のようにフリーで現役を続けるのか。

選手たちがバスに乗り込んできた。頭に包帯を巻いた倉石は項垂れていた。新田に雷を落とされたのだろう。

バスが重たそうに動きはじめた。

9

朝食は、バイキング形式だった。

大阪のホテルである。入ったのが深夜だったため、起きている選手は少ない。巡業《シリーズ》最終日だった。日曜日で、試合開始は午後三時からになる。会場入りが午後一時とあって、選手の大半はまだ寝ているのだろう。

「立花」

すでに食べ終えたらしいレフェリーの山口が声をかけてきた。

「監督が呼んでる」

隅の方の席に、新田の姿があった。ペンを片手にコーヒーを飲んでいる。

「食ってからでいいそうだ」

山口は楊枝をくわえながらレストランを出て行った。

立花は空いた席に座り、めしと薄い味噌汁に焼き鮭の朝食をとった。急がなくても五分もかからなかった。

「失礼します」

向かいに座ると、新田が顔を上げた。さすがに朝は五十前の年齢を隠せなかった。ただ組まれた試合をすればいいだけの者とは、疲労の度合いが違うのだろう。

「コーヒー飲むか？」

立花が頷くと、新田はウエイトレスを呼び、自分のコーヒーも新しく頼んだ。コーヒーが来るまで新田は無言だった。

立花は煙草に火をつけた。新田はなにも言わず、隅にあった灰皿を前に滑らせた。

「神谷がおまえと再戦したいと言ってる」

「はあ」

「神谷の希望は、台本《ブック》なしだ。おまえと真剣勝負がしたいんだとよ」

言って新田は口元を歪めて笑った。

ほんとうなら神谷の十番勝負は立花の試合で打ちきり、新たな試練を課すはずだったが、新田は神谷のタイトル挑戦が消えたのを明言した上で、十番勝負を続行させた。すでに無意味なものになっていたが、新田は、神谷目当てでチケットが売れている以上、興行に穴を開けることを許さなかったのだろう。

「若いですね」

「ただ若いだけならいいがな」

若いから、プロレスの本質を見極められていないという意味だろう。真剣勝負とはなにか。勝敗が決まっているから真剣勝負ではないというのは馬鹿げていた。プロレスは技を受ける。人によってはそれをショーだと蔑むが、根底にあるのは闘いだった。互いに躰を削り、消耗し、死と隣り合わせの技を受ける。覚悟なくしてそれはできなかった。互いの意地と矜持。勝敗を超えた部分で覚悟をぶつけ合う。それがプロレスだった。

「受けるか」

十五年、この世界にいる。新田の一言にこめられた意味は理解しているつもりだった。相手が真剣勝負を望むなら、それを受けた上で見事に負けてやる。それこそがプロの仕事だろう。

「やめときます」

「いいんだな、それで」

「ええ」

新田がじっと見つめてきた。

「神谷となにかあるのか」

「なにもないです」

従わない者は容赦なく切り捨ててきた新田が、なぜかチャンスを与えようとしてくれている。それを蹴ることの意味はわかっていた。意地になっているのか。何試合かの謹慎ですむとは思っていなかった。新田は必ずけじめをつけるだろう。

新田が手を振った。行ってもいいということだと気づき、立花は腰を上げた。レストランを出るとき、新田の名前が呼ばれていた。電話のようだ。

部屋に戻り、ベッドに寝転んだ。里子に電話をしようかと思ったが、まだ時間が早かった。爪を切った。不精髭はそのままにしておいた。帰京してから剃ればいい。

持ってきた文庫本は、すべて読み尽くしていた。旅先ではテレビも見なかった。たまに新聞を読む程度でしかない。ニュースを見ても関心が持てなかった。日々、旅をしている身では、凶悪な事件が起ころうと、それは外国の出来事と変わりなかった。

煙草を二本吸い、まどろんだ。気がつくと正午を過ぎていた。一時に会場入りである。昼食をとるのは諦めた。スーツに着替え、里子に電話をしようとして思い直した。夜には帰るのだ。

一時前にロビーへ下り、正面につけてある選手バスに乗った。会場には十分ほどでついた。開場時間が迫っているため、練習する時間は限られていた。出番はなくても練習はする。リングに上がって軽く汗をかき、あとは場内を走った。

控室に戻ると、試合カードが貼り出されていた。

自分の名前があった。第三試合。荒井と組んでのタッグマッチで、相手はベテランと若手の即席タッグだった。

メインイベントは、タッグベルトのタイトルマッチだった。もともと組まれていたカードだが、シングルのタイトルマッチがなくなったため、メインに繰り上げられたのだろう。

三島は、第七試合で前巡業《シリーズ》の最終戦でタイトルに挑戦したフリーの吉川と組み、倉石と佐久間とのタッグ戦だった。うまくいけば、三島と吉川を本格的に組ませようという腹だろう。次期巡業の布石的なカードだった。

しかし、注目はセミファイナルだった。シングルベルトの次期挑戦者決定戦として、新田と神谷の初シングル戦が組まれていた。

新田は、峠を越えたとはいえ、プロレスリング・ジャパンの象徴的な存在だった。もし神谷が勝てば、一敗の黒星など帳消しになる。そのために、新田は自らの首を獲らせる。そして神谷は晴れて三島への挑戦権を得る。つまり、次の巡業も神谷路線で行くということだった。

試合前、めずらしいことがあった。代表の伊刈と営業本部長の岩屋が揃ってやってきたのだ。伊刈が会場に来るのは、二年前に代表に就任して以来はじめてのことだった。

会場に来たものの、二人は新田と三人で小部屋に入ったきり出てこなかった。

そのまま定刻に試合ははじまった。出番はすぐに来た。

「今日はおまえが決めろよ」

荒井が言い、先に出て行く。

熱気と歓声が降りかかった。大阪は雰囲気が良い。無理に空気を作る必要がなくできあがっているのだ。関西人の気質なのだろう。その分、野次もえげつないが、熱気のある会場は試合がやりやすい。

相手はベテランと若手である。自然と、若手にプロレスの厳しさを教える展開になった。客もそれはわかっていて声援を送る。良い意味で期待を裏切れば、若手は成長を認められる。そして次に大阪に来たとき、さらなる声援を送ってもらえる。

若手は及第点の踏ん張りを見せた。最後は、荒井がこの巡業二度目となるダイビング・ボディプレスで仕留めた。

控室に戻ると、空気が一変していた。まるで開幕戦のときのような緊張感に包まれている。いつも新田がいるモニターの前に岩屋の姿があった。空気が違うのはそのせいだろう。

シャワーを浴びに行こうとしたとき、森が近づいてきた。

「待たせたな、やっと手が空いた」

「なんだ？」

「マッサージだろうが。早くしてくれ。後がつかえてんだ」

森は意味ありげな視線を寄越してきた。仕方なく立花は森について控室を出た。

「驚いたぞ。聞いたか？」

トレーナー室に入るなり、森は言った。

「東京でとんでもない噂が流れてる。スタービールの会長知ってるだろう。あのじいさんが新団体を興すらしい。しかも、うちから半数が移籍するって話だ」

「それで慌てて上が飛んで来たわけか」

「もしほんとうならうちはやばいぞ。ただでさえ五人抜けてるんだ」

昨年末、現役のチャンピオンだった甲斐が四名の選手を引き連れて離脱し、新団体を旗揚げした。一年が経っても、そのときの傷はまだ癒えていない。森が言うとおり、ほんとうに半数の所属選手が移籍するなら、会社は確かに危うかった。

「半数は有り得んだろう」

「有り得ないことが実際に起こるのがこの業界だ。上も馬鹿だ。あんなふうに突然来たら勘ぐられるに決まってる。おかげで情報を掴んでいなかったマスコミにまでばれた。もう試合どころじゃない」

「そういうことか」

「おまえも今日はおとなしくしとけよ」

「帰りたいんだがな」

「たかが二時間だろう。我慢しろ」

「いつも帰ってるのに、いる方がおかしいだろう」

「疑心暗鬼になってんだ。やめとけ」

「なにをどうしたって行くやつは行くさ。義理や人情で行かないと考える方がおかしいんだ。簡単な話だ。行ってほしくなければ、向こうより待遇をよくすればいい」

「おまえ、誘われたら行くのか？」

「プロだからな。ジャパンより金を積まれて、必要とされてりゃ行くさ。おまえだってそうだろう？」

「俺はトレーナーだぞ」

「新団体だってトレーナーは必要だろう。おまえは顔も広いし、もしかしたらリストアップされているかもしれない」

「馬鹿言え」

「誘われたら行かないのか？」

「俺は、新田さんに恩がある」

「おまえがそれを言うなら、俺もそうなるな」

森は引退し、故郷に帰ろうとしていたところを、新田に引き止められてトレーナーになった。一緒に辞めるつもりでいた立花も、森が残るという理由で思い直すよう留意された。

「まさか、もう声がかかってるって言うんじゃないだろうな？」

「実は昨日、それらしい話を聞いた」

「誰に？」

「中矢」

意外な名前だったのか、森が低く唸った。

「そう言えば、今日は見ないな」

「他所のリングに上がってるんじゃないのか」

「確かこの巡業はフル参戦のはずだ。逃《ふ》けたんだな」

「それも露骨だな」

「おまえ、誘われてなんて答えたんだ。行くと言ったのか？」

「俺が聞いたのは、スタービールが新団体を興すってことだけだ。団体のビジョンも方向性もわからないのに行くとは言えないだろう」

「おまえ、海外三年だったか」

「三年半かな。正確には」

「それだけいると、考え方も変わるもんなのか。俺は納得いかない。団体を興すのは勝手だが、他所から選手を引き抜いてというのが気に入らん」

「まあ、向こうじゃ移籍は珍しくない。と言うより、引き抜かれることで、自分の価値を上げていく。当然、悪く言われることもない」

「日本だと裏切り者扱いか」

「もっと自由にすればいいんだ。団体間の壁がなくなれば、業界は活性化する。ちっぽけな世界でいがみ合っている時代じゃない」

「実現できると思うか？」

「現状じゃ無理だろう。しがらみが多すぎる。だから協会の件も頓挫した。俺たちの世代か、もうひとつ下の世代が、運営に携わる頃になれば可能かもな」

「随分先の話だ」

「その頃まで業界がもってるかもわからんしな」

「そこまで考えていたから、甲斐さんの誘いを断ったのか？」

「えらく話が飛ぶな」

「前から訊いてみたいと思ってた。誘われたんだろう？」

「まあ、そうだな」

「俺は、おまえが行くと思ってた。甲斐さんに可愛がられていたし、言っちゃなんだが、新田さんとはそりが合わない」

「はっきり言うなよ」

「どうして断った？」

「急だったからな。決心がつかなかった」

「それだけか？」

「ああ」

頷いてみせると、森はそれ以上言わなかった。

微妙な空気が流れた。決して忘れられないが、安易に触れられないもの。それが森との間に見え隠れしていた。

立花は話を変えた。

「同期の俺たちが引きこもってると、変に疑われないか？」

「そうだな」

「じゃ、行くぞ」

「帰るなよ、今日は」

念を押す森に手を振り、立花は部屋を出た。

控室に戻ると、選手の姿がなかった。皆、空気に堪えかねて逃げ出したのだろう。岩屋はモニターの前で、バインダーを片手になにかを書きつけている。

シャワーは浴びていないが、汗が引いていた。立花はスーツに着替えた。横から視線を感じていた。腰を上げ、荷物を持って行こうとしたとき、呼び止められた。

「どこへ行く」

岩屋が、眼鏡の奥の眼を細めて言った。

「帰ります」

「まだ試合は終わってないぞ」

「自分の試合は終わったんで」

「なら、セコンドにでも付いてろ」

「若手の仕事ですよ」

「付けと言ってる」

立花は苦笑した。選手への敬意がない。それがこの男の嫌われる理由のひとつだった。新田と同格だと思っているのだろう。

「失礼します」

立花は控室を出た。なかから派手な音がした。岩屋が癇癪を起こしたのだろう。

会場の外に出たところで、いきなりカメラマンに数枚撮られた。

「なんだ?」

カメラマンは答えず踵を返した。見ない顔だった。

タクシーで新大阪まで行き、東京行きの新幹線に乗った。

前チャンピオンの甲斐が退団したときも、会社は揺れた。上の動揺ぶりは醜悪ですらあった。一部の選手には、甲斐についていかないと誓約書まで書かせたのだ。

スタービールが新団体を興し、ジャパンから半数が移籍する。その噂はおそらく事実ではないだろう。しかし、次の離脱劇は命取りになる。

もしもまた誓約書を書かせてすむと考えているのなら、この会社の行く末は知れていた。引き抜きをかける方が非なのではなく、引き止められない側が悪いのだ。思い留まるだけの魅力が会社にないということだった。

ジャパンが潰れるのならそれでよかった。それを機に、この業界から足を洗えばいい。里子は歓ぶだろう。もう怪我をすることも、旅に出ることもなくなるのだ。

長いトンネルに入った。

それを抜けたとき、外は薄い闇に包まれていた。

10

電話の音で眼が醒めた。

家の電話ではなく、携帯電話だった。里子がそっと寝室を出た。枕もとの時計に眼をやると、まだ七時にもなっていなかった。立花は眼を閉じた。しばらくして玄関のドアが開き、施錠される音が、かすかに聞こえた。

次に眼を醒ましたのは、八時過ぎだった。起きる気はなかったが、寝室の外から漂ってくる朝食の匂いに釣られた。

「おはよう」

キッチンに立っていた里子が、笑顔で言った。

立花はソファに腰を下ろした。巡業明けは躰が重い。

「朝ごはん、すぐ用意するから」

「自分でやるからいいぞ」

里子の出勤時間が近づいていた。

「今日、休んだの」

「調子でも悪いのか?」

「なんとなく行きたくなくて」

「じゃあ、今日はゆっくりするか」

「日曜日なんかに帰ってくるからよ。せめて土曜日だったら、一日一緒にいれるから我慢できるのに」

里子が働く必要はなかった。月々の金は渡してあるし、いらないと言っても、岐阜の実家からは仕送りがあるらしい。父親が就職先を世話したのは、娘を東京の生活に慣れさせるためで、まさか二年も続くとは思っていなかったのだろう。立花は、辞めろとも辞めるなとも言ったことはなかった。卑怯なのを承知で里子に任せていた。

顔を洗ってから食卓につくと、新聞と一緒に、スポーツ新聞が置かれていた。

スタービールのプロレス参戦が一面で報じられていた。なぜか、自分の顔が載っていた。昨日、会場を出たときに撮られたものだった。移籍第一号と断定的に書かれている。

顔を上げると里子と眼が合った。七時前に外に出たのは、これを買いに行ったのだろう。

「何年ぶりかな。一面に顔が出るのは」

「実家から電話があったの」

「親父さん、なんて言ってた？」

「まだなにも。ほんとうなのかって」

「確かに移籍の話はあったが断った。マスコミの先走りだ」

「そう」

「どう思う？」

「わたしは、あなたがどこの団体に移っても応援するだけ。でも、あなたは行かないと思う」

「どうして」

「甲斐さんが新団体を興したとき、誘いを断ったでしょう。だから」

「あのとき、ついていくと思ったのか」

「行きたそうな顔をしてたから」

「会社に不満はないんだ」

「ごめんなさい。でしゃばったこと言って」

「いや」

長く現役を続けるつもりはない。それを言おうとしたとき、電話が鳴った。家の電話で、里子が出ると、すぐに受話器を差し出してきた。会社からだった。十時に出て来いという呼び出しで、返事だけして立花は電話を切った。

「せっかく仕事を休んだのにな。顔出せだとさ」

笑って言ったが、里子は顔を強張らせていた。呼び出される用件が、記事についてであるのは明白だった。

「大丈夫なの？」

「身の潔白を証明してくるさ。昼までには帰る」

会社のなかでの自分の立場は把握しているつもりだった。かりに退団しても、会社がダメージを負うことはまずない。要は、事情を知りたいだけなのだ。立花の名前が記事に出たから呼び出したまでで、なにも知らないとなれば、それで終わるはずだった。

十時前に恵比寿についた。

事務所に顔を出すのは、一月の契約交渉以来になる。事務所のなかは閑散としていた。巡業明けだからではなく、営業の人間が次の巡業に向けて地方に出ているのだろう。

「お疲れさまです」

立花に気づいた女子社員が声をかけてきた。記事のせいか、どこかよそよそしかった。

会議室に通された。契約交渉をする部屋で、代表の伊刈と営業本部長の岩屋、そして現場監督の新田が並んで椅子に座っていた。三人の前には、スタービールのプロレス参戦を報じたスポーツ紙が置かれていた。

「座れ」

岩屋が命令口調で言った。

「用件はわかってるな。どういうことか説明しろ」

「そう言われても、俺も寝耳に水ですから」

煙草を取り出したが、灰皿が見当たらなかった。

「関係ないのに名前が出るのか？」

「だから驚いてますよ」

「それを信用しろと言うのか」

「行くならそう言いますよ。隠しても仕方ない」

「伊勢の会場の外で中矢と話していたな。何人かが見てる。あいつがスタービール側の回し者だってことは摑んでるんだ」

フリーで参戦している中矢が、裏で引き抜きに動いていた。かつてジャパンに所属していた男でもある。現場監督として中矢を使った新田の心中は冷静ではないだろう。

その新田は、腕組みをして黙っていた。

「新団体を興す話は聞きました。断りましたよ。それだけです」

「じゃあ、これはなんだ」

岩屋がスポーツ紙を叩いた。

「記事にはおまえが移籍を承諾したとある。それでも白を切るのか？」

「俺が聞いたのは、団体ができるということだけです。それだけで行くと言うやつはいないでしょう。待遇もなにもわからないのに」

馬鹿らしくなり、立花は煙草に火をつけた。腕組みをしていた新田が黙って指を差した。奥のデスクにひとつだけ灰皿があった。それを取って席に戻るまで、三人は口を開かなかった。伊刈も新田も、まだ一言も喋っていない。

「おまえが辞めるのはどうでもいい。ただ、うちから半数が移籍するという噂がある。誰が行く。それを教えろ」

「知りませんよ」

「円満に送り出してやってもいいんだ。場合によっちゃ契約満了というかたちで退職金も出してやる」

「一月になればわかるんじゃないですか。辞めるやつは契約しないんだから」

「それじゃ遅いから言ってるんだよ。おまえもうちに十五年いたんだ。少しは義理もあるだろう。誰が行く。言え」

「こうやって、ひとりずつ呼び出して問い質せばいいじゃないですか。義理がありゃ答えるでしょう」

「糞野郎だな、おまえ」

立花は溜息をついた。豪腕なのは認めるが、口の悪い男だった。岩屋と衝突して辞めていった制服組は何人もいる。レスラー出身ではないが、容貌だけは筋者のようにいかつかった。

「俺を怒らせても、なにも出ませんよ」

「白を切るおまえが信じられないんだよ、俺は」

「堂々巡りですね、これじゃ」

「昨日、試合が終わったら帰られたそうですが」

代表の伊刈が、手元のファイルをめくりながら口を開いた。

「打ち上げなどにも一切参加されないようですね。どうしてです？」

「嫌いだからですかね。そういう場が」

「なるほど。それは強制ではないからべつに構いません。しかし、試合中に帰るのはどうでしょう。乱闘が起きたり、ときには突発的に次の挑戦者を求めるようなことがあるかもしれません。名乗りあげるのなら、会場にいないと無理ですよね」

試合後に挑戦を表明する。それにより次期巡業に向けて新たな展開が生まれる。ときに乱入や乱闘もあるが、それはすべて新田の指示か許可を得てのことだった。ファンには見えない部分で統制は取れているのだ。

「仕事ならやりますよ」

仕掛け《アングル》ならやる。意味は伊刈に通じたようだ。

「それはタイトルマッチでもですか？」

「組まれた試合はやります」

「タイトルマッチになれば内容が問われますが、その自信はあるということですか？」

「組まれれば」

「なるほど」

伊刈がファイルを閉じた。もともとこの業界の人間ではなく、金融機関を渡り歩いてきた男だった。それが相談役としてこの業界に入り、二年前代表に就任した。ジャパンでは、はじめてのレスラー出身者以外の代表だった。歳は四十半ばとまだ若いが、新人にたいしても丁寧な口をきく。どんな席でも表情をまったく変えないため、選手からは能面と陰口を叩かれていた。

「いま立花選手が言われたことを、どう思います？」

「力はありますよ」

新田が無表情でぼそりと答えた。

「つまり、タイトルマッチでもこなせると？」

「しかしですね、立花は」

「知っています。森トレーナーの件ですね」

伊刈がまたファイルを開いた。

「同期の森トレーナーを、試合中の事故で引退させたのですね」

「俺は、組まれた試合をやるだけです。前座でもメインでも」

「それがプロでしょうね。しかし、それではなぜ神谷選手との再戦を断ったのですか？」

虚を突かれた。真剣勝負を求める神谷に、あえて負けてやる。確かに筋が通らなかった。仕事を拒否したのだ。

「十番勝負について伺いましょうか」

伊刈が続けた。

「台本《ブック》では立花選手の負け。間違いありませんか？」

「ええ」

「にもかかわらず、神谷選手をノックアウト《ダウン》した。これは重大な契約違反だと思うのですが」

「そうですね」

「理由を、教えてもらえますか」

「とくにありません」

「答えになっていませんよ」

「社長、こいつはスタービールに行くつもりなんですよ。神谷との試合のときには、すでに誘われていて、故意に神谷を潰したんです」

岩屋が唾を飛ばしながら言った。神谷を一気に頂点に立たせるのが、岩屋の描いたシナリオなら、怒りは尋常なものではなかっただろう。うだつの上がらない中堅が、すべてを台無しにしたのだ。

「かりにそうだとしても、神谷選手は敗れましたね。あなたの言う、総合格闘技にも対応できる新しいタイプのレスラーがです」

岩屋が横を向いた。

「私は、正直驚いたのですよ。総合戦であれだけの試合をした神谷選手が、あのように無様に敗れるとは思っていませんでしたから」

「反撃を予想していなかったんじゃないですか」

煙草をもみ消し、立花は言った。

「隙があったと？」

「通常、台本は絶対ですから」

「神谷選手になにか感情的なしこりがあるのですか？」

「ありません」

新田にも同じことを訊かれた。神谷にはなにもない。あるとすれば、ふがいない自分自身への怒りだろう。それは心に巣くったまま、ずっとある。

「立花選手との試合から、台本を設けたのでしたね。フェアではなかった。そうした不満のようなものはあったのでしょうか」

「いいえ」

伊刈が真意を問うかのような視線を寄越してきた。いかなる感情も立花は表に出さなかった。

「わかりました。結論をお伝えしましょう」

「社長、立花が処分なしじゃ承服できませんよ」

岩屋が声を張り上げた。

「わかっています。立花選手は本日付けで解雇。それでよろしいですか？」

「理由は？」

新田が口を開いた。

「表向きは、契約違反ということにしましょう。実際の理由は、会社の戦略を台無しにし、不利益を招いたペナルティです。いかなる感情があろうと、リングに上がった以上、立花選手はプロとして自分の役割を果たすべきでした」

新田が小さく頷いた。

こんなものか、と立花は思った。十五年間所属した会社に引導を渡された。動揺はまったくと言っていいほどなかった。

会話が途切れた。

「もういいですか」

腰を上げようとすると、伊刈に止められた。

「今後についてですが、どうされますか？」

「さあ」

「覚悟はされていたみたいですね。スタービールに行かれますか？」

「行かないでしょうね」

「では、甲斐さんのところですか？」

「多分、廃業します」

伊刈は驚いたようだった。

「なぜです？」

立花は答えなかった。廃業する理由を明かす筋合いはない。

伊刈は眼を伏せ、しばらくして小さく頷いた。

「ではここから、契約の話をさせてください。次期巡業《シリーズ》、立花選手に出場を打診したいのですが」

「社長」

岩屋が呆れた声を出した。新田も唖然とした顔をしている。

「もちろん、フリーとしてです」

伊刈が無表情で一試合あたりの金額を提示した。破格値だった。フリーでも一流レベルである。

「この金額に見合った働きをしていただきたいのです。さきほど、組まれた試合はやると言われましたね。スタービールに移籍する裏切り者の誇りを受けながら、ヒールに徹してもらいたいのです」

「見せしめになれということですか」

「これは踏み絵の効果もあると思うのです。裏切り者は許さない。会社が強い姿勢で出るとわかれば、安易にスタービールと接触する者はいなくなるはずです」

「それでも、行くやつは行きますよ」

「そうでしょうね。しかし、会社としては、傷を最小限に抑えたいのですよ」

「そのために、無様にやられろと？」

「それは立花選手に任せます。私としては踏ん張りを期待したいところですが」

「社長はこいつの話を信用するんですか」

岩屋が唾を飛ばした。

「立花選手の言われていることには、筋が通っているように思えます。確かに、どういう待遇なのかもわからないのに、行くとは言わないでしょう。プロならね」

「しかし、こうして記事になってます」

「立花選手をどうしても欲しいんでしょう。そのためにまず外堀を埋めて行き場をなくす。赤城さんなら、いかにもやりそうじゃないですか」

「立花をですか。こいつは毀し屋ですよ。森だけじゃない。何人も毀してきた」

「立花選手、どうされますか。出場依頼を受けていただけますか？」

岩屋を無視して伊刈が言った。

馬鹿げていた。解雇を告げられたのだ。受ける謂れなどなかった。

伊刈は感情の読めない顔で立花を見ている。能面が。胸のなかで呟いた。

「ヒールと言われましたね」

「ええ」

「好きにやらせてもらえるなら、やりますよ」

「それは、踏ん張りを期待してもよろしいのでしょうか」

「それも含めて、好きにやります」

「廃業されるんじゃなかったのですか？」

伊刈が笑う。立花は言い返せなかった。

「では、岩屋部長は、早急に会見を開いて立花選手の解雇を伝えてください。ただし、契約期間中はジャパンのリングに上がると。それから、今後スタービールに関係した記事でうちの名前を出す場合、必ず裏を取るよう要望してください。ガセだと判明すれば、ペナルティを科します」

「ペナルティですか。それはどういう」

「記事を書いた記者は、一ヶ月の取材禁止としましょう」

「それは、連中騒ぎますよ」

「だから記者だけです。編集長と社については問いません」

「マスコミを敵にまわすのは得策ではないと思いますが」

「これ以上、憶測で記事を書かせないためです。こちらが相当に神経質になっていると思わせれば、マスコミも慎重になるでしょう」

「しかしですね」

「名前が出る選手は、確実な人間だけにしたいのです」

伊刈は淡々とした口調で言った。表情はまったく変わらない。

岩屋はまだ不満があるようだが、伊刈の冷静な口調には、有無を言わさぬ説得力があった。

新田はデスクの一点を見つめている。

二年前、前任の代表が退くことが決まったとき、次期代表は新田だと噂されていた。それを機に新田はリングを下り、現場は甲斐を軸に新たな時代を迎える。しかし、代表の座に就任したのは、取締役の末座にいたものの、相談役的な立場に過ぎなかった伊刈だった。

団体の歯車は、そのあたりから狂いはじめた。

新田が現場監督を続投したことで、全権を任せられるはずだった甲斐と感情的なしこりが生じたのだ。

両雄並び立たず。マスコミはそう形容したが、実際、リング上で白黒をつけることもできないほどまでに両者の仲は悪化した。

ともに猛者であり、野心もあった。それが一度こじれた仲を修復不可能なものとした。新田と甲斐の対立は、どうにもならない状態にまでおちいり、結果として、現役チャンピオンの甲斐が退団するという、会社の屋台骨を揺るがす大事件へと発展した。

「では、これで終わりましょう」

伊刈が言うと、新田が真っ先に腰を上げてドアの向こうに消えた。新田も岩屋も、伊刈には含むものがあるのかもしれない。

「いま出ない方がいいですよ」

行こうとすると、伊刈が言った。

「マスコミが群がっていますからね。会見が終わるまで待たれた方がいい」

立花は頷き、腰を下ろした。

沈黙が続いた。伊刈は席を立とうとしない。立花は新しい煙草をくわえた。

「冷静なので驚きました」

伊刈が口を開いた。クビを宣告されたことについてだろう。

「制服組をリストラしたときは、摑みかかってくる社員もいました。私はそういうことに無縁でしてね、ひどく狼狽した覚えがあります」

「みんな体育会系ですからね」

「立花さんなら、私を殺すことも可能でしょうね」

呼び方が変わっていた。

「くだらない質問ですね」

「どうですか？」

「多分、若手でもできると思いますよ」

「つまり、常人離れした力を持った人間が集っているわけですね」

「分別はありますが」

「それは、リング上でもですか？」

「殺し合いじゃありませんから」

「森トレーナーを毀したときもですか？」

不意をつかれた。立花は伊刈から眼をそらした。

「七年前の五月の巡業ですね、森トレーナーが頸椎を負傷したのは。資料によると、森トレーナー以外にもかなりの怪我人が出ています。ほとんどが外国人選手ですが、すべて立花さんと試合をした後のことですね」

「なにを言われたいのですか？」

「事実を確認しているだけです。深い意味はありません」

「もう忘れました」

「そうですか。この頃の立花さんに興味がありましてね。誰も教えてくれないので本人に伺ったのですが、忘れたのでは仕方ありませんね」

強烈な皮肉だったが、不思議と気に障ることはなかった。

「プロレスには興味がないいんだと思ってました」

「まったくの無知でした。私は来年解任されると思いますが、会場には足を運びますよ」

「辞められるのですか」

「私は赤字整理に雇われているだけですからね。来期の契約交渉が、最後の大仕事だと思います」

「と言うと？」

「来期の契約で、選手を切ります。これは数人かもしれないし、もっと増えるかもしれない。所属選手が多すぎるのですよ。それに、全選手と契約を交わすとなると、来期は二十パーセントの減額ではききません。そうなると離脱する選手も出てくるでしょう。非情な選択ですが、この会社を存続させるためには避けられないのです」

必要な選手を残すために、不要な選手を切る。そしてジャパンは、新田が好むレスラーだけになるということか。

「恨みは、すべて私が背負って去りますよ。そのあとは新田さんに任せます」

すべては、はじめから仕組まれた人事ではないかという気がした。選手と社員のリストラも、興行数の削減も計画された上で、憎まれ役として伊刈を代表に据えた。そう考えると、新田の代表就任が持ち越されたことにも納得がいく。リストラという非情な大鉈を振るう役として、業界と関わりの薄い伊刈に白羽の矢が立ったのだ。確かに、伊刈ほどの適任はいなかった。すべてが終われば、あとは追い出せばいいのだ。

しかし、甲斐が退団する事態が生じた。圧倒的な集客力を誇っていた甲斐を失ったのは、会社にとって誤算だっただろう。甲斐と行動をともにした四人も、それぞれファンを持っていた。

甲斐の退団の責任を取るかたちで、新田は取締役を解任された。現場監督兼マッチメイカーの地位は揺るがなかったが、気楽に禅譲を待つわけにはいかなくなったということか。

「そういえば、神谷の十番勝負がなにかの査定じゃないかって噂がありましたね」

三島への挑戦権を賭けながら、神谷に当てられたのは中堅ばかりだった。三年目の若手に負けても価値に影響がないと見られたのではなく、新田体制に不要な面子だったとしたら、不釣り合いな顔ぶれにも納得がいく。

「生き残るためです」

伊刈は否定しなかった。つまり、クビは最初から決まっていたということか。

立花は腰を上げた。

「現場監督は、本気で潰しに来ると思いますよ」

裏切り者に制裁を加える。それが酷ければ酷いほど、移籍を考える者を震え上がらせるだろう。新田は、踏みとどまらせなければならないのだ。

「森さんを引退させたことを気にしているのなら、なぜ辞めないのです。力があるのにそれを隠すのは、背任行為と同じだ。プロレスだけでなくファンをも冒瀆している」

ドアノブに手をかけ、伊刈を睨みつけた。伊刈は微動だにせず、立花の視線を受け止めていた。

「気に入らないなら、毀してしまえばいい」

意外に胆力はある。そうでなければ化物揃いの会社の代表など務まらないのかもしれなかった。

会議室を出た。会見は終わり、一階まで誰にも会わなかった。ビルを出たところで、カメラを向けられた。レンズに手をかざし、立花は駐車場へ向かった。

この世界は虚構だった。台本があるからこそ成せる虚構。

その大いなる虚構のなかに夢があった。その夢が色褪せつつある。

気に入らないなら毀せ。伊刈の声が頭にこびりついていた。

11

正午過ぎに青葉台に戻った。

「腹が減った」

出迎えた里子に、立花は言った。

「蕎麦があるけど」

「いいな」

立花はソファに腰を下ろし、煙草に火をつけた。

「どうだったの？」

「クビだ。次の巡業には出る。正確には、来期の契約更新がないってことだ。まあ、クビはクビか」

里子は立ち尽くしていた。

「でも、記事は嘘なんでしょう？」

「記事のせいじゃない。会社の方針にそぐわないのが理由だ。それについては納得してる」

「そんな」

「仕方ない。辞めたあとどうするかは、しばらく考えさせてくれ」

他団体への移籍も、フリーになることも考えていなかった。業界から足を洗い、里子と岐阜へ行く。もう怪我をすることも、旅に出ることもなくなるのだ。

膝に、手が置かれた。

「大丈夫？」

「ああ、冷静なもんだと驚かれた」

「でも怒ってる」

立花は煙を吐き、里子の顔を見つめた。

「俺がか？」

「こわいくらい」

実感はなかった。しかし、里子の言うことだった。会社に対して怒りはない。それなら、なにに対しての怒りなのか。

「電話があったわ」

「誰から？」

「森さん。マスコミの人からも何回かあった。携帯が繋がらないって、森さん、怒ってた」

携帯は電源を切ったままだった。家の番号は誰が洩らしたのか。考えかけてやめた。調べる気になれば、なんとでもなるだろう。

「それから、少し前に甲斐さんからも電話があった。今日の八時に横浜に出てこいってお誘い」

「めずらしいな」

「なにか予定ある？」

「ないが、面倒だな」

「行かなきゃだめよ」

「一緒に行くんだろう？」

「明美さんが来られないらしいの」

里子はキッチンに行って昼食の準備をはじめた。

「せっかく仕事休んだのにな」

「いいのよ、それは」

立花は煙草を消した。

「仕事、辞めないか」

里子の動きが止まり、ゆっくりとこちらを向いた。

「どうして？」

「岐阜へ行こう」

「引退するの？」

里子の声は硬かった。

「頃合だろう。前から考えてた」

里子の反応に面食らった。歓ぶと思っていたのだ。

「逃げるの？」

「一緒になるのが、逃げることになるのか」

里子は答えず、寝室に駆け込んだ。ドアが閉まり、なかから押し殺したような泣き声が聞こえてきた。なにが気に障ったのか。立花はドアの前から呼びかけたが、返事はなかった。鍋の湯が沸騰していた。立花は火を止め、ソファに躰を投げ出した。

苛立っていた。里子は廃業することが気に入らないのか。巡業に出て家を空けることも、怪我をして帰ってくることもなくなる。ずっと一緒にいられるのだ。それが不服なのか。

時間だけが流れた。二度電話が鳴り、しばらくして切れた。陽が傾き、沈んでも里子は出てこなかった。

六時を過ぎた。

「行ってくるぞ」

声をかけたが、里子の返事はなかった。

首都高は混んでいた。

甲斐が新団体を旗揚げしたのは、退団から三ヶ月経った今年の二月だった。四名の選手が行動をともにし、フリーの選手が何人か加わったが、所属選手が十人に満たないなかでの旗揚げだった。一部のマスコミには、三ヶ月で潰れると叩かれたが、旗揚げ戦は、立ち見が出るほどの大入りを記録した。

会社には甲斐についていくと思われていた。親しくしていたためだ。実際、誘いは受けた。誇りを取り戻す。甲斐は自分が理想とするプロレスを熱く語った。純粋にリング上で力を競い、そして闘いを見せる。シンプルだが、それこそがプロレス本来のかたちだった。

心は揺れた。しかし、立花は契約を理由に断った。甲斐はそれ以上言わず、それから二人で酒を酌み交わした。移籍の話はせず、ただ昔話をした。

帰り際、ほんとうに来ないのか、と訊かれた。森がいるから。甲斐はその一言で納得してくれた。

会ったのはそれが最後だった。それからは連絡もとっていない。

小一時間で横浜についた。立花は日本プロレスの事務所近くのコインパーキングに車を入れた。

英語表記にすると、プロレスリング・ジャパンと変わらない団体名を考えたのは甲斐だった。喧嘩を売っているどころか、営業妨害に等しい。当然、ジャパン側はクレームをつけたが、甲斐は意に介さなかった。それどころか、名称権を賭けた全面対抗戦をぶちまけた。

そんな話がまかり通るのは、この業界だけと言っていい。

マスコミは甲斐の発言に食らいつき、煽り立てた。甲斐は連日紙面を使ってジャパンを挑発した。そして、自分が王座保持者だったという、ジャパン側がもっともファンの頭から消し去りたい事実を何度も強調した。

甲斐の主張が、理に適ったものとは誰も思わなかった。要は喧嘩を売っているだけなのだ。それでも、甲斐の常識からかけ離れた言動は、レスラーから見ても魅力的だった。切れ者でもある。同名の団体名をつけることで否応なく古巣を巻きこみ、看板を賭けた対抗戦にまで持っていこうとしたのだ。当然、その先の展望まで甲斐の頭にはあったのだろう。

しかし、新田も岩屋も沈黙を貫いた。社内では、日本プロレスを訴訟する案も出たようだが、それも見送られ、選手には甲斐に関するコメントの一切を禁じた。

総合格闘技への対応と同じように、新田が逃げたと見る向きもあるが、甲斐に対しては拒否反応の方が勝っていたのかもしれない。どうしようもない状態まで両者の仲はこじれていたのだ。

駐車場から少し歩き、日本プロレスの事務所にほど近い焼肉店に入った。甲斐のジャパン時代からの馴染みの店である。入口で甲斐の名前を言うと、奥の個室に通された。

甲斐は電話中だった。なかに入ると笑顔で手を挙げ、指だけで店員になにか指示した。

立花は向かいに腰を下ろした。甲斐の他には誰もいない。席も用意されていなかった。

「呼び出して悪かったな」

電話を終えて、甲斐が言った。

「元気そうですね」

「やつれてると思ったか?」

「選手と社長の両立は難しいと聞きましたから」

「確かに難しい。一気に白髪が増えた。染めてるけどな。まあ、抜けるよりましか」

旗揚げからもうじき一年だが、甲斐には貫禄が備わっていた。一国の主になったことがさらに箔をつけたのだろう。練習を怠っていないことは、躰つきを見ればわかる。社長業のかたわら練習時間を確保するのは容易ではないはずだった。

ビールが運ばれてきた。ジョッキではなくピッチャーだった。ジョッキもグラスもない。

「変わってませんね」

「飲めないなんて言うなよ」

「まあ、飲みますよ」

肉も運ばれてきた。大皿が五枚。軽く二十人前はあった。

「他に誰か来るんですか？」

「おまえだけだ」

「俺、もう三十三ですよ」

「知ってるさ。最近は小食なんだってな」

「森ですか」

「あいつくらいだ。変わらず連絡を寄越すのは。まあ食え。たまにはいいだろう」

甲斐は喋りながら網の上に隙間なく肉を並べていった。軽く火を通しただけで次々に口へ運んでいく。

「しかし、ザマねえな、おまえんとこは」

「なにがです？」

「売出し中の坊やだよ。もっとうまいシナリオを描けねえもんなのか。新田のおっさんも星をくれてやったんだろ？」

「神谷なら、いまじゃトップのひとりですよ」

「冗談だろ。去年まで俺の付け人をしてたんだぜ」

「金星を挙げて大化けしたんですよ」

「堕ちたもんだな、ジャパンも」

「手厳しいですね」

「レスリングの技術は認める。華もある。だが、それだけだな」

「それだけあれば十分じゃないですか」

「あいつには陰がねえ。挫折を知らねえんだ。レスリングで全日本の連覇を逃したとか言ってたが、オリンピックを狙ってたわけじゃねえから、さほどこだわりはなかった。あいつは泥水から歯を食い縛って、這い上がったことがない。だから、あいつの光は一辺倒だ。四方八方を照らすには輝きが足らねえのさ」

「甲斐さんにも挫折の経験があるんですか？」

「挫折だらけだ。俺の前には常に新田のおっさんがいたからな」

甲斐は、全盛期の新田としのぎを削ってきた。それも、いまの若手くらいの歳からだ。

「神谷は日本プロレスに誘わなかったんですか」

「ああ」

「どうしてです？」

あえて口にはしないが、神谷の実力は甲斐が連れて行った四人より上だろう。

「退団を自分で決めさせるには若すぎた。ジャパンへの遠慮もあった。期待のルーキーだからな。まあ、皆まで言わすな」

要するに、神谷を必要としなかったのだろう。身近で接していながら、甲斐は神谷を認めていなかったのだ。

「他所のことを言っても仕方ねえが、人選を間違えてるな、ジャパンは。売り出すなら、まずはおまえたちの世代。それから倉石たちだろ。順序を壊すのはいいが、選手をこけにしちゃいけねえんだ。せっかく人材の宝庫なのに、新田のおっさんがやってることは、おまえらを捨て駒にしてるのと同じだぞ」

甲斐は何枚かの肉を一気に口に入れた。ピッチャーのビールは、すでにほとんどない。立花も飲んでいた。箸も動かしている。甲斐が次々と皿に肉を放ってくるため、食わねばしょうがないのだ。

「一応、いまのトップは三島ですよ」

「おう、あいつはいいな。ちょっと気張りすぎてるが。俺が辞める前、シングルやれって噛みついてきたのは、あいつだけだ」

「どうしてやらなかったんです?」

「そりゃ、負けてやれんからよ。俺ははなから団体を興すつもりでいたからな」

「いまはどうです?」

「一年近くベルトを巻いているんだよな。少しは成長したか」

「だんだん隙がなくなってきましたよ」

「おまえが言うならそうなんだろうな。俺に勝てると思うか?」

「いまの甲斐さんを知りませんからね。なんとも言えないです」

「正直なやつだ」

甲斐は苦笑してテーブルにあるボタンを押した。インターホンになっていて、店員の返事が聞こえた。甲斐は肉とビールを追加した。

少し疲れているようにも見えるが、甲斐は魅力を増していた。貫禄がついたことで深みも帯びている。ジャパン時代、甲斐は完全無欠なチャンピオンと言われていた。人気、実力とも他を寄せつけず、しばらくは甲斐の時代が続くと誰もが信じていた。

三島が八度の防衛をしながらも、絶対的な王者と称えられないのは、甲斐の幻影がファンの脳裡からいまも消えていないからだろう。その点、三島は不運だった。記憶という厄介なものが相手なのだ。

「明美さんは変わりないですか？」

「ああ、元気だが、あいつも忙しくしてる。迷惑のかけっぱなしだ」

明美は甲斐の女房だった。里子とは同郷で、ジャパンの頃から親しくしている。明美が日本プロレスの役員に名を列ね、裏で甲斐を支えていることは聞いていた。

「まあ、ガキがいねえからできてる分はある。とりあえずは、あいつの手を借りなくてもすむようにするのが当座の目標だな」

新しい肉とビールが運ばれてきた。ピッチャー入りのビールは、当然ふたつあった。甲斐に顎でさされ、立花は一杯目を飲み干した。

「おまえのところは、まだ一緒にならないのか」

「考えてはいますが」

「前に訊いたときも、同じ答えだったな」

「甲斐性がないんですよ」

「難しく考えすぎだ。結婚なんか、紙切れ一枚の問題だろうが。籍入れたところで、多分なにも変わらねえよ」

「わかってはいるんですけどね」

「ただでさえ家空けてばかりで不安にさせてんだ。早く安心させてやれ」

そのつもりだった。しかし、里子は拒絶したのだ。

再び、網の上が肉で埋まった。最初の肉はすでになくなっている。大半は甲斐が平らげていた。立花は箸を置き、煙草をくわえた。

「なんだ、もう終わりか?」

「ちょっと休憩です」

「情けねえこと言いやがる。まあ、うちの若手よりは食ったか」

「まだチャンポンの一気飲みとかさせてるんですか?」

「しねえな。やれと言ってもやらねえよ、いまのガキは。できないってはっきり言いやがる。俺らの頃とは違うわ」

「時代が違いますからね」

「今年入ったガキなんか、生まれたのが俺のデビューした年だぜ。それを聞いたときは愕然としたな。俺も白髪が増えるわけだ」

歳は三つ上だけだが、甲斐は中卒で入門していた。そのため、キャリアは六年の開きがある。立花がデビューした頃、甲斐はすでに上位陣のなかで闘っていた。

可愛がられていたほうだろう。甲斐は良い兄貴分だった。地方に出ると、毎晩のように誘われた。どの街にも甲斐にはタニマチがいて、地元の高級店に招待された。甲斐のタニマチには、その筋の人間も多くいたが、甲斐は誰が相手でも卑屈な態度を決してとらなかった。そして誰からも愛されていた。

シングル戦をしたことは一度だけある。デビューして五年目のことだ。胸を借りるつもりなどなかったが、手も足も出なかった。ただ翻弄され、気がつけば終わっていた。いまなら若手のエースと注目されて慢心していたのを、甲斐が叩き潰してくれたことがわかる。

「解雇されたんだってな」

二本目の煙草に火をつけたとき、甲斐が言った。

「もう耳に入りましたか」

「ほんとうにスタービールに行くのか」

「ええ」

「腑に落ちねえな。俺のところに来なかったおまえが、他所へ行くのか」

「甲斐さんには言いにくいですけど、待遇です」

「金か。似合わねえよ、おまえには」

甲斐は信じていない顔だったが、それ以上は話せなかった。

移籍に自分の名が報じられたのも不可解だが、いくら道楽とはいえ、赤城がこのご時世に一から団体をつくるというのも解せない話だった。それなら、既存の団体を買収した方が手っ取り早い。スタービールほどの大企業なら、プロレス団体の買収などたやすいものだろう。しかも丸ごと買えば、興行のノウハウとシステムもついてくるのだ。

「実際のところ、赤城のじいさんはなにを考えてるんだ」

「その話はやめませんか」

「話せないってわけか」

立花は頭を下げた。スタービールの旗揚げについてはなにも知らない。そう言えば、甲斐を混乱させるだけだろう。

「おまえが神谷をぶちのめしたと聞いたときは、新田のおっさんとなにかあったんだとは思ったが」

移籍を決めていたから台本を破った。業界の人間なら誰もがそう考えるだろう。それだけ神谷の敗戦はありえなかった。通常なら負けるはずのない試合だったのだ。

「これからどうするんだ」

「とりあえず次の巡業には出ます」

「冗談だろう?」

「まだ契約期間中なんで」

甲斐は納得がいかない様子だった。解雇されながら、巡業に出る。ふつうなら考えられなかった。標的にされるのは眼に見えているからだ。

しかも伊刈のオファーである。二年前に代表に就任したが、現場に顔を出すわけでもなく、年に一度、契約交渉のときにだけ会う相手だった。自分でもなぜ引き受けたのかわからなかった。ただ、承諾したのは、フリーとして巡業に出ることだけだった。それ以上のことはなにも考えていない。

甲斐がインターホンで七輪を下げるように言い、追加で焼酎を頼んだ。

焼酎が来るまで甲斐は無言だった。焼酎が運ばれてくると、甲斐はグラスになみなみと注いで寄越してきた。当然、一升瓶である。さすがにいいものを飲んでいた。出された酒のまずさに腹を立て、席を立った姿は何度も見たことがある。そのくせ相手の真心を感じれば、それがその夜二度目の食事でも、空腹に耐えていたかのように実にうまそうに食い、しこたま飲んだ。

甲斐は皆が抱くレスラーの理想像を体現していた。思えばレスラーとしての誇りも美学も甲斐に教えられた。言葉ではなく背中でそれを学んだのだ。

「そろそろ、俺も勝負に出ようと思ってな」

焼酎を飲み干して甲斐が言った。

「タイトルですか?」

団体の象徴はやはり必要だった。タイトルの権威は一日でつくものではないが、ベルトを賭けた闘いが価値を高めていくのだ。

日本プロレスの旗揚げ戦は、立ち見が出るほどの大入りを記録したが、その頃の勢いはなかった。とくに地方で苦戦していると聞く。原因は、やはり所属選手の少なさだろう。それは団体の体力にも直結している。なによりも、甲斐のライバルの不在が大きかった。甲斐という稀代のレスラーを生かしきれていないのだ。それを最も痛感しているのは甲斐自身であるはずだった。

「春に両国を二日間押さえた。一気に団体の勢力図を塗り替えるぞ。誰もできなかったことをやる。来年は時代が動く」

この男の言葉には、いつも夢がある。

「血が騒いだろう」

「そう見えますか」

甲斐がグラスに焼酎を注いだ。

「いつまで燻ってるつもりだ?」

一瞬、甲斐の眼光が鋭くなった。さすがに一時代を築いた男の眼だった。時代はいまも終わっていない。簡単に終わらせるつもりもないだろう。

「おまえがいまどういう状況なのかはあえて訊かん。俺にすべてをぶつけてこい。俺ならおまえのすべてを受け止めてやる」

「俺には資格がありませんよ」

「まだ森のこと気にしてるのか」

哀しげな顔をして、甲斐は言った。

「あれは事故だ。おまえは悪くない」

試合でも練習でも、躰を削っている。事故はつきものだった。表沙汰にならないものまで含めれば、それはかなりの数にのぼる。他団体では練習中の事故で死亡した例もあった。あってはならないことだった。

「俺たちは、甘い世界にいるわけじゃない。弱いやつは潰れていくんだ。そういうもんだろう」

「その通りだと思いますよ。トップに立つやつは、たとえ同期を毀しても気にしない。俺がそれをできなかったのは、つまり、それだけの器だったというだけです」

「償いはもうすんだんじゃないのか。気にしてるのはおまえだけじゃない。森だってつらいんだ。そろそろ楽にしてやれ」

海外修行に発つ前夜、道場で甲斐にスパーリングの相手をしてもらった。日本を発つ前に、目標とする男の強さを肌に刻みつけておきたかったのだ。真剣勝負で挑んだが、歯が立たなかった。なぜかそれが嬉しかった。

甲斐の携帯が鳴りはじめた。口ぶりからしてスポンサーらしい。

「すまん。仕事だ」

「久しぶりに会えて良かったです」

立花は腰を上げた。甲斐も立ち上がった。手を差し出される。新団体への誘いを断ったときも最後は握手をして別れた。

「自分をさらけ出してみろ。そうすりゃ楽になる」

差し出された手を立花は握った。こういう男は掌だけで強さを感じさせられる。ジャパンはかけがえのない存在を失ったのだと思った。この男を巨大な壁として、三島や倉石らの前に立ち塞がらせるべきだったのだ。

血が騒いでいた。それを隠せるほど枯れきってはいないのかもしれない。頭を下げ、立花は部屋を出た。

駐車場には向かわず、街を歩いた。

海外修行に発つ前夜、甲斐との圧倒的な差を痛感したときも血が騒いだ。修行期間は無期限で、甲斐に肉薄する実力をつけるまで戻るつもりはなかった。

はじめにカナダのトロントで躰を作り直し、オタワで名を売り、デトロイトのプロモーターに引き抜かれてアメリカに移った。それから二年弱、アメリカの西海岸を主戦場にサーキットをまわった。多くの外国人レスラーとしのぎを削ったが、甲斐ほどのレスラーはいなかった。

帰国したのは三年半後だった。一気に頂点に立つ自信があった。しかし、凱旋帰国した最初の巡業で森を毀した。レスラーとしての夢も野心も、すべてが潰えた瞬間だった。

路地裏に入り、立花は胃のなかのものを吐き出した。大量の肉がほとばしるように口内から噴き出した。胃液が赤かった。食道が切れたのだろう。口のなかが酸っぱかった。何度も唾を吐いた。切れ切れになった肉が、臭気を立ち昇らせている。煙草を吸った。ふと、切なくなった。なぜかはわからず、煙草を吸い続けた。

代行で青葉台まで帰った。日付が変わっていた。

里子がソファで寝ていた。

立花は静かに隣に座り、寝顔を見つめた。

「お帰り」

里子が眼を閉じたまま言った。

「起きてたのか」

「飲まされた？」

「少しな」

里子が膝の上に頭を乗せてきた。

「今日はごめんなさい」

「いや」

立花は黒髪を撫でた。

「廃業してほしくないのか？」

里子は少し考え、小さく首をふった。

「ほんとうのあなたを見たことがないの」

「見てるだろう」

「見てないわ」

「ずっと一緒にいられる」

「あなたを待ってるのが好きなの」

「そのうち怪我をする」

「わたしが看病するわ」

「引退後は、車椅子だ」

「わたしが押してあげる」

「こわい女だな」

「今頃気づいたの？」

里子の声がくぐもっていた。

こみあげてくるものがある。

その感情を見ないように立花は眼を閉じた。

12

巡業が二日後に差し迫った夕方、道場に呼び出された。

ちょうど青葉台のジムでトレーニングを終えたところで、立花はシャワーを使い、練習着で瀬田に向かった。

明日は合同練習を控えているらしい。ジャパンは年内最終の巡業だった。立花にとっては最後の巡業になる。

道場に入ると、掃除をしていた若手が驚いた顔を向けた。遅れて挨拶の声がかかる。強張った声だった。

数日前に全選手が集められ、立花の解雇と、次の巡業にフリーとして出場することが発表されたようだった。選手のなかには、憤りを露わにする者もいたという。新田がうまくはっぱをかけたのだろう。電話で報告してきた森は、嬉しそうな声だった。

「新田さんは？」

「今日はまだですけど」

新田が指定した時間までまだ少しあった。

「ひとりでやってるのか？」

「昨日、門限破って」

罰ということだろう。

「他の連中は？」

「買い出しです。あの、新田さんが来られるんですか」

「ああ」

「俺、練習してていいですか？」

若手は外を気にしていた。新田が心底怕いのだろう。

立花が頷くと、若手は奥に駆け込んで行った。

買い出しは、明日の合同練習のためだろう。大勢集まるため、作るちゃんこの量も半端ではなく、風呂も焚いておかなければならない。うるさい先輩もいるため、立花も合同練習の日は嫌いだった。

着替えた若手が出てきて、プッシュアップをはじめた。ペースはのんびりしたものだ。

立花が入門したとき、はじめての練習で千回やらされた。

準備はしていたつもりだったが、三百が限度だった。倒れると道場長の木山に竹刀で容赦なく打たれた。顎から床に落ちる汗が徐々に溜まっていき、水を零したようになる。やがてなにもわからなくなる。背中に激痛が走り、はじめて自分が倒れていることに気づく。

泣き出す者も、その場で気を失う者もいた。誰もが体力に自信があったが、たやすくできる者などひとりもいなかった。

気の遠くなるような時間をかけ、ようやく千回に達すると、今度は立つように言われる。スクワット三千回。木山の掛け声に従える者などいなかった。三千回が三百回でも不可能だった。立ち尽くしていると、竹刀が飛んでくる。打たれている方がまだましだった。

木山は決して感情的になることはなかった。できないなら辞めろ。至極当然のように木山はそれだけを言う。やるしかなかった。他に逃げ場はないのだ。気がつくと、道場の隅に転がっていることもあった。躰は他人のようで、腕さえ動かすことができず、立ち上がることさえ、叫びながらでないとできなかった。ふらつきながら戻ると、木山は顔色ひとつ変えず、続きをやるように言う。回数はしっかり覚えているのだ。

決して合理的なトレーニングではなかった。過度のトレーニングは、躰を毀すだけであることは、科学的に立証されている。精神論、根性論の世界だった。それでもやり遂げた。できた者だけが、風呂に入ることを許された。湯船で気を失って沈んだ同期を、石のように重くなった腕で引き上げたこともあった。飯も喉を通らなかった。さあ、飲みに行くか。練習のときとは打って変わって笑顔の木山に言われたときは恐怖を覚えた。世界が違いすぎた。こんな化物の下で、やっていけるわけがないと思った。

とうに引退し、還暦を過ぎた親父だった。同じ人間とは思えなかった。入門した日は異なるが、同期は他にも何人かいた。皆、辞めた。夜のうちに荷物をまとめて出て行くのだ。木山は出て行った者たちについて、なにも言わなかった。そして歩くことすらままならない立花たちに、初日と同じ練習メニューを淡々とした口調で言いつけた。

プッシュアップをしていた若手は、十分もせず切り上げた。

いま三千回のスクワットを命じたところで、やりはしないだろう。あのようなしごきを受けたのは、立花たちが最後の世代だった。時代が変われば人も変わる。木山の次の道場長は、非合理な練習に否定的で、ついて来られない者に辞めろとは決して言わなかった。

それは多分間違いではない。しかし、三千回のスクワットを知る者と知らない者との差はあるはずだった。たとえ意味のない練習だったとしても、それをやり遂げ、耐えぬいた日々は確実に血肉になっているのだ。

立花は奥の食堂へ行き、ミネラルウォーターを飲んだ。古いが、清潔な調理場だった。数種類のサプリメントとプロテインが並んでいるほかは、立花がいた頃と変わっていない。

椅子に座り、煙草に火をつけた。灰皿は見当たらないので、流しに灰を落とした。約束の時間は過ぎていたが、新田はまだ来ていなかった。

「立花さん」

若手が緊張した面持ちで食堂に入ってきた。

「ちょっと来てもらえますか」

若手は道場の方を気にしている。立花は煙草を流しに捨てて、腰を上げた。

男がひとりいた。知らない顔だった。

「あんたが責任者か？」

男が低い声で言った。

「道場破りに来た。ここで一番強いやつ出してくれ」

小柄だが、鋭い眼をした男だった。躰を鍛え上げていることは、服の上からも見て取れる。

「あいにくだが、いま二人しかいない」

「合同練習の日だと聞いた」

「明日だ。昼に来れば、いくらでもいる。出直すんだな」

男が笑った。歳は若手よりいくらか上といったところか。

「それも面倒だな。まあ、あんたでもいい。レスラーなんだろ？」

「一応な」

「こいつ、新人だろ。見りゃわかる。眼がびびってやがる」

「負けることはないと思うが」

促したが、若手は眼を伏せた。

「原則として、道場破りは断ることになってる」

「逃げるのか？」

「責任者じゃないもんでね」

「怖気づいたのか。レスラーも大口叩くわりには大したことねえな」

レスラーの試合後のコメントを言っているのだろう。確かに吼える選手は多かった。喚けばいいという風潮は、確かにある。新田が好むからだ。

「なら、おまえでいい」

男は若手を指差した。指名された若手は、強張った顔で立花を見た。木山ならすぐに行けと言っただろう。実際、道場破りが多かった。プロレスが最強の看板を掲げていた時代だったのだ。行けと言われたらやるしかなかった。負ければ、鬼のようなしごきが待っている。木山のしごきに比べれば、どんな相手も怖くなかった。

男が上着を脱ぎ、タンクトップ一枚になった。師走が迫っているというのに、肌は小麦色に焼けている。男は軽くステップを踏み、若手を手招いた。空手を使うのだろう。それも蹴りを得意としている。しかし、リングに上がる前から手の内を明かすような男だった。よほど腕に自信があるか、過信しているかのどちらかだった。

「相手してやれ」

「そんな、立花さん、お願いしますよ」

若手は冗談ではないという顔をした。できないのか。立花は言いかけてやめた。時代が違うのだ。

「どっちでもいいんだよ、俺は。はやく決めてくれ」

立花は溜息をつき、若手に紙とペンを持ってくるように言った。

「なんでここなんだ？」

空手はもとより、格闘技のジムや道場はいくらでもある。総合格闘技のブームで、昔より数は増えているはずだった。

「プロレスじゃ、ここが一番なんだろ」

「入門したいなら、まずは会社を通せ」

「プロレスなんか興味ねえよ。レスラーは弱いのに顔だけは売れてる。何人かやりゃ、高く売れるだろ」

要するに、ジャパンの看板を手土産に、総合格闘技に売り込む目論見なのだろう。眼の付け所は悪くない。これまでそういう男がいなかったのが不思議なくらいだった。

若手がペンと紙を持ってきた。

「一筆書いてくれるか？」

「なにを？」

「誓約書みたいなもんだ。骨が折れようが、半身不随になろうが、文句は言いませんと書いて署名してくれ。簡単でいい」

実際に法的な効果があるのかはわからないが、木山はいつもそうしていた。大抵のやつはそれでびびる。男の顔もわずかだが強張ったように見えた。

男が書きはじめたとき、腹に響く重いエンジン音が聞こえてきた。若手の顔色から、もう男の相手をする必要はなくなったようだった。

立花は食堂に戻り、煙草をくわえた。

しばらくして鼻血を出した若手が駆けこんできた。

「新田さんが呼んでます」

頬が腫れている。あの男ではなく、新田にやられたのだろう。若手は眼を伏せて言うと、すぐに駆け戻った。

煙草はつけたばかりだった。半分ほど吸い、道場へ行くと、ちょうど若手がリングから引きずり下ろされているところだった。床に転がり落ちた若手を、新田が容赦なく蹴りつけている。

男はリングの上にいた。眼が合うと、肩をすくめてみせる。

「いつもこうなの、お宅んとこ」

「なにやってんだ、おまえは」

新田の怒号が響いた。立花に向けられたものだった。

「なんでこいつをぶちのめさない」

「俺は部外者ですから」

「なんだと」

「フリーの人間が、勝手に道場破りの相手をするわけにはいかないでしょう」

「あんた、違ったの？」

男がリング上から言う。新田の眼がそちらに向けられた。

「リングから下りろ」

「次はあんたが相手してくれるのか？」

「下りろと言ってる」

男の顔から薄笑いが消えた。さすがに新田は凄味がある。

「立花、目障りだ。ぶちのめして追い出せ」

「おっさん、相手してくれよ。俺、あんたの顔知ってるぜ」

「立花」

新田がもう一度言った。仕方なく立花はリングに上がった。

「結局、あんたかよ」

「俺をやれば次はあのおっさんだ」

新田は顔が売れている。そして現場監督でもある。全盛期はすぎたものの、新田の首を獲ればジャパンの看板を奪ったと豪語しても許されるだろう。

「ルールはなしでいいか？」

新田が奥に入って行った。男というよりは新田にやられた若手は、まだ床に転がっていた。

憎しみをこめた眼を、男ではなく立花に向けている。

「じゃあ、やるか」

立花は声をかけた。男が構える。やはり空手だった。なかなか見事な構えではある。

「空手、長いのか？」

男は答えなかった。

立花は無造作に距離を詰めた。男は一瞬慌てたが、すぐに蹴りを出してきた。腕で受けた。威力はある。素人にしてはだ。

さらに近づいた。正拳、下段蹴り、正拳、そして中段蹴りと男は矢継ぎ早に攻めてきた。すべて受け、最後の中段蹴りをガードすると同時に弾き飛ばした。男が体勢を崩した。そのときには男を捕えていた。同時に、後方に投げ飛ばした。空手に受け身はない。男はマットの上でえび反りになり、苦痛で顔を歪めていた。

頭から落とすような真似はしていないが、男が軽いため、かなりの高さから背中を打ちつけたようだ。息が詰まったのだろう。

「テン・カウントはありか？」

「ふざけんなよ」

脂汗を浮かべながら男が吼えた。立花は、男が立つのを待った。

向かい合う。男は高段蹴りを狙っていたが、もう受ける気はなかった。かわし、蹴りを放った。男はガードしたものの、ロープまで吹っ飛んだ。尻餅をつき、唖然とした顔をしている。

近づいても男は立とうとしなかった。

髪を摑んで引きずり起こした。投げようとすると、男は嫌がった。構わず強引に投げた。男は顔面からマットに落ちた。立花は男を仰向けにさせ、躰の上に乗った。総合でいうマウントポジションというやつだ。それなりの経験は積んできたのか、男は鼻血が噴き出た顔をガードした。喉もとががら空きだった。肘を落とした。男が血を吐く。躰の位置を変え、腕を取るのはたやすかった。手首を摑み、肘を支点にして絞り上げる。

「参った」

男が喘ぎながら言う。立花は肘を極めた手首をさらに捻った。男は一瞬叫び声を上げたが、すぐにそれは声にならない絶叫に変わった。立花が立ちあがると、男の肘から先は関節に逆らった方向に曲がっていた。

「放り出してこい」

唖然としている若手に言い、立花はリングを下りた。

「近所の人間に見られるなよ」

若手は素直に頷くと、真っ青な顔で転げまわっている男をリングから引きずり下ろした。

立花は男が書いた誓約書を持って、食堂に戻った。煙草に火をつけ、同じ火で誓約書を燃やした。

新田が食堂に入ってきた。

「なめられたもんだ」

向かいに腰を下ろすなり新田は言った。

「あの程度で道場破りに来られるとはな。それだけうちが落ちたってことか」

「どうでしょうね」

「若いのには看板を守ろうっていう意識もない。時代と言ってしまえばそれまでか」

新田が煙草の煙に視線を注いでいた。

「巡業の件だ」

「その前にいいですか」

新田の声を遮って立花は言った。

「次の巡業、ひとりでやらせてもらえませんか」

二週間のオフの間に、スタービールへの移籍に、倉石と佐久間をはじめ五人の名前が報じられていた。いずれもジャパンの主力選手で、新田の子飼いでもあった。

この二週間、スポーツ紙は連日スタービール関連の記事を報じていた。様々な憶測が飛び交っているが、肝心のスタービール側はまだ一度もコメントを出していなかった。そのくせ、スターズという団体名が一人歩きし、まだ実体のない団体にもかかわらず、すでにファンに認知されつつあった。

倉石たち五人の移籍が、立花と同じくブラフなのかはどうでもよかった。ただ、その五人と造反組として一緒くたにされるのは避けたかった。個人戦ではなく、チームの対抗戦になるからだ。

「倉石たちは行かせん」

新田が言った。

「ひとりずつ呼び出して腹を割らせた。スタービールに接触を受けたことは認めたが、移籍は全員が否定した」

五人とも、新田に面と向かって行くとは言えなかったのだろう。いや、言わせなかったのか。出て行こうとする人間を引き留める。金ではないだろう。新田への恐怖が勝ったのだ。

しかし、五人とも、新田が眼にかけて育てた選手だった。内心は平静ではないだろう。

「倉石たちの処分はどうなりますか」

「なしだ」

「安心しました」

「皮肉か？」

「本心ですよ」

「五人が言ったことは、おまえと同じだった」

「そうですか」

「それなのに、おまえひとりだけが解雇だ。納得できるのか」

「スタービールの件は、解雇には関係なかったんじゃないですか？」

新田が低く唸った。気が咎めているのか。新田らしくなかった。

「神谷のことは勘弁しろ」

自分との試合から台本《ブック》を設けたことだろう。それについて含むものはなかった。台本を破ったのは、自分でもよくわからない衝動だった。プロとして失格で、詫びられることではなかった。

「廃業すると言ったな」

新田が口調を変えた。

「ええ」

「それがおまえのけじめのつけかたなのか」

「ほんとうの俺を知らないと言われましてね」

「誰に？」

「女です」

「それで？」

「ほんとうの俺を見せてやろうと思ってます」

「どんなおまえなんだ？」

「わかりません。ただ、生きざまを見せられたらと思ってます」

「生きざまか」

新田が眼を細めた。

現役のなかでは最も知名度が高いが、エリートではなかった。立花がテレビでプロレスを観戦していた頃は、なかなか殻を破れない中堅だった印象がある。その新田が頂点に立つきっかけとなったのは、他団体との対抗戦だった。相手を完膚なきまでに叩き潰す新田のパワーレスリングは、凄味と合わさってとてつもない光を帯び、ファンの心を鷲摑みにした。新田はチャンスをものにし、一気に頂点まで昇りつめた。

もともと、マッチメイカーとしての素質、つまりプロデュース力は持っていたのだろう。その片鱗を見せたのがこのときだった。頂点に君臨し、やがて現場責任者となってからは、体育会系的な絶対服従の体制を敷く一方で、選手のリング上における自発的な発言や行動については許容してきた。むしろ、リング上でのそうした爆発を期待して、必要以上に選手を抑えていた面もある。

反りは合わない。昔からそうだった。しかし、なぜか嫌いでもなかった。

「うちとしては、本気で潰しに行くぞ。面子にかけてだ」

「潰してください」

「いいんだな、それで」

「もうひとつ、台本《ブック》はなしでお願いします」

「本気か?」

「ええ」

「それがおまえの生きざまか」

「本気でお願いします。じゃないと、俺が本気になれませんから」

「黙ってやられるつもりはないということか」

「全員の首を狙ってます」

「廃業するやつが言うことじゃないな」

「女と一緒になろうと思っています。甲斐性がないんで、それくらいやれば承諾してくれるかと」

「おまえな」

新田が呆れた顔で言い、深く息を吐いた。

顔に刻まれた皺と傷痕を立花は見ていた。

「条件は呑んでやる。好きにやれ」

「ありがとうございます」

「礼を言われることじゃない」

「失礼します」

新田に頭を下げ、食堂を出た。

道場には誰もいなかった。

無人の光景が、ふと足を止めさせた。隅に置かれたリングの錆、壁際に並べられた練習器具、床の数え切れないほどの傷も、剝がれ落ちた天井板に至るまでなにも変わっていなかった。すべてが古びている。しかし、この道場からすべてがはじまったのだと思うと、床に刻まれた傷すらも懐かしかった。

一年の大半を旅をして過ごす。同じ布団に二ヶ月眠ることはなく、家はあっても、仮寓だという意識が消えることはなかった。それでも唯一、この道場は家と呼べる存在だった。どこへ行こうといつかは必ず帰る場所だった。

道場を出ると、車の前に神谷がいた。

「巡業に出ると聞きました」

「ああ」

「全員を敵に回すんですか」

選手だけではない。ファンもマスコミも裏切り者として自分を見るだろう。そして裏切り者への制裁を期待する。

立花が車に乗り込んでも、神谷はまだ立ち尽くしていた。まるで別人だった。それだけ敗戦が衝撃だったのか。負けは必ずある。壁もある。そこを抜けてはじめて一段上に行ける。

「俺と再戦したいのか?」

「受けてもらえるんですか?」

「勝てると思ってるのか」

神谷が唇を噛んだ。やはり若い。しかし、輝ける可能性は秘めているのだ。素質と言ってもよかった。

「おまえ、プロか?」

「そのつもりです」

「なら、俺を潰しにこい」

王道を歩め。俺のように日陰を歩くな。それは口にしなかった。

真直ぐ青葉台に帰った。

里子はまだ仕事から帰っていなかった。

冷蔵庫からビールを取り、立花はソファに腰を沈めた。

家の電話が鳴った。数回鳴って留守番電話に切り替わる。すぐに切れ、数秒してまた鳴った。動かなかった。電話が切れる。部屋は静寂に包まれた。

思えば忙しないオフだった。

また電話が鳴る。

解雇のきっかけになったスタービールからは、一度も接触がなかった。ジャパンでも倉石たち五人以降、名前は出ていない。ジャパンだけで半数の選手を引き抜くという噂のわりには妙な話だった。

意外だったのは、総合格闘技から参戦を持ちかけられたことだった。年間三試合。勝敗によりファイトマネーが上がっていく契約で、全勝すればジャパンの三倍、全敗でも年俸より数割増しとなる。年間百二十試合と三試合である。

総合格闘技に対応できるか否かを問われれば、対応できる自負はあった。しかし、意義が見出せなかった。総合がプロレスより上だとは思っていなかった。それを証明するために打って出ることは良しとしても、その一員にはなりたくなかった。それもまたレスラーとしての矜持だった。

立花はテーブルの卓上カレンダーを手にした。そこに里子の字で興行場所が書き込まれている。二日後からはじまる巡業は、全十七戦の日程だった。後楽園ホールで開幕し、東海と中越地方をまわり、それから東京に戻る。最終戦は日本武道館だった。

好きにやる。考えると躰が震えた。武者震いではない。恐怖だった。七年も腐っていた自分が、果たしてどこまでやれるのか。

テーブルを動かし、床に手をついた。プッシュアップをはじめた。千回。はじめてからそれだけやろうと決めた。

顎から汗が滴り落ちた。動悸が激しい。臆している。完全に自分は臆していた。恐怖を搾り出したかった。

二百を超えた。滴った汗が、床の上でじわじわと大きくなっていた。腕が痙攣した。三百。血の気が引いてきた。一定のリズムを保つ。休憩を木山は認めなかった。休めば竹刀が背中に落ちてくる。四百の途中から数がわからなくなった。四百五十と数えそうになる自分を叱咤し、四百から再開した。五百。躰が一瞬硬直し、胃のなかのものが逆流してきた。吐いた。ビールと胃液が混じったもので、酸っぱい臭いが鼻についた。休まなかった。吐瀉物のなかにしっかりと顎をつけた。

無様でいいのだ。己に言い聞かせた。

すべてを曝け出し、燃えつきたい。

花火のように散りたかった。

13

ブーイングの嵐が、試合開始のゴングをかき消した。

立花は反時計回りにリング上を動いた。佐久間は腰を低く落とし、タックルの構えを見せている。佐久間は殺気立っていた。眼は入場したときから血走っている。

倉石と並ぶ新田門下の筆頭格だった。レスリングの下地があり、新田の英才教育を受けたエリートである。そしてスターズへの移籍を報じられたひとりでもあった。

ロックアップ。手四つで組んだ。圧され、ロープを背にした。

「ブレイク」

レフェリーの山口が割って入った。

立花は先に手を離した。遅れて力を抜いた佐久間が、離れると見せかけて頭突きを見舞ってくる。見え透いた動きで、立花はかわしてリング中央に戻った。

開幕戦である。後楽園ホールで、客入りは超満員札止めを記録していた。第六試合。メインよりふたつ前のシングル戦だった。

リング下には、試合を終えた大半の選手がセコンドについていた。全員が佐久間のコーナー側で、対角の立花側には誰もいない。ひとり、神谷がニュートラルコーナーにいた。

この試合に台本《ブック》はない。それを知ってか知らずか、場内は異様な雰囲気だった。

前日の合同練習の後、新田が会見を開き、スターズの移籍に名前が出た五人について、記事が事実ではなく、来季も五人がジャパンの所属選手であることを現場監督の立場で正式に発表していた。

さらに新田は、一足早く五人と来季の契約を交わしたことを明らかにし、その契約書までマスコミに公開した。契約更新の前倒しが、五人をスターズに行かせない措置であることは明白だった。

佐久間がじりじりと距離をつめてくる。慎重な動きに、客席から野次が飛んだ。客は裏切り者の公開処刑を視に来ているのだ。

佐久間が慎重なのは、自身の微妙な立場を自覚しているからだろう。疑惑は晴れたが、白ではない。名誉を挽回するには、客の要望に応えて、立花を潰すしかないのだ。

再び、ロックアップで組んだ。圧される。立花はロープを背にした。ブレイク。山口が割って入ろうとした瞬間、立花は佐久間の顔面を殴りつけた。

ブーイング。倒れた佐久間がすぐに立ち上がる。ジャブから右のストレート。クリーンヒットした。佐久間が腰から崩れる。しっかりやれ。ブーイングの合間を縫って客席から野次が飛んだ。佐久間が立つ。しかし、視線が定まっていなかった。顔が見る間に腫れ上がっていく。

佐久間の動きがより慎重になった。パンチを警戒している。攻めない佐久間にブーイングが向けられた。それでも佐久間は動かない。

リング中央。足を止め、立花から誘った。

気合を発した佐久間が、手四つで組むと見せかけ、タックルに来る。鈍い音がした。膝。カウンターでぶちこんだ。

四つん這いになった佐久間の鼻から、大量の血が零れ落ちた。折れたのだろう。立花はゆっくりと近づき、顔面を蹴り上げた。

凄まじいブーイングが起こった。佐久間がのたうち回る。セコンド陣がリングに身を乗り出し、口々に怒号を上げた。

立花は仰向けになり鼻を押さえている佐久間の顔面にシューズの裏を落とした。体重を乗せ、執拗に蹴る。山口が佐久間に覆いかぶさるように割って入った。

佐久間の出血が夥しい。山口がリングドクターに合図を送った。その間もマットに血が零れ落ちていた。出血は酷いが、たかが鼻だった。それにここで止めては客が納得しない。

昨日の合同練習後、新田が全選手を前にして立花の巡業参戦《シリーズ》を改めて伝えたのだという。それに対して疑問を口にする選手が何人かいた。立花はほんとうにスターズに行くのか。行くならなぜ使うのか。ふつうに考えれば、解雇した立花を使うのはありえなかった。

道場の様子を報告してきた森によると、新田の答えは、明瞭ではなかったようだった。ただ、立花を潰せと厳命した。ジャパンの面子にかけても、あいつを終わらせろ。真っ先に名乗り出たのが佐久間だった。佐久間であることに仕掛け《アングル》の匂いを感じた選手はいたはずだった。

「佐久間、立て」

赤コーナーの下で、倉石がマットを叩いた。赤コーナーには本隊の選手が詰めかけているが、倉石ほど熱くなっていない。

山口を押しのけ、佐久間の髪の毛を摑んで強引に立たせた。ボディへのアッパー。そして顔面へのナックル。血飛沫が飛んだ。佐久間の顔面は血に染まっている。佐久間の反応が鈍い。構わず殴り続けた。すでにブーイングよりも悲鳴の方が大きい。

倉石がエプロンに立ち、リングに入って来ようとしていた。気づいた山口が止めに入る。佐久間を離し、立花はダッシュした。山口の肩越しにストレートを放つ。倉石がもんどりうってリング下に転がると、他の選手もヒートアップしてエプロンに立った。血相を変え怒号を上げるが、乱入はしてこない。

佐久間は血だまりのなかに額をつけて倒れている。つま先で佐久間の頭を小突いた。佐久間は動かない。腹を蹴った。呆気なく佐久間が転がる。血だるまの顔を見て、客席から悲鳴が上がった。

「立て、佐久間、立て」

口から出血した倉石が真っ赤な顔で叫ぶ。観客も呼応した。声援に後押しされたように、佐久間が立ち上がる。超満員の客が床を踏み鳴らし、リングが振動した。

佐久間の顔を張る。弱々しいパンチが返ってきた。すでに心が折れているのか。腹に膝をぶちこみ、崩れようとした佐久間の髪を摑んだ。拳を連続して顔面に叩き込む。返り血が立花の躰に飛んだ。なおも殴り続ける。

やめさせろ。客席から声が飛ぶと同時に、山口が反則カウントを取った。カウント・フォーで立花は佐久間から手を離し、またすぐにナックルを出した。山口が立花の背中を叩く。構わず立花は打った。それから肘。佐久間が膝をつく。また山口が反則カウントをはじめた。フォー・カウントになっても立花が打ち続けると、山口は腕にしがみついてきた。撥ね除けると山口はロープまで転がっていった。

セコンドから怒号が飛び交う。立花はロープに走り、両膝をついた佐久間の顔面を蹴飛ばした。佐久間の躰がマットの上を跳ねる。さらに馬乗りになり、血にまみれた拳を叩き込んでいく。

場内が静まり返っていた。

佐久間の反応が鈍い。山口が起き上がるのを見て、立花は佐久間の右足を持った。脇に挟んで捻りを加え、うつ伏せになった佐久間の腰に跨り、逆片エビ固め《ハーフ・ボストンクラブ》で絞り上げる。

顔面を血に染めた佐久間が苦悶の表情で呻き、客席の女から悲鳴が上がった。

誰かが佐久間の名を叫んだ。すぐにそれは会場中に伝染し、巨大な佐久間コールが起こった。

声援を受けた佐久間が手をついて上体を持ち上げた。少しずつロープに近づいていく。

「ブレイク」

ロープに手が届き、佐久間の躰から力が抜けると同時に、山口が叫んだ。会場が揺れるような歓声が起こった。

観客は佐久間の反撃を待っていた。台本があるならそうなる。

立花は、背後から佐久間の髪を摑んだ。立たせる。

腰をロックした。そのときには佐久間は宙を浮いていた。捻りをきかせたバックドロップ。後頭部から鋭角に佐久間をリングに叩きつけた。

手足を投げだし、佐久間はぴくりとも動かない。立花は立ったまま、足を佐久間の胸に乗せた。すぐさま山口がカウントを取る。

ゴングが打たれた瞬間、リングドクターが佐久間のもとに駆け寄った。セコンドの選手たちも佐久間を取り囲む。担架を要請するドクターの声が響いた。

歓声も拍手もない。静まり返った場内に、遅れて立花のテーマ曲が鳴った。

立花。怒号を上げ、突っかかってきたジュニアの高平に、立花はハイキックを一閃させた。きれいに首筋を捕らえ、高平は白眼を剥いて崩れ落ちた。

選手たちが血相を変えた。囲まれる。無事にリングを下りられるかは新田の腹しだいだった。テーマ曲が止まる。異変を察知したリングアナの井上がゴングを乱打していた。

ふいに場内がざわつき、すぐに歓声に変わった。入場口に新田が出てきたのを立花は視界の端にとらえた。

選手たちは新田の号令を待っている。新田が花道のなかほどで足を止めた。選手たちが身構えたのを承知で立花は背を向け、正面から新田の視線を受けた。

新田の顔は怒りに満ちていた。佐久間程度で片が付くと踏んでいたなら甘く見られたものだった。

新田が先に視線を外した。下がれ。選手たちに言い、背を向ける。

立花はリングを下りた。慌てたようにカメラマンたちが追いかけてくる。客席から浴びせられるブーイングに力はなかった。

記者の質問にはなにも答えず、ロッカー室に入った。フリー選手用の控室は使っていない。シャワーを浴びるのは難しそうだった。荷物をまとめ、すぐに出た。

記者が取り囲んでくる。睨みつけて下がらせ、エレベーターに向かった。

「スタービールの新団体設立そのものがガセなのではないかという声もありますが」

遠慮がちに記者のひとりが言った。そう勘繰りたくなるほどスターズの実体は見えない。

エレベーターに乗った。扉が閉まる間際、ひとりが飛び込んできた。週刊リングの寺尾だった。

「反射的に手が出かけたぞ」

「その姿で表に出る気か。捕まるぞ」

躰は佐久間の返り血を浴びていた。右手は血で染まっている。

寺尾はジャケットを脱いで寄越してきた。

「小さいが血は隠れるだろう。着ていけ。捨ててくれりゃいい」

なんとなく受け取り、袖を通した。

「帰るのか」

「このまま川崎に行く」

明日の興行は川崎で、小田原、沼津と続く。

里子には帰らないと伝えてあった。この巡業は選手バスも、会社が用意したホテルも使わない。移動も宿泊先を探すのも自分でやると決めていた。深い理由はない。闘うために甘えを禁じた。

「倉石も佐久間も、まわりから白い眼で見られていたが、見事に溝が埋まったな。狙い通りか？」

「さあな」

生きざまを見せる。新田にそう豪語したのだ。選手が本気にならなければ意味がなかった。

通りまで出た。寺尾がタクシーを停めた。

「ほんとうに捨てるぞ」

ジャケットを指し、寺尾に言った。

「捨ててくれりゃいい」

「借りだな」

「そう思うなら、なにが起きてるのか話してくれ。そのうちでいい」

「スターズは関係ない」

「それなら、なぜジャパンに上がってる」

「新田との喧嘩だ」

「本気で言ってるのか？」

頷き、運転手に促した。ドアが閉まる。川崎のホテルを告げ、立花は眼を閉じた。はじまった。果たしてどこまでやれるのか。

運転手の視線を感じた。佐久間の血で染まった拳。試合内容は直にネットにアップされる。都内の興行にもかかわらず、帰らないと言った意味を里子は知るだろう。

どこまでやれるのか。もう一度考えた。サイレンを鳴らした救急車がすれ違って行った。

14

プロレスの最もわかりやすい図式として善玉《ベビーフェイス》と悪役《ヒール》がある。悪が非道を尽くすが、最後は正義が勝つというもので、勧善懲悪が好まれるのは世界共通だった。

戦後、プロレスがアメリカから持ちこまれると、屈強なアメリカ人レスラーを小柄な日本人レスラーが打ち破る光景に日本人は興奮し、プロレスは瞬く間に市民権を得た。

やがて時代は移り、それまでの日本人《ベビーフェイス》対外国人《ヒール》の図式から日本人同士の対決が主流になると、当然のように日本人レスラーにもヒールが生まれた。

プロレスは興行である。巡業《シリーズ》の開幕戦から最終戦までが、ひとつの連結したストーリーになるのが理想的なかたちだった。煮え湯を飲まされ続けたベビーフェイスが、最終戦でそれまでの鬱憤を晴らしてヒールを倒し、タイトルを防衛する。

単純なものの方が、大衆には受け入れられる。

そして、場所が変われば当然立場も変わる。

海外修行先では、ヒールとして闘った。

レスリングで学ぶものはなかった。はじめてリングに上がったのは、カナダのトロントをテリトリーにした小団体だったが、素人に毛が生えた程度の選手しかいなかった。

立花をそのリングに上げたのは、熊山という男だった。国内よりも海外でのキャリアの方が長いという異色の元レスラーで、引退後はトロントの山奥でレスラーの育成をしている変わり者だった。

練習法も、大自然のなかで器具を使わず原始的なやり方で躰を鍛える独自のものだった。山中を走り、岩を持ち上げ、木に登り、湖を泳ぎ、ナイフ一本で狩りをする。夜は獲物を解体して食い、自分たちで建てた粗末な小屋で眠る。

はじめの頃、試合をせず、山中に籠って木を伐る日々に焦りを覚えた。それでも熊山のもとを去らなかったのは、熊山の一風変わった練習法が理に適っていることに気づいたからだった。他のカナダ人やアメリカ人の練習生から英語を学べる利点もあった。なによりも熊山に逃げたと思われるのが癪だった。

ようやくリングに上がったのは、トロントに渡って三ヶ月が過ぎた頃だった。躰は一回り大きくなっていた。

試合は、素人同然の相手を三分もかからず仕留めた。圧勝したが、プロモーターには使えないと首をふられ、熊山には何様なのかと罵られた。なにがいけないのか理解できなかった。東洋人がヒールとして扱われるのは承知していたが、道化になるつもりはなかった。次の試合では凶器を使ってみた。試合が終わると熊山はいなかった。四十キロ以上ある道のりを、歩いて帰った。

殺してやろうと思ったが、ドアを蹴破ると、熊山はショットガンを構えて待っていた。

素人に勝ってなにが嬉しいのか。レスラーは商品だというのが熊山の持論だった。与えられた一試合で、いかに次へ繋がる内容を見せられるか。勝敗も強さも関係なかった。この男の試合で客を呼べるとプロモーターに判断させなければならず、試合ごとに相手を毀すような選手を誰が使うのか。

銃口を立花の胸に向け、引金に指をかけたまま、熊山は罵り続けた。納得はいかなかった。強くなるために海外に来たのだ。しかし、熊山はただ一言、それがプロだ、と言った。

会社にはトロント行きの航空券を渡されただけだった。熊山を訪ねろという指示は受けていたが、そこから先は自由だった。帰国する期限すら決まっていなかったのだ。

目的はアメリカのメジャー団体に上がることだった。そのためには自分の商品価値を高めていかなければならず、熊山の言うとおり、相手を毀すという不名誉なレッテルはマイナスになるだけだった。

やがてオタワの団体に引き抜かれ、カナダで名前が売れはじめると、熊山はマネージャーのような立場で試合のセコンドにつき、ときには乱入するなどして楽しんでいた。

技術面で熊山に学ぶものはなかったが、日本に帰ることなく、異国の地でレスラーとして生きた熊山に教わるものは多かった。父と子に似た絆があったかもしれない。

別れは、唐突だった。デトロイトの団体から声がかかったのだ。オタワに残る選択肢もあったが、熊山は快く送り出してくれた。

デトロイトでは、アパート探しから、練習場所の確保、そして会場への移動まですべて自分でこなさなければならなかった。反日感情の強い地域で、試合に勝利した瞬間に、ビール瓶が投げ込まれるのは日常茶飯事で、北部の田舎町では、興奮した客にナイフで刺されかけたこともあった。

マッチメイカーはシビアで、一度でもヘマをすれば、試合に使ってもらえなかった。試合に出られなければ当然ギャラは入らず、それはすぐさま生活に直結する。

ジャパンからは雀の涙ほどの金が送金されていたが、契約が満期になって切れると、当たり前のように途切れた。連絡すらなく、会社は立花がどこにいるのかも把握していないはずだった。一ヶ月以上、試合がなかったときはさすがに腐りかけたが、それでも帰国しようとは思わなかった。

闘いではなく、仕事だと割り切るしかなかった。仕事として与えられた役割をこなす。興行を盛り上げるため、格下にも負ける。はじめてマッチメイカーから褒められたとき、それがプロだと言った熊山の言葉を思い返した。

デトロイトの団体にも相手はいなかったが、強さを誇示するのではなく、職人に徹することで、次第に待遇がよくなっていった。それからシカゴに移り、ミネアポリスを経て、ロサンゼルスのメジャー団体から誘いを受けた。そこで好敵手に出会った。運もあった。これから売り出そうとするベビーフェイスと体格とスタイルが似ており、しかも、驚くほど手が合ったのだ。

カナダから各地を転戦した一年余りは、勉強になったが退屈な日々だった。自分を売るための計算や、相手の実力に合わせるインサイドワークは身につけたが、ファイターとしては死んでいた。

ジョゼフ・クラインというその好敵手には、すべてをぶつけることができた。ヒールのスタイルを確立できたのもジョゼフが相手だからだった。ジョゼフもまたジャパンで培った立花のレスリング技術を貪欲に吸収し、アメリカでは類を見ない独自のスタイルを築き上げることに成功した。

揺るぎない信頼関係がジョゼフとの間にはあった。誰にも真似のできない試合をしていた。リングではヒールに徹したが、リングを下りれば二人で酒を飲む仲だった。連日しのぎを削り、ジョゼフがタイトルを奪取してからは、毎週のようにタイトル戦を繰り広げた。

ジョゼフとの抗争は、マッチメイカーの企てで、サクラとして仕込んだ客に手を出したことからはじまった。試合中から執拗に野次を浴びせてきた客を引きずりまわしたのだ。

その際の観客の反応は暴動寸前だった。あらゆる物が投げつけられ、サクラではない客までもが興奮して摑みかかってきた。怒号を浴びながらも、凄まじい快感と興奮に酔いしれた。

そのとき、客を救いに駆け込んで来たのが、未来のホープと謳われている金髪のレスラーだった。客に手を出した日本人。そして、それを助けた金髪のアメリカ人。これほどわかりやすい構図はなかった。

次の試合から、ジョゼフとの抗争がはじまった。ジョゼフの攻撃が決まる度に客は沸き、立花が攻撃にまわるとブーイングが鳴り止まなかった。客はジョゼフが憎き日本人を叩きのめすのを観るために会場に押し寄せた。チケットはジョゼフが痛めつけられるたびに飛ぶように売れた。

ほどなくしてジョゼフとの試合は、ドル箱カードになった。試合は常にメインに組まれ、勝率は五分五分に設定されていた。その頃にはひとりで出歩くこともできないほど顔が売れていた。その分、ファンの怨みを買っていた。物を売ることを拒否する店すらあった。

当時のアメリカは、客入りで選手のギャラが決まった。チケットの売り上げから試合順に応じた額を貰えるのだ。不入りならギャラは減り、大入りならボーナスがつく。ジョゼフとのカードは客を呼んだ。互いに躰を削ったが、金という最もわかりやすい評価により、客には憎まれる一方で、リングを下りればプロモーターにも他の選手にもジョゼフと同様の待遇を受けた。人種は関係なかった。その奇妙な扱いがアメリカという国の器のでかさであり、魅力でもあった。

ジョゼフとの抗争は二年以上続いた。

それが終わったのは、ジョゼフがニューヨークのメジャー団体に引き抜かれたからだった。立花にもオファーがあった。ジョゼフには劣るが、破格の条件だった。ジョゼフには一緒に行こうと誘われた。永住権を取得し、アメリカに骨を埋める選択肢もあった。しかし、立花は帰国する道を選んだ。

日本には甲斐がいた。アメリカでの成功が眼の前にあっても、甲斐という存在を脳裡から消すことはできなかった。

約三年半ぶりに帰国すると、新しい契約書にサインを求められた。

海外での実績はまったく考慮されていない金額だったが、金のために日本に戻ったわけではなかった。ただ、ヒールで行きたい旨だけを要望した。会社は反対した。甲斐に続くエースとして団体を引っ張っていくのが、会社が考える立花の立ち位置だった。自分がそうした性格でないことはよくわかっていた。集団も反りに合わなかった。一匹狼で好きなようにやりたかった。

立花はサインを拒んだ。会社は問題視し、岩屋などは憤慨していたが、ジャパンに義理はあっても、契約を交わす義務はなかった。

結局、サインしないまま巡業に参加した。

海外帰りのレスラーは、嫌でも注目される。それを利用しない手はなかった。初戦を白星で飾ると、当時ベルトを所持していた新田に挑戦する意向とともに、まだ会社と契約を交わしていない事実を立花はマスコミにぶちまけた。

ベルトはどうでもよく、ただ、頂点に立つ新田がどれだけのものか確かめたい。挑戦を受けるか否かは新田の器量に任せる。

そうしたマスコミへの発言は、度を越えたビックマウスとして大きく扱われた。すぐに巡業先まで岩屋が飛んで来て、契約書へのサインを強要された。年俸は二割増しになっていたが、立花がこだわっているのは金ではなく、スタンスの自由だった。

会社は馬鹿だった。ジャパンに特別な思い入れがあるわけではなかった。団体は無数にあり、また海外に出る選択肢もあった。義理人情に訴え、さらには縛ろうとする日本のシステムに白けていた。ただ、好きなようにやりたかっただけなのだ。

ヒール転向を認めないならば、強引な手段に出るまでだった。その日からラフファイトに転じた。反体制派のヒール軍団はいたが、そこに加わる気はなかった。

本隊、ヒール軍団、外国人。すべて圧倒した。

そのうちに仕掛けられるようになった。真剣勝負《セメント》である。

仕掛けられた経験は海外で何度もあった。それは実力を調べるテストであったり、日本人に対するマッチメイカーの個人的な悪感情だったが、共通しているのは、仕掛けられたまま終われば舐められるということだった。

仕掛けてきた相手には、殺す気で応じた。決して怯まなかった。セメントの場合、ある部分から技術は関係なくなる。どれだけ相手より非情になれるか。そして人としての感情を捨てられるか。

仕掛けてきた相手を、無傷でリングから下ろしたことはなかった。

怪我人が続出したが、そうした喧嘩ファイトは、裏側を知らないファンに支持された。その一方で選手たちには反感を買った。フロントに盾突いて一匹狼でいることも、アメリカで桁外れのサラリーを稼いだという噂も気に入らなかったようだった。立ち塞がる者先輩連中を敵に回したが、プロレスは力がものを言う世界であるべきだった。は潰し、踏み台にすればいい。

甲斐とはあえて距離を置いていた。帰国後、一度も口をきいていなかったが、甲斐もまたぶつかるときではないと考えていることがなぜかわかった。三年半の成長をまずは見るつもりだったのだろう。

京都の試合だった。

凱旋して、はじめて同期とのシングルが組まれた。相手は森だった。同月同日に入門した親友。

三人の同期のなかで、三番手だった三島は、三年半のうちにトップの一人にまで成長していた。海外で通用するタイプではなかったが、熱くなりやすく、負けず嫌いの気質がファンの支持を得て、一躍トップ陣に躍り出ていた。

反対に、技術は相当なものを持つ森は、その性格のゆえに三島の後塵を拝していた。上に立つには優しすぎたのだ。格闘家というタイプでもなく、あくまでプロレスはスポーツだと割りきっていた。

同期のなかで、ひとりは海外に出て成功し、ひとりはトップ陣の仲間入りをしている。森には焦りがあったのだろう。

仕掛けてきたのは森の方だった。腕をとられた瞬間に、森が毀しに来たことに立花は気づいた。それでも森のことを信用していた。フロントと衝突し、レスラー全員から敵対心を持たれても、森と三島だけは別だと思っていた。

森に対してラフプレーをするつもりはなかった。三年半の成長を確かめ合えればそれでよかった。

しかし、森は裏技《フック》を連発した。攻めながらも森の顔は苦痛に歪んでいた。本意ではなかったのだろう。その証拠に、森は早い段階で絞め落とそうとしてきた。

負けてやればよかった。失神して情けない姿を晒せば、レスラーたちの怒りはそれなりに収まり、森の株も上がっただろう。

しかし、そのとき脳裡を占めたのは冷たい怒りだった。舐めるなという意識があった。ひとり、海外で闘ってきたのだ。サラリーを保証され、移動も宿泊先もすべて手配され、のうのうと試合だけをしていればよかった分際で、自分の苦労のひとつでもわかるのか。

しごく冷静に、森の小指を脱臼させてスリーパーを逃れると、そこから的確に、森の急所を蹴っていった。

自分の裡でなにかが外れていた。森は攻撃に対応できなかった。それも怒りに拍車をかけた。三年半、おまえはなにをしていたのか。その勝手な怒りは感情を暴走させた。

気がつくと、白眼を剝いて痙攣している森の姿があった。我に返ったとき、森の首から聞こえた嫌な音が頭のなかで谺していた。

森はただちに病院に搬送された。立花が駆けつけると、甲斐と三島がいた。すべての試合が終わってから、現場監督の新田もやってきた。森は頸椎をやっていた。試合はおろか日常生活にも支障をきたす危険があり、すぐさま手術が必要だと医者は言った。

森はそのまま入院した。

翌日からはタッグ戦が組まれた。仕掛けてくる者はおらず、対戦相手には当たり障りのない試合をする中堅を当てられた。

森は手術を拒否していた。メスを入れれば復帰ができなくなるという理由だった。教えてくれたのは週刊リングの寺尾だった。寺尾は去り際、森に復帰できる見込みがないことを、静かな口調で明かした。

会社に、森との試合を責められることはなかった。森に仕掛けさせたのはフロントなのだ。マスコミも試合中の事故として扱った。ペナルティを受けることも、干されることもなかった。巡業が終わりオフに入ってから、ようやく京都の病院にいる森を訪ねた。そして森が手術を受けることを知った。それはつまり、引退する道を選んだということだった。

森は気にするなと言って笑った。甲斐は巡業中も何度か見舞いに来ていて、三島は、引退する決意を告げると、人目も憚らずに泣いたという話も聞いた。

立花はなにも言えなかった。同期を毀した。親友の選手生命を断った。正面から森の顔を見ることができなかった。病室には、森が新弟子時代から付き合っていた恋人がいた。立花がいない三年半の間に、森と恋人は籍を入れていた。

腹に子供がいた森の女房は、立花に恨み言ひとつ言わなかった。それがつらかった。

なにかが自分の裡で潰えた。受け容れるしかなかった。

15

硬直した筋肉がほぐれていく。

新田は思わず声を出した。慣れぬ痛みというものがある。この瞬間がまさにそれだった。筋肉が反発する力があるだけ、まだ若いという。しかし、衰えは自覚していた。試合後の疲労感は、年々きつくなっている。痛みは慢性的で、ときおり麻痺しているのかと感じるほど、躰の一部になっていた。

来年で五十を迎える。デビューして二十七年。現役にこだわっていたわけではなかった。引退する機会は何度かあったが、まわりの状況がそれを許さなかったのだ。

「相当に、筋肉が緊張していますね」

マッサージ師が言う。うつ伏せになったまま、新田は小さく呻いた。会社が用意した宿泊先とは別のホテルである。マッサージを呼ぶときは、必ず別のホテルを取るようにしていた。選手の眼を気にしていないと言えば嘘になる。己の矜持がそうさせているのだろう。しかし、ガタを隠せない年齢であることも確かだった。

脹脛《ふくらはぎ》の痛みが、ようやく収まってきた。

衰えは足からくる。上半身の鍛えは、客に見せられるものだと自負しているが、足の筋肉の衰えは、徐々に感じはじめていた。故障を重ねてきた両膝は、若い頃のように動いてはくれない。酷使できる時間は限られていて、それは練習ではなく試合で使うしかなかった。

騙し騙しやれるほど、ジャパンのリングは甘くなかった。練習の手を抜けば、必ず試合に現れる。怪我にも繋がる。かと言って、若い頃の練習量をこなすのは無理だった。練習量は落ちた。時間も短くなった。しかし、その分、集中力が増した。

自分より年配の荒井は、いまも若手と変わらぬ練習をこなしている。それは、荒井の躰が若いのではなく、気楽な闘いをしてきたからだろう。興行を盛り上げる中堅。それを不要とは言わないが、上の闘いとは無縁できたのも事実だった。

自分は違う。二十七年のキャリアのうち、そのほとんどをトップで闘ってきた。巨体の外国人ともしのぎを削り、何度も王座に就いた。躰のガタは、過酷な闘いの代償だった。

しかし、まだ休むことは許されない。弱音を吐くこともできない。

思えば、狭い生きかたをしてきたものだった。選手は部下か敵でしかなく、気の知れた仲間も、親しい記者もいない。上に立ってからは、全員を服従させた。決して引かず、折れず、逆らう者は容赦なく追放した。

リング上でも私生活でも同じだった。いつからか切り替えができなくなった。そうした自分で作り上げた現像を最も負担に感じているのは、ほかならぬ自分自身ではないのかと思う。

仰向けにされた。また足から揉まれていく。全身をして約二時間。熟練のマッサージ師でも握力がなくなるようだが、それで疲れが取れるわけではなかった。蓄積した疲労を消すには、長期の休養しかない。引退するほかにそれができないことはわかっていた。

レスラーとして、日本の頂点を極めた。誰もそれを否定しないだろう。甲斐でさえ、自分の知名度には及ばなかった。地方のプロモーターが求めてくるのは、強さよりも知名度である。実際、甲斐の団体は地方で苦戦していた。実力で言えば、間違いなく国内の頂点に立つ甲斐でさえそうなのだ。ジャパンも自分がいなくなれば、売り興行は買い叩かれるだろう。それは眼に見えていた。

なるようになる。そう思うしかなかった。

スタービールの件もそうだった。

あれはいったいなんだったのか。大阪での最終戦を前に、突如としてスタービールの新団体設立の噂が駆け巡った。しかも、ジャパンから半数を引き抜くという話だった。そして、移籍第一号として立花の名が報じられた。

意外な名前ではあった。同時に、立花に眼をつけたことに、新田のなかで新団体旗揚げという噂が現実味を帯びたような気がした。

その立花は移籍を否定した。にも関わらず、伊刈が代表の独断で立花を解雇した。理由は弱かったが、会社の姿勢としては頷けた。選手の名が挙がるだけで会社には不利益なのだ。

しかし、それからさらに五人の名前が報じられた。五人とも、自分が育てた弟子であったことが新田には衝撃だった。スタービールに、虚仮にされたのだと思った。会社がではない。自分がだ。

五人を、ひとりずつ呼び出した。そして俺を裏切れるのかと問うた。五人全員がその場で土下座した。倉石など、泣いて詫びた。

五人は移籍を撤回したが、新田の胸の裡には黒い怒りが残った。五人以降、名前はひとりも出ていない。スターズという新団体そのものが、単なるデマだと見る向きもあるが、水面下で密かに交渉が行なわれている疑念も拭いきれなかった。

五人と接触したのは、二十年ほど前にジャパンに所属していた中矢という男だった。本来なら出て行った人間は使わないが、退団した経緯が先輩に唆《そそのか》された類のものであることと、フリーとして積み重ねてきたキャリアを考慮して、新田は中矢を使うことにした。

実力は及第点だったが、仕事は巧かった。場合によってはジュニアのベルトに挑戦させてもいいと考えていた。その中矢が裏で引き抜きに動いていた。まったく気づかなかった。自分の眼に狂いが生じた。統率力が落ちた。そう思わざるをえなかった。

ほんとうなら、二年前に代表に就任するはずだった。

伊刈は雇われに過ぎない。ジャパンは株の大部分を、物故した創立者の未亡人が保有していた。表には一切出てこないが、実質的なオーナーである。

ただ、高齢という理由と、近年の業績悪化で、ジャパンを手放したがっていた。新田は代表に就く条件として、未亡人《オーナー》に株の譲渡を求めた。資金は長年のタニマチが用意する手筈になっていた。しかし、土壇場になって未亡人が難色を示した。株を手放すにあたり、ジャパンの経営状況を調べたのだろう。未亡人は、新田に繋ぐ前に専門家による経営の立て直しを提案した。

予期しない申し出ではあった。外の人間になにができるのかという思いはあったが、伊刈は制服組の首を切り、選手の年俸をカットし、さらには旧時代的な興行システムを見直して経営のスリム化を図った。さすがに専門家で、この世界で生きてきた新田には触れられない部分まで伊刈は容赦がなかった。しかし、経営が持ち直したかと思えた矢先、甲斐が退団するという激震が走った。集客力もグッズの売上も甲斐は群を抜いていた。さらに四人の選手が甲斐に追随したことで、観客動員数への影響は免れなかった。

会社は再び瀬戸際に立った。すでに選手の年俸はカットしていたが、来期はさらなる減額が必要となる見通しだった。そうなれば、ジャパンに見切りをつける選手も出てくる。甲斐たちの分が、自分たちにまわされると呑気に考えている選手が大半だったのだ。

生き残るには、不要な選手を切り捨てるしかなかった。それも大規模なものになる。伊刈はそれを最後の仕事にすることで話がついていた。つまり、来年六月の取締役会で晴れて新田が代表に就く。

甲斐の退団は痛手だったが、似たようなことはこれまで幾度となくあった。そのたびにしぶとく巻き返してきたのだ。現に神谷の売り出しに成功し、客足も戻りつつある。

スタービールの業界参入のニュースはそうしたなかに飛び込んできた。立花はいい。しかし、倉石たち五人は、新生ジャパンを引っ張り、主役になるメンバーである。だからこそ、許せなかった。

スタービールの会長である赤城のことは多少なり知っていた。面識もある。

数年前、業界に協会を設立する話が浮上したとき、与党の大物政治家が口を利き、赤城がコミッショナーに就く運びになった。各団体の足並みが揃わず頓挫したが、新田は一貫して反対の姿勢を貫いた。発案はジャパンで、つまり、はじめから一枚岩ではなかったわけだが、その際、赤城とは二度会った。新田は、はっきりと反対の立場を示した。この業界に協会など無理だという話もした。赤城は、いまのまま行けば、いずれ業界は共倒れになると示唆したが、各団体にそれぞれタイトルがあり、方向性も違えば、スタイルも違うなかで、手を取って協力することなどできるわけがなかった。

話が一度流れてから、協会の設立が再び論議されることはなかった。赤城としては、担ぎ出されたのに途中で梯子を外されたことになる。それを根に持っているのか。しかし、いまさら新団体を興し、他団体から選手を引き抜くなど、そんなことが許されるわけがなかった。

「終わりました」

マッサージ師が言った。新田は躰を起こし、金を払った。

躰がけだるかった。躰の奥底にあった疲れが、表に顔を出したような感覚がある。

襲ってくる睡魔に抗いながら、新田は携帯電話をとった。

「終わった」

それだけ言って、電話を切った。三分もせず、ドアが乱暴にノックされた。下のラウンジにいたのだろう。

「なにを好き勝手やらしてるんだ」

部屋に入ってくるなり、岩屋は苛立ちを露わにした。

「立花か」

「全員で袋にしてしまえ」

「それで客が納得するのか」

「客はそれを望んでるんだよ」

「会場に来てみろ。はじめは立花にブーイングを飛ばしてた客が、試合が終わったときには声援を送ってる」

「立花を認めさせたら、俺たちの負けだろう」

「あいつは、ひとりで全員を相手にするつもりでいる。おまけに解雇の経緯は不透明で、潰しに来た相手を逆に撃退してる」

「実力だと言いたいのか」

「試合運びはさすがだな。若い連中に見習わせたいくらいだ」

「負け《ダウン》を呑ませられないのか」

「無理だな。あいつは楽しんでる」

立花には悲愴感がなかった。むしろ、水を得た魚のごとく嬉々としている。恵まれた体格に、確かな技術、顔もいい。甲斐のスター性とは異なるが、立花には人を惹きつけるものがあった。それでいながら、何年も自分を押し殺していた。立花はそれをいま解放している。

皮肉なものだった。人員整理のひとりに数えていた男が気を張っているのだ。

「立花が勝ち続けたらどうする?」

「十七戦か。それはない」

言いつつ、あり得るかもしれないと思っていた。六戦を終えて、立花は全勝している。しかもすべてが圧勝だった。正直、ここまでやるとは思っていなかった。

選手のなかには、立花がほんとうに敵なのか見極められない者もいた。その意味では、立花はプロだった。昨日までの仲間を残酷にいたぶることで、迷いのある選手を本気にさせたのだ。

後楽園からはじまり、川崎、小田原、沼津、山梨、甲府。

立花には佐久間以降もトップ陣を当ててある。一戦でも立花をリングに上げるのがジャパンにとって恥だった。もはや立花を舐めてかかる選手はいない。しかし、全員が完膚なきまでに潰されていた。

このまま立花が勝ち続ければ、自分が出て行くしかないのか。しかし、自分が敗れたときは三島しかいなくなる。そこまでたどり着けば勝敗云々ではなく立花の勝利だった。

「神谷がやりたいと言ってる」

煙草に火をつけて岩屋が言った。

「ノールールでだ。なにがあっても立花の首を獲るそうだ」

「できると思うか」

「あいつは総合で結果を出した」

故障した相手にだった。しかも相手には失うものがあった。神谷にはなかった。だから玉砕覚悟でやれた。いまの神谷には失うものがある。三島への挑戦も控えているのだ。

「神谷じゃ勝てん」

「本気で言ってるのか」

「立花と神谷の試合を見なかったのか」

「見たが」

「それで力の差がわからなかったのか」

台本ではなく、本来の実力。それを岩屋は理解していなかった。リングに上がったことがないためだ。長年ブッカーをやっていると、すべてをわかっているような錯覚に陥る。しかし、実際にはチョップ一発の痛みも知らないのだ。

「立花はそんなになのか？」

「あいつは総合にも対応できるスキルを持ってる」

「具体的に言ってくれ」

「スパーリングじゃ、甲斐も立花に舌を巻いてた」

岩屋が口籠った。プロレスは道場とリング上での強さが比例するとは限らないが、甲斐は道場でも孤高の存在だった。その甲斐に立花は肉薄していた。二人のスパーリングは思わず息を呑むような激しさだったが、二人だけの世界を楽しんでいるようでもあった。

「俺は神谷に汚名挽回のチャンスをやりたいんだよ」

「次の負けは大きいぞ。それでもやらせるのか？」

「皆に言い含めさせられないか。勝ちは考えず、立花の腕でも足でもいいから毀させる。満身創痍になったところで神谷が仕留める」

「誰が呑む」

「倉石たちにやらせる。嫌とは言わねえだろう」

気に入らなかった。倉石たちを後輩の神谷のだしに使うのか。開幕戦で佐久間がやられてから、倉石は変わった。それまでは、新田をはじめとした選手たちの眼を気にして小さくなっていたが、いまは立花を潰すことだけを考え、練習にも鬼気迫るものがある。

立花の首は、倉石に獲らせたかった。いまの倉石なら難しくない。そして、神谷のように大化けする可能性を秘めている。

「倉石をどこで使うかはもう決めてる」

「あとの三人はいいってことだな？」

スタービールの移籍に名前が挙がった篠原、塚田、溝口の三人。佐久間は立花にやられ、負傷欠場している。

「好きにしろ」

「立花のカードを俺に決めさせてくれ。名古屋まででいい」

四戦ということだった。今日が静岡で、浜松、岡崎、名古屋と続く。その三人を当て、名古屋で神谷に始末させるということか。名古屋ではテレビも入る。

「神谷に次の負けはないぞ」

「わかってる。必ず勝たせる」

最終戦の日本武道館は、年内最終興行でもある。そのメインイベントでタイトルマッチを行わないわけにはいかなかった。もし神谷の挑戦権が消えた場合、代わりに三島に挑戦するのは立花の首を獲った者になるだろう。それが倉石になる可能性は十分にある。

「俺は今日から巡業に合流するぞ」

岩屋が部屋を出て行った。選手が宿泊しているホテルに向かうのだろう。新田も一度戻り、それから選手バスで会場入りする。

煙草の煙が充満していた。窓を開けたが、煙は室内に滞ったままだった。

倉石たちを、神谷の踏み台にする。いままでなら許さなかった。体制を強固なものにし、それを維持するためにも秩序は必要だった。

先シリーズの神谷の十番勝負は、岩屋が自分を出し抜こうとしたのだと新田は思っていた。総合格闘家のロシア人選手をジャパンのリングに上げたのは、岩屋である。対戦相手に神谷を当てたのも岩屋と峰岸の考えだった。新田は絡んでいない。マッチメイクの成功に岩屋は気を良くしたのだろう。その勢いのまま神谷を一気に頂点に立たせる仕掛け《アングル》を画策した。

前例のない神谷の十番勝負を新田が許したのは、プロデューサーの峰岸が一枚噛んでいたこともあるが、岩屋が挙げた対戦相手が、リストラ候補に数える面々であったからだった。最終的な判断を下す査定になると考えたのだ。

ただ、新田は神谷を認めていなかった。素質はある。しかし、経験が足らなすぎた。それは一度や二度の勝利で培えるものではなかった。かりにベルトを獲ったところで、神谷にそこから先の展望が描けるとは思えなかった。

真剣勝負《シュート》を宣言した神谷を、新田は冷ややかな眼で見ていたと言っていい。神谷は連勝したが、対戦相手たちはタイトル挑戦権がかかったアングルに尻込みし、試合内容は散々だった。リストラ候補たちは台本《ブック》のない試合に対応できない無能ぶりをさらしたが、神谷もまた未熟さを露わにした。

案の定、途中で岩屋は泣きついてきた。しかし、台本を設けることは許したものの、神谷に戴冠させる踏ん切りはつかなかった。三島も拒んだ。神谷の試合を見れば仕方のないことで、とりあえず怪我によるタイトル移動の布石を呑ませることはできたが、三島の説得に骨が折れるのは眼に見えていた。

だが、予想もしていないことが起こった。立花が台本を無視して神谷を下したのだ。

神谷の戴冠はその時点で消えた。

立花が台本を無視した理由はわからないが、現場の全権を握る立場として、立花をそのままにしておくことはできなかった。突発的な事故でもない限り、台本を破るのはプロとして許されない行為だからだ。

昔の自分なら、断固として許さなかった。従わない人間は容赦なく切ってきたのだ。それなのに立花を数試合の謹慎ですませたのは、自分のなかに岩屋へのわだかまりがあったからなのか。

どこかで気後れもあった。台本を設けるなら、立花から対戦相手を変えるべきだったのだ。フェアではなかったと伊刈は嫌味を言ったが、実際その通りだった。

立花のリストラは、新田のなかで決していた。査定すら立花には必要ない。だから、深く考えることもなく立花に台本を命じた。

大阪での最終戦で、神谷との再戦を振ってみたが、立花は断った。命じていれば、立花はやっただろう。しかし、一度失敗した神谷を三島に挑戦させるには、立花の首では物足らなかった。

自分への初勝利という勲章を神谷にくれてやったのは、岩屋にはっきりと借りを作らせたとわからせるためだった。同時に、神谷がどれだけのものなのかを確かめてみたい思いもあった。結局は、スタービールの業界参戦のスクープですべてが吹き飛んだが、実際に闘ってみて、新田は神谷を認めることはできなかった。

プロレスは、強さだけでは上に立てない。神谷はまだそれをわかっていなかった。極論を言えば、客が呼べ、いかなる相手でも自分の世界を作り上げることができれば、強さに関係なく担ぎあげることができるのだ。いまの神谷では担ぐに値しなかった。

そろそろ戻る時間だったが、躰が重かった。

慢性的な躰の痛みは、たとえメスを入れても治ることはないと宣告されている。引退する時期はとうに過ぎていた。次に大きな怪我をすれば、復帰は無理だろう。残された時間は多くはない。

世代交代の失敗。それも、業界が低迷した要因のひとつだった。

レスラーは伸びしろがある間の貯金でその後を補うため、肉体的なピークを過ぎてからの競技人生が長い。一流であるほど引き際が難しいのはどの競技でも同じだが、強さと地位が直結しない分、長くやれるのがプロレスだった。他団体の失敗例を見ていながら、ジャパンも同じ轍を踏もうとしている。甲斐を失ったのは痛恨の極みだった。自分から甲斐、そして三島を経て、倉石たちの世代に繋げるべきだったのだ。

数多のレスラーを見てきたが、甲斐に並ぶ者はいなかった。若手の頃から放つ輝きが違った。だからこそ新田は甲斐を憎んだ。もしも、甲斐と同世代だったとしたら、自分が頂点に立つことはなかっただろう。

甲斐は耐えるべきだった。十年ではない。あと一年でよかったのだ。一年待てば、新田は代表に就き、現場は甲斐に任せた。

しかし、甲斐は待てなかった。そして王者の責務すら放棄して新団体を興した。

分裂する余裕など、この業界にはもはやなかった。甲斐はそれをわかっていなかった。まわりの環境が甲斐を天狗にさせていた部分もある。それを許したのも自分の責任だが、甲斐が最も壁を必要としていたときに、壁になれなかったという忸怩たる思いはあった。甲斐を相手に十三の齢の差はあまりに大きすぎた。

立花に対しても似た思いはある。

若い頃から本心を見せない男だった。同期の三島はわかりやすく、森は常識人だったが、立花は生来の一匹狼だった。同期の二人とは仲が良く、甲斐とも馬が合ったようだが、新田には従順ではなかった。反体制的な要素も見え隠れしていた。だから扱いが難しかった。

規格外の成功を収めた海外修行からの帰国後、立花は起用法を巡って会社と揉めた。ヒールとしての立ち位置を求める立花に対し、会社はあくまで立花を甲斐に続くベビーフェイスと考えていた。立花は反発し、言動を問題視した会社は立花に制裁を加えようとした。

新田は当時タイトルを保有していた。さらには一年近くかけた抗争の大団円が迫り、立花に眼を配る余裕がなかった。

森に立花を潰すよう命じたのは岩屋だった。仲の良かった森にそれをさせたことで、結果として二人のレスラーが死んだ。

新田にも、その後の立花の使い方を誤ったのではないかという悔いはある。

引退した森をトレーナーとしてジャパンに置くことで、廃業を決めた立花に現役を続けさせたが、立花は覇気をなくし、中堅に甘んじた。情けをかけるのではなく、上で使えと訴えたのは甲斐だった。潰されて終わるようならそれまでで、自分が相手をすると甲斐は言ったのだ。そうすべきだったといまの立花を見て思う。

立花の意図が新田には見えていなかった。

裏切り者として集中砲火を食らうのを承知でジャパンのリングに上がっているが、割に合わない話だった。最後の奉公をするほど会社に恩義はないだろう。

死んでいた男が、最後の意地を見せているのか。あるいは、女のためにというのが本心なのか。もしもそうなら、立花という男を見極められていなかったことになる。

思い通りにいかないものだった。年内最後の興行となる最終戦では、三島に神谷が挑戦することが決まっている。しかし、シリーズの話題は立花がさらっていた。すでに客は立花を支持しはじめている。それが浸透する前に、立花を仕留めるべきだった。

携帯が鳴った。付け人の若手からだった。新田は電話に出ず、鳴り止むのを待った。あと五分だけ横になろうと思った。今日の対戦カードも、客入りも、自分の試合も考えず、横になる。それから現場監督に戻る。

誰にも弱音を吐かない。自分で選んだ道だった。

16

鎖が切れた。

躰を縛りつけ、自由を奪うもの。

完全ではなかった。何本の鎖があるのかもわからない。それでも、躰は軽くなった。力を隠す必要がない。相手に合わせる必要もない。それはやはり快感だった。

九戦目。タッグ戦が組まれた。相手はギアとジョーンズの巨漢コンビで、立花のパートナーはフリーの吉川だった。

解せなかった。全試合シングル戦がこの巡業《シリーズ》に参戦する条件だった。しかも、対戦相手はジャパン所属ではない。パートナーの吉川にしても、三島と本格的にタッグを組みはじめたばかりだった。吉川にとっても、立花と組むメリットはないだろう。

八戦を終えて、五人以上が欠場していた。これ以上の怪我人を嫌い、自分との試合を避けたと見ることはできる。ただ、七戦目の静岡から岩屋が巡業に同行していた。

なにかキナ臭いものを感じた。岩屋が現れてから対戦相手の闘い方も変化していた。攻撃が足だけに集中し、執拗に攻めてくるのだ。

ゴング。吉川がなにも言わずエプロンに立った。リングアナの井上の隣には岩屋がふんぞり返っている。

アメリカ人側はギアが先発だった。百七十キロのウエイトの巨漢である。組んだ。その瞬間、立花はぞくりとした。不用意にギアが体重をかけてきたのだ。首根っこを摑まれ、ロープに振られる。ボディアタック。簡単に弾かれた。そこにギアが降ってきた。圧し潰される。肺のなかが空っぽになるような圧力だった。なおもギアは全体重をかけている。足をロープに伸ばしたが、レフェリーの青木はブレイクを取らなかった。

ギアが立ち上がり、続けざまに膝を落としてきた。衝撃が骨まで響く。立花は転がり、場外に逃げた。ジョーンズが待っていた。逆水平。乾いた音が館内に響き渡る。リングを取り囲む、鉄柵に振られた。勢いがありすぎた。最前列の女が迫る。倒れ込むことで客席に突っ込むのを避けた。鉄柵に激突した肩から嫌な音がした。

ジョーンズにリング内に戻された。待ち構えていたギアに、コーナーに振られた。腰を低くしてギアがショルダーから突っ込んでくる。とっさにトップロープを掴んで躰を浮かせた。トラックのように突っ込んできたギアがコーナーポストに激突した。立花は両足をギアの首に絡めた。倒れ込みながらギアを下からの三角絞めで絞め上げる。

絞められながらギアが立花を持ち上げようとする。投げられるのは危険だった。アメリカ人コンビは間違いなく潰しにきている。

腕を摑んだまま三角絞めを外し、倒れ込みながらギアを投げた。腕は離さなかった。投げると同時に腕ひしぎに入る。

ジョーンズのカットが入った。二人の攻撃を食らう。ロープに振られた。合体技が待っていた。

試合の権利がジョーンズに替わっていた。チョップが胸板に入る。さらに距離をとってのエルボー。吹き飛んだ。自軍のコーナーだった。手を出す。ざわめきが起こった。吉川がタッチをせず、リング下に下りたのだ。

吉川に気をとられた隙に、ジョーンズの攻撃がきた。対角のコーナーに振られた。いつの間にか、ギアがコーナーポストを外していた。ワイヤー入りのロープを繫ぎとめる金具がむき出しになっている。背中を嫌というほど打ちつけた。

ジョーンズが突っ込んでくる。背後からギアに躰を押さえつけられた。衝撃。瞬間、意識が飛んだ。後ろ髪を摑まれた。ジョーンズに引っ張られ、リングの中央に行く。

朦朧としていた。背中にパンチ。頭が下がった。両足に挟まれる。腰をロックされた。パワーボムの体勢。冷や汗が流れた。三メートル以上の高さから叩きつけられることになる。踏ん張ろうとしたが、強引に引っこ抜かれた。景色が変わった。客席を見下ろしていた。一瞬の静止から、重力がかかった。頭から落とされたら終わる。両足でジョーンズの頭を挟み、ジョーンズが落とそうとするスピードよりもさらに迅く動いた。マットが迫る。エビ反りのように躰を曲げた。回転する反動で、ジョーンズを投げ飛ばした。

技を返しただけだった。ジョーンズにダメージはないだろう。

ギアが入ってくる。交互に打撃を食らった。吉川はリング下から動かない。ほくそ笑んでいる岩屋が見えた。

二対一。ハンディマッチははじめてではなかった。トロントでは三対一も経験した。

普段は、マッチメイカーがリングの支配者だと言う熊山が、途中から激昂した。気張れ、立花。熊山のだみ声はどんなブーイングの嵐のなかでも耳に届いた。潰しちまえ。舐められるな。なんの後ろ盾もなく、異国の地で闘ってきた男だった。日本には帰らぬと決めていながら、熊山は哀しいほど生粋の日本人だった。

エルボー。ギアはもうコーナーに戻る気はないようだった。レフェリーの青木も黙認している。勝敗も関係ないのだろう。

気張れ。カウンターでストレートを放った。ギアの鼻から血が噴き出した。背中を打たれる。ジョーンズ。跳んだ。首筋への回し蹴り。ジョーンズが膝をつく。顔面に渾身の膝をぶちこんだ。なにかを砕いた感触。もうジョーンズは見なかった。

ギアへの左の回し蹴り。空を切った。誘いだった。右のハイキック。完璧にヒットした。それでもギアは倒れない。投げろ。熊山の声が聞こえたような気がした。巨漢は投げてやれば心が折れる。台本《ブック》では負けても、おまえの方が上だと教えてやれ。

腰をロックした。投げは一瞬の力である。ギアを引っこ抜いた。捻り式のバックドロップ。海外ではジョゼフにしか出せなかった。他の選手では受け身がとれず、毀してしまうからだ。

百七十キロの巨体を、頭から鋭角にリングに突き刺した。

試合の権利はジョーンズにあるが、ジョーンズは失神している。転がっているギアに馬乗りになり、立花は拳を振り下ろした。

瞬く間にギアの顔が血に染まる。ギアが逃がれようと、うつ伏せになる。背後から首に手を回し、チョークで絞め上げた。客は関係なかった。試合でもない。毀しに来たから毀す。

ギアの躰が震え、脱力した。レフェリーの青木は失神したジョーンズを見ている。背後に気配を感じた。吉川を視界にとらえたとき、パイプ椅子が振り下ろされていた。星が散った。

吉川がロープに走っていた。ラリアット。棒立ちで食らった。左足に、激痛が走った。吉川がパイプ椅子を叩きつけていた。確実に足を毀しにきている。ゴングは鳴らない。これも岩屋の筋書きということか。

振り下ろされたパイプ椅子を摑んだ。すぐに顔面に蹴りが飛んできた。転がって、逃れた。吉川が追いかけてくる。立とうとしたが、左足の感覚がなかった。パイプ椅子で腹を打たれる。ロープの下をくぐり、ようやくエプロンに立った。

吉川がパイプ椅子を捨て、突っ込んでくる。ラリアット。弾き飛ばされた。鉄柵を越える。リングアナウンサー席。驚愕に口を開けた岩屋が眼下に見えた。全体重を浴びせた。岩屋を下敷きにしていた。悲鳴が交錯している。手をつくふりをして、立花は岩屋の顔面に肘を叩きこんだ。長机も倒れているが、岩屋の隣にいた井上も、周辺の客も無傷だった。それを瞬時に確認した。

リング上で吉川が唖然としていた。

試合は終わっていない。鉄柵を乗り越え、リングに戻ろうとしたとき、新田が花道を駆けてくるのが見えた。

新田がリング下から吉川になにかを言った。吉川はそれで背を向け、リングを下りた。

「おまえも下がれ」

近づいてきて新田が言い、床にうずくまっている岩屋に少し眼をやった。まだ終わっていない。吉川が逃げるなら新田でもよかった。躰はまだ動く。

「下がれ、立花」

退場していく吉川に凄まじいブーイングが浴びせられていた。リング上では血だるまのギアとジョーンズを若手が介抱している。

若手に腕をとられた。新田は怒りを露わにしている。怯えきった若手の顔を見て、血が鎮まった。

退場する立花に、客が群がってきた。躰を触られ、声がかけられる。思い描いていた展開とは少し違った。ブーイングこそがヒールには声援なのだ。

無効試合《ノー・コンテスト》を告げる井上のマイクが聞こえた。負けではないのだと思った。これで終わりではない。

退場し、扉が閉まるやいなや、記者に囲まれた。なにを訊かれてもコメントは出さなかった。冷え込んだロッカー室に入り、コスチュームのまま荷物をまとめ、すぐに出た。

再び取り囲んでくる記者とカメラマンを睨みつけ、会場の外に出た。タクシーに乗り込む。ホテル名を告げ、立花はタオルを頭から被った。

汗が血の色をしていた。パイプ椅子で頭を割られたのだろう。シートを汚すかもしれなかったが、運転手はなにも言わなかった。

この巡業は単独で動いていた。移動は電車かタクシーを使い、宿泊先や練習場所も自分で探していた。無論自腹だが、海外ではずっとそうしてきたのだ。ただ、不思議と旅をしているという意識が希薄だった。

ホテルに着いた。運転手に一万円札を渡し、釣りは受け取らなかった。コスチューム姿で戻ってきた立花を見て、受付は眼を丸くした。鍵を受け取り、エレベーターに乗った。瞬間、力が抜けていく躰を叱咤した。

足を引きずりながら、部屋に入った。ベッドに座り、レガースを外した。無意識のうちに呻き声を上げていた。シューズとタイツを脱ぐのに、ひどく時間がかかった。

左足が腫れあがっていた。手で指を曲げてみたが、感覚がない。洗面室に入った。狭い浴槽に水を張る。顔を上げて、鏡に映った自分を見た。血で汚れている。運転手とフロントが驚くわけだった。傷口を調べたが、頭の出血はすでに止まっていた。

左足だけでなく、右肩と脇腹にも痛みがあった。巨漢の外国人二人を相手にしたのだ。左足は、吉川の攻撃が大きい。

座ったら立てなくなる気がして、そのまま洗面室にいた。

浴槽が一杯になり、左足を浸けた。冷たさも痛みもなかったが、しばらくすると感覚が戻ってきた。しかし、その感覚がなんなのかはっきりしない。

水がぬるくなったように感じ、一旦捨てた。シャワーを浴びて汗を流した。出血は若干あったが、血の色は薄かった。

下着だけ穿き、備え付けの冷蔵庫にあったミネラルウォーターをちびりちびり飲んだ。

再び浴槽に水を張っていると、ドアがノックされた。

「なんの用だ」

森はなにも言わず部屋に入ってくるとすぐに左足を診た。

「見事に腫れてるな」

「冷やしてるところだ」

「水だけじゃ足らん」

森はフロントに電話し、氷と氷囊を持ってくるように言った。

「どうしてここがわかった？」

「タクシー会社に問い合わせた。試合後のレスラーを乗せた車は一台しかなかった」

森が左足に触れてくる。

「痛みは？」

「ない。と言うより、感覚が鈍い」

「打ち身だな。多分、骨に異常はない。ただ、これから熱が出るぞ」

「ああ」

「満身創痍だな」

「まだやれる」

「どこまでやるつもりなんだ？」

森の手が止まっていた。

「最後までだ」

「おまえの言う最後はどこなんだ？」

「俺にもわからん」

森が苦笑した。

「そういえば、岩屋は救急車で運ばれたぞ」

「ほう」

「エプロンから飛んできた誰かの下敷きになって、なぜか前歯が三本折れた」

「災難だな」

「自業自得だ。よりによって試合中に救急車を呼びやがった」

氷が届いた。森が受け取り、さらに追加して頼んでいた。

「冷やしすぎるなよ」

氷が浮いた浴槽に、左足を入れた。冷たさが心地よかった。それだけ熱を持っているということか。

「肉体改造の成果が出たな」

「俺は摂生しただけだ」

「なかなか維持できるもんじゃない」

「見切りをつけたからできた」

「なんにだ？」

「この稼業だな」

チャイムが鳴った。追加した氷が届いたようだった。森は浴槽に氷を足した。

「三島が、吉川に怒り狂ってた」

氷嚢を肩に当て、森が言った。

「おまえにしたことが許せなかったんだろう」

「よくあることだろう」

裏切りは、プロレスにかかすことのできない仕掛け《アングル》だった。それが重大なものであるほど、ファンは驚き、怒り、興奮する。

完結がないのがプロレスのリングだった。ひとつの抗争が終わった瞬間から、新たな抗争がはじまる。味方が敵になり、敵が味方になる。それがプロレスだった。ただし、アングルだった。台本があるからこそ、レスラーはその役割を演じることができる。

吉川の裏切りは、岩屋の指示だったのだろう。新田が出てきたのは、収拾のつかない事態になると見たのかもしれない。確かに、あの場で吉川とやるのは試合でもなんでもなかった。現場監督として、新田は止める立場にあったのだ。

「おまえだから許せなかったんだと思う」

「馬鹿を言え」

「三島の方が、こだわってるんだろうな、おまえに」

同じ年の同じ日に入門した同期。

「明日は吉川か?」

対戦相手のことだった。闘う理由は十分すぎるほどにあるが、試合を組むのは新田だった。

「さあな」

「叩きのめせよ」

「おまえがそれを言っていいのか」

「三島も同じ気持ちだ」

「誰かが止めないと、俺は三島の首も獲るぞ」

「三島はおまえの試合を全部見てる。おまえが上がってくるのを、待ってるんじゃないかと思うことがある」

「同期対決で終わるか。それもいいな」

「終わるなよ」

寒くなってきた。熱いシャワーを浴び、躰を温めた。部屋に戻ると森の姿はなかった。

ベッドに左足を延ばし、氷嚢を当てた。

里子のことを思った。

知り合ったのは四年前、岐阜の興行だったが、それから里子が試合を観戦に来ることはなかった。大一番とは縁のない中堅に気兼ねしているのだろうと勝手に思っていた。

その里子が、試合を観たいと言った。開幕戦のときだ。立花はいいと言えなかった。選手を本気にさせるため、初戦の相手は残酷に潰すと決めていた。

ほんとうのあなたを見たことがないと言われた。凄惨な試合を、血に染まった自分の姿を、里子に触れさせるのがこわかったのか。

里子の声が聞きたかった。そして、試合を観に来いと言いたい。女に生きざまを見せる、と新田に豪語したことを教えてやりたい。

左足が疼いていた。熱が出はじめたのだろう。

躰の限界は近づいていた。しかし、純粋に闘いを楽しんでいる自分が確かにいる。

どこまでやれるのかはわからない。しかし、まだ終われなかった。命を燃やしていない。自分のすべてをさらしていない。

動ける限り、リングに上がる。きれいに散ろうとは思っていなかった。無様でいい。潰されるまで足掻くだけだった。

17

図体がでかい。倉石の印象を一言で表すならそれに尽きた。

身長は立花が勝るが、筋肉のつきかたが日本人離れしているのだ。ただ、恵まれた躰を生かしきれていない。台本《ブック》を過度に意識してしまうのだろう。それが動きを遅らせ、試合のリズムを崩す。これぱかりは練習して改善できるものではなかった。要するに、不器用なのだ。年中、何度も対戦していても、手が合う相手とそうではない相手がいる。倉石と手が合うという話は聞いたことがなかった。呼吸が合わないためだ。

しかし、今日の倉石はなにかが違った。

持て余しつつあるのかもしれない。十分を経過したとき、そう感じた。立花のペースだが、倉石の眼は死んでいない。むしろ、時間を追うごとに生き生きとしていた。

波に乗らせると面倒だった。連続してエルボーを叩きこんだ。倉石は白眼を剝きながら咆え、

強烈な一撃を返してくる。ペース配分も考えていない、仰け反るような威力だった。

膝が折れかかる。突然、倉石がロープに走った。なにをするつもりなのか読めなかった。倉石が飛ぶ。ドロップキック。不格好だが強烈だった。衝撃で弾き飛ばされ、なおも躰が回転し

た。

倉石が咆える。軽々と担ぎ上げられた。風車落とし。カバーされる。カウント・ツーまで休み、キックアウトする。倉石が口を大きく膨らませて息を吐いた。強引に起こされ、胸と胸を合わせてクラッチされる。そのまま後方に投げられた。

地味だが高度な技だった。そして投げ技は確実に体力を奪う。

すでに二十分が経過していた。立花が八割方攻めているが、倉石にダメージは感じられない。スタミナも落ちていなかった。

この試合に台本はない。好きにやっていいのなら、それだけ頭で考える負担は減る。解放されたかのように、倉石は本能的な動きを見せていた。予想がつかないものだ。

立花が立つと、一拍置いて倉石がロープに走った。間の悪さは生来のものなのだろう。足も遅い。カウンターでハイキックを放った。側頭部にヒットしたが、勢いを殺せなかった。ラリアット。衝撃と同時に視界が回転した。

全身が痺れていた。病院送りにした吉川もラリアットの遣い手だったが、威力は倉石が遥かに勝る。

頭部にキックを食らった倉石も倒れていた。相打ちでこのダメージだった。倉石の本気を食らうのはまずい。

先に立ったが、足にきていた。起き上がろうとした倉石の脇腹を蹴る。肝臓《レバー》を狙い、連打した。それから髪を摑んで立たせる。なおもレバーへのアッパー。三発ぶちこみ、躰をくの字にした。さらに背中にパンチを落とす。

倉石の頭を両足に挟み、腰をロックした。

脳天杭打ち《パイル・ドライバー》。体勢に入っただけで歓声が起こった。この古典的な技で何人も沈めてきた。客もそれを知っているのだ。

持ち上げる。倉石が堪えた。逆に立花の躰が持ち上げられた。返される。嫌な流れだった。細い女の腰ほどはありそうな太腿にローを連発した。効かない。レバーへの回し蹴り。それにも倉石は耐えた。逆水平を返してくる。腕を捕り、倒しながら脇固めで極めた。倉石が逃れようとする。素早く背中にまたがり、両手で手首を摑んだ。さらに絞る。

がっちりと極まった。ロープは遠い。

レフェリーの青木が、倉石の顔を覗きこむ。倉石の右腕に力が入った。立花はさらに絞り上げた。無理だった。どんな人間でも関節は鍛えられない。

青木がギブアップを促す。倉石がなにか叫んでいた。言葉になっていないが、拒否している。倉石に長く付き合うのは危険だった。倉石はまだ続けたいのだろうが、ここで終わらせる。

不意に反発する力が消えた。折れた。倉石の右腕を離し、青木に合図した。ゴングを要請しようとした青木が転がった。倉石。まだやりたいらしい。

立花は背中を蹴りつけた。倉石が絶叫する。汗の量が尋常ではなかった。さらに蹴る。叫びながら倉石が立ち上がった。右肩が外れ、泣いているのかと思うほど苦悶の表情を浮かべながら、倉石の眼は死んでいなかった。

だらりと伸びた右腕。蹴りつけると倉石は悶絶した。それでも倒れない。その姿がなにかを刺激した。

付き合ってやろうという気分になった。

右腕への蹴り。口から泡を吐きながら絶叫する倉石を煽った。倉石が雄叫びを上げる。至近距離からの左ラリアット。全身に電流が走る。ここにきて十分すぎるほどに体重が乗っていた。下がりそうになる。奥歯を嚙みしめ、堪えた。

右腕への蹴り。ラリアット。交互に打ち合った。倉石は退かない。心も折れていない。スイッチが入ってしまっていた。

秀でた躰を持ちながら、それを生かせなかった男。考えるから迷う。台本があるから、力をセーブする。ラリアット。歯を食い縛って受けた。躰のなかで嫌な音がする。衝撃が躰の内側を毀していく。

我慢比べだった。互いにガードはしない。

おまえが毀れるのが先か、俺が毀れるのが先か。

ラリアット。踏ん張る。血を吐いていた。口内か食道が切れた。蹴り。倉石が咆える。咆えることで自分を鼓舞している。もはや観客の存在など忘れているのだろう。ラリアット。脳が揺れる。両足はつま先まで痺れていた。

台本というプロレス特有の決まりが、倉石を縛りつけてきた。

育った環境も違った。過酷な練習を課し、それに耐えた一握りの選手だけをデビューさせるやり方は、立花たちが最後だった。新田体制になると、入門の基準こそ厳しいが、落第者を出さず、時間をかけて丹念に育てる方針に転換した。結果として、傑出した選手こそいないが、倉石たちの世代は層が厚い。そして新田に従順だった。

優等生の集まりだと言ったのは誰だったか。台本だけではない。倉石たちは新田にも縛られていた。それゆえに殻を破れないことに気づかずにいた。

左のキック。立花の足も限界に近づいていた。口のまわりに泡をこびりつかせた倉石が吠える。

熊山に預けてみたかった。インサイドワークを学べば、倉石は大化けする可能性を秘めている。ただ、倉石は年上だった。後輩だが、大卒の入門のため年齢はひとつ上なのだ。三十四歳。倉石にはまだ伸びしろがあるのか。それとも、いまが頂点なのか。

俺は違う。七年、眠っていた。七年分の膿を、一気に絞り出そうとしている。だから絞り出すほどに躰は軽くなる。

ラリアット。さらにもう一発。倉石が立て続けに打ってきた。勝負どころと見たのか、限界なのか。倉石がロープに走った。受ける。受けきる。前からの一発。そして背後から。なおも倉石は走る。三発目。血を噴きながら堪えた。倒れなかった。

はじめて倉石の眼が動揺した。

気合を吐いた。渾身の蹴り。倉石の側頭部から汗が飛び散る。ボディへの膝。さらに顎へのアッパー。倒れるのを許さなかった。脇に入り、腰をロックする。バックドロップ。捻りを加えた。後頭部からマットに突き刺す。

手足を投げだした倉石の髪を摑み、強引に起こした。セコンド陣が必死になってなにか叫んでいた。随分、数が減った。それだけ立花が毀した。プロとしては失格だが、容赦はしなかった。興行のことも考えなかった。自由にやる。そう決めたのだ。

再び腰をロックする。頭に肘が落ちてきた。倉石が暴れる。腰のロックが外れた。振り向きざまのラリアット。首を持っていかれたような衝撃があった。

立花。名前を叫びながら倉石が走った。タフな男だった。そして、この試合で終わろうとしている。足を一本捨てた。丸太のような倉石の左腕に、ハイキックを合わせた。

激突する。同時になぎ倒されていた。倉石も倒れている。痛みも痺れも感じない。サードロープを摑んだ。躰がいうことをきかない。気合を発しながら立った。倉石を起こす。割って入ろうとした青木を眼で制した。この試合はレフェリーストップで終わらせてはならなかった。

脳天杭打ち《パイル・ドライバー》。渾身の力で持ち上げた。溜め、脳天から突き刺す。

手を離しても、倉石は逆立ちをした状態で一瞬静止していた。それからゆっくりと倒れる。失神した倉石のカバーに入った。ゴングが打たれる。倉石の胸を軽く叩き、立花は立ち上がった。すぐさまドクターとセコンドが取り囲み、倉石の姿は見えなくなった。

倉石を完全に毀したかもしれない。悔いはなかった。自分が終わっていてもおかしくない試合だった。

神谷がリングに上がってきた。マイクを持っている。

「立花さん」

テーマ曲がぶつりと止まった。立花はコーナーに背を預けた。

「最終戦のタイトル挑戦権をかけて、俺とやってください」

タイトル挑戦。そんなもののために、意地を張っているのではなかった。差し出されたマイクを立花は取った。柄ではない。しかし、一度くらいはいいだろう。

「おまえの前に、けじめをつけるやつがいる」

場内がざわついた。新田が入ってくる。新田。最後は新田と決めていた。

「いいんだな、それで」

マイクを渡そうとしたリングアナの井上の手を振り払い、リング下から新田が言う。神谷に向けられたものだった。神谷が頷くと、新田はすぐに踵を返した。神谷の要求を呑んだということだろう。

若手の肩を借り、立花もリングを下りた。退場する。すぐに記者が群がってきた。前を塞いだ記者を、若手が押し退けた。

「タクシーを呼んであります」

若手は立花の荷物を持っていた。

「悪いな」

若手はタクシーまで荷物を運んでくれた。巡業前、道場破りの相手をしたときに一緒にいた若手だった。

行先を告げ、立花はシートに背中を預けた。車が走り出すと視界が揺れた。

新潟の街並み。十二月も半ばを過ぎているが、雪は降っていなかった。二日間のオフの後、前橋、大宮と続いて、日本武道館で最終戦を迎える。

ホテルに着いた。見栄を張ろうとしたが、フロントで鍵を待つわずかな間に、何度も意識を失いかけた。

「あんた、大丈夫なのか」

フロントの親父に頷き、鍵を受け取った。

足を引きずりながら部屋に行きついた。視界が眩む。なかなか鍵が挿せなかった。

部屋に入った。そこで意識が途切れた。

眼を醒ますとベッドにいた。カーテンが開いている。ベッドまでたどり着いたようだが、コスチュームのままだった。シューズとタイツを脱ぎ、左足の状態を見る。思いながら、また眠っていた。

再び眼醒めると、正午をまわっていた。呻きながらシューズとタイツを脱ぎ、シャワーを浴びた。躰が自分のものではないようだった。全裸のままベッドに倒れた。

バッグから携帯電話を取り出した。いくつか着信が入っていた。森、寺尾、知らない番号。何度も見直しながら、里子からの着信を探している自分に気づいた。

巡業中に連絡をすることはしない。だから里子もしてこない。それがわかっていても声が聞きたかった。

またまどろみかけた。躰の節々が熱を発している。

ドアがノックされた。動けないでいると、開錠され、ドアが勝手に開いた。

「生きてるんだな」

フロントの親父だった。

「下に客が来てる」

上げるように言い、立花はズボンを穿き、シャツを着た。

ドアは開いたままだった。躰を起こし、壁に背中を預けたところで、週刊リング編集長の寺尾が入ってきた。

「取材か？」

「友人として来た。取材じゃない」

そういう付き合いではないが、古い馴染みであることは確かだった。寺尾はドアを閉めると、備え付けの椅子を引っ張り出して腰を下ろした。

「いい試合だった。倉石を見直した。もちろん、引き出したのは相手の力量だが、倉石があそこまでできるとは思わなかった」

「倉石は？」

「長期離脱になるだろうな。相当の重傷らしい」

右腕は毀した。もとには戻らないかもしれない。しかし、腕が毀れてもプロレスはできる。

あとは倉石の覚悟次第だろう。

「ジャパンは負傷者続出だな。異常な数だ。しかし、半数近く選手が減ったというのに、試合のクオリティは落ちていない。ジャパンの層の厚さを再認識した」

確かに人は減った。気を張っているのはベテランたち中堅である。そのなかには新田の考えるリストラ要員も含まれているのだろう。

「うちの今週号だ」

寺尾が週刊リングをベッドに置いた。

表紙はリング上の写真だった。選手が大の字になっている。顔はレフェリーの背中で見えないが、躰にもマットにも血が飛んでいた。そして、少し離れたところに自分が立っていた。拳を赤く染め、無表情で相手を見下ろしている。

「いい写真だろう。見た瞬間に表紙に決めた。背後から照明を受けて、表情に陰影があるのがなんとも言えない。長年の屈折、恨み、苦悩、そうしたものが滲み出ている」

男の生き様、と見出しがある。巻頭も立花の写真だった。第一戦から十二戦までを順に追っていた。タッグ戦で吉川に裏切られ、次戦の名古屋で大流血にした試合も載っている。

ページをめくりながら、里子もこれを見るのだと思った。

「業界を揺るがしている気分はどうだ？」

「俺がか？」

「間違いなく中心にいる」

「そんな意識はない」

「意地を張ってるのか？」

「散り際に花を咲かせているだけだ」

「狂い咲きか。どこまでを見てる？」

「なにも見てない。散れば終わりだ」

「とても、散り際には見えないな」

「取材なのか？」

「感想を言っているだけだ。長年、立花というレスラーを買っていた。その眼に狂いがなかったことを証明したんだ。感想を言う権利くらいあるだろう」

立花は煙草に火をつけた。寺尾が机にあった灰皿を寄越した。一本の吸い殻もないことに、寺尾は気づいただろうか。思いながら灰を落とした。

「あと三人だな。その先を俺は知りたい」

「三島に挑戦することを言ってるのか」

「拒んでも、避けられないものがある」

「正直、三島のことは頭になかった」

「けじめが新田さんか。それは解雇された理由に関係しているのか」

「解雇は関係ない」

「自分から願い出たわけじゃないだろう」

「七年間、俺は死んでいた。ほんとうなら、七年前に切られるはずだった首を、いまになって切られた。それだけのことだ」

「それなら、なぜジャパンに上がっている」

「オファーされた」

「真剣に訊いているんだが」

「事実だ。確かめたんじゃないのか」

「確かに、フリーとしてオファーしたことは聞いている。なぜ受けたのか訊いてる」

「なぜだろうな。受けてもいいという気になった」

「それだけか？」

「女にほんとうの俺を見たことがないと言われた。それで奮起した部分もあるが、いまは正直わからん」

「楽しんでいるんじゃないのか」

「それもあるかもな」

「原動力は、怒りだと見ていた」

「怒りじゃ、長くは続かんだろう」

「それにしては、容赦なく対戦相手を潰している」

「全員が俺を潰しに来ている。潰される前に潰す。それだけだ」

「散り際だと言ったな」

「ああ」

「散りきれなかったときは、どうするんだ?」

それは考えていなかった。先を見ずにやってきたのだ。

寺尾が腰を上げた。それでも出て行こうとはしない。

「明日、スタービールが正式にプロレス参入を表明する」

「結局するのか。噂じゃなかったんだな」

寺尾が白髪の目立つ頭をかきむしった。

「こんなことを言うと記者として失格だが、いったいなにが起きているのか読めてないんだ」

「みんなそうだろう」

「ジャパンから半数を引き抜いて、新団体を興すという話はどうも違うようだ」

「既存の団体を買収するのか」

「赤城会長は、傍流ではなく本流を行くと宣言したらしい」

「本流か」

「はっきりしているのは、肝心要のレスラーを、スタービールが一から作って育てることはできないということだ。どういうかたちにせよ、駒はいまいるレスラーを使うしかない」

「そうだろうな」

他の格闘技の選手が付け焼刃でできるほどプロレスは容易なものではなかった。赤城が本物のプロレスにこだわるならばだ。

「本流という言葉が深い意味を含んでいるように思う。直感的に甲斐を思い浮かべた」

「甲斐さんが、スタービールと繋がっていると言いたいのか」

甲斐にスタービールがつく。もしそれが事実なら業界に与える影響は計り知れないだろう。しかし、どこか釈然としなかった。甲斐はタイトルを新設し、勝負に出ると言った。あの熱のある言葉に嘘はなかった。

「甲斐とは会ったんだろう」

「巡業の前にな」

「なにか感じたか？」

「あの人はあの人だ。俺にとってはなにも変わらない」

「そうか」

口を閉ざしたと思ったのか、寺尾は視線を外した。

「俺が来てから一歩も動かないが、コンディションが悪いのか」

「問題ない」

「満身創痍なんだろう？」

「もう一日休める。それで十分だ」

「余計な世話かもしれないが、伊勢崎に凄腕の鍼師がいる。日に四人しか診ないんだが、明日の最後を予約してある」

「誰の紹介だ？」

「誰でもいい」

寺尾がメモ紙を机に置いて腰を上げた。

「前橋は、新田さんが出てくるんだろうな」

「多分な」

「五十前だと侮らない方がいい。本気を出したときのあの人は凄い」

「知ってる」

「一度だけ、あの人のシュートを見たことがある」

「試合でか？」

「瀬田の道場で、決闘みたいなものだった。立会人は俺ひとりで、相手は甲斐だった」

「ほんとうなのか？」

「生涯、記事にはしない。それを条件に、立ち会いを許された」

「結果は？」

「新田さんが絞め落として勝った。プロレスじゃなく、殺し合いそのものだった。闘いを見ていて足が震えたのは、そのときがはじめてだった」

「いつの話だ」

「八年くらいになる」

「俺が海外にいた頃か」

「詳しいところはわからない。詮索もしなかった。できなかったと言う方が正しいな。あの二人は、一度白黒をつける必要があったんだろう」

「八年前か」

「本気になったら、あの人は手ごわい」

「覚えとく」

「まだ散るなよ」

言い残して寺尾が帰った。

リング上でけりをつけられないことがある。シュートという台本はないからだ。台本があるから、華麗な技の応酬を見せられる。流血も乱入も思いのままやれる。

リングは舞台だった。四方を客席に囲まれた舞台。そのリング上において、レスラーは台詞ではなく肉体をもって表現する。

しかし、リングを下りれば生身の人間だった。痛みも、流れる血も本物なのだ。そして感情というものがある。

新田と甲斐は、互いの意地をかけて白黒をつけるしかなかったのだろう。そして、両者とも一度だけと決めていた。その通り二度目はなく、甲斐はジャパンを去る道を選んだ。

自分との試合でも、新田は同じ覚悟で来るだろう。

一度きり。新田の年齢は関係なかった。殺るか殺られるか。

身震いした。自分の裡にある恐怖を、立花は視ていた。

18

裸木になった銀杏並木を車のライトが照らしていた。

師走である。新田は窓を開けた。会議室の胸糞が悪くなるような空気を、木枯らしがさらっていく。

岩屋がマスクをずらし、煙草をくわえた。折れた前歯が痛々しかった。岡崎で、立花とフリーの吉川を組ませ、アメリカ人とぶつけた試合だった。カードを組んだのは岩屋である。唐突なタッグ戦で、客も戸惑っていたが、岩屋の意図はすぐに判明した。吉川が試合に参加しなかったのだ。

静岡から名古屋までの四戦、岩屋に立花のカードを組ませることを許したが、神谷のお膳立てのために当てた篠原と塚田が思った以上の働きをしなかったのだろう。岩屋は強硬策に打って出た。ただ、あまりに露骨だった。

岩屋はあわよくばと考えたのだろうが、立花はひとりでアメリカ人コンビを撃退した。しかし、その直後、吉川が背後から襲いかかった。立花と吉川の間に確執はない。そんなことは客もわかっていた。そして、岩屋の意思が働いていることまで客は見透かした。容易に見破られる仕掛け《アングル》だったのだ。吉川の裏切りは失敗だった。あれで客が立花についた。立花を潰しさえすれば客は支持するという岩屋の読みは、完全に見誤っていた。

名古屋では、吉川を当てざるを得なかった。超満員の客は大歓声で立花を迎え、立花は残酷に吉川を毀した。吉川のレスラー生命そのものを終わらせるような非情さだった。

あれで完全に潮目が変わった。名古屋から岐阜、福井、金沢、新潟。立花以上の歓声を受ける選手はいなかった。

マスコミは掌を返したように、立花を主役として扱っていた。テレビ局もそれに追随し、放送では立花の試合だけを流しているありさまだった。最終戦では三島と神谷のタイトルマッチが決定しているのにもかかわらず、そこに注目する媒体はもはやない。

開幕から十四戦を終え、八人が負傷欠場していた。残る面子で試合は組めているものの、負傷者の多くがトップ選手だという異常事態だった。

しかし、チケットは売れていた。むしろ欠場者が増えていくのに比例するように売り上げは伸び、超満員の客入りが続いている。

ファンの目的が立花であるのは疑いようがなかった。歯痒さはある。裏切り者として制裁されるはずの男が、相手を容赦なく返り討ちにすることで絶大な支持を得ているのだ。

立花の集客力は意外だった。これまで長年にわたり中堅に甘んじていた男なのだ。

レスラーの価値は客を呼べるかで決まる。新田が三島を評価できないのはその一点に尽きた。王者としての器は誰もが認めるところだが、なぜか集客力に結びつかないのだ。

その点、神谷の下剋上宣言は大入りが続いた。試合内容が伴わず、一過性の熱で終わったが、神谷は自らの集客力を証明したと言っていい。甲斐の退団以降、激減していた地方興行を、神谷は見事に埋めてみせたのだ。

岩屋が神谷の戴冠にこだわるのは、神谷の集客力を評価しているからだろう。それは確かに担ぐに値する理由である。

岩屋が、吸い殻で溢れた灰皿に煙草を突き刺すと、会議室を出て行った。苛立った声が聞こえ、すぐに戻ってくる。また新しい煙草をくわえる岩屋を、新田は横眼で見ていた。

スタービールの会見は終わったようだが、まだ詳細が入ってきていなかった。

今夜スタービールが正式にプロレス参入を表明すると聞き、昨夜の新潟の試合後に帰京した。折よく二日のオフだった。日程は半年以上前に組まれたものだが、この休みはありがたかった。自分だけでなく、立花にとってもそうだろう。

新田は窓を閉めた。事務所の前には朝からマスコミが張りついていたが、今は姿がない。これからどれくらい戻ってくるのかも重要だった。多ければ、ジャパンに関係していることになる。

スターズの名だけはすでに浸透していた。それでいて、参戦する選手の名前は出ていない。所属選手の意思は、再三確認していた。リストラ組も含めた全員が移籍を否定している。

「落ち着け」

事務所の電話が鳴る音に反応した岩屋に、新田は言った。

「直にわかる」

岩屋が座り直した。朝からずっと苛ついている。一緒にいることに疲れ、昼前に新橋の病院に入院した倉石の様子を見に行った。全治六ヶ月。予想以上の重傷だったが、倉石は悲観していなかった。必ず復帰するとも言った。

敗れはしたが、倉石は見事に化けた。倉石が本来持っていたものを、立花が引き出したのだろう。そしてすべてを受け止めた。間違いなく立花は後先を考えていない試合をしていた。結果として倉石が敗れたが、立花が終わっていたとしてもおかしくはなかった。

自分にはできないという気後れのようなものが、新田の裡にはあった。

「待っていても仕方ないいな。最終戦の話をさせてくれ」

何箱目になるのか、新しい煙草の封を切って岩屋が言った。

「三島と話をした。あの野郎、負《ダウン》けは呑めないと抜かしやがった。神谷の挑戦権は暫定だとよ」

最終戦の前日である大宮で、立花と神谷のカードを組んだ。その勝者が三島の挑戦者となる。神谷がそれを求めたのだ。事前の報告はなかった。通常なら認められるはずがないが、客が支持した。それで決まったようなものだった。

「確かに暫定だ。神谷がそうした」

「馬鹿だ、あいつは」

「なんとしても立花とやりたかったんだろう」

「万が一、立花がベルトを獲ったらどうなる?」

「終わりだな、ジャパンは」

「解雇した人間に潰されるのか」

「神谷が立花とやることはない。俺が止める」

岩屋はなにも言わず煙草をもみ消した。ようやく立花の実力を認めたということか。そして新田が勝てるとは思っていない。舐められたものだった。

「挑戦者は神谷だ」

岩屋が視線を外し、また煙草をくわえた。

「俺は神谷にベルトを獲らせたい。三島が安定しているのは認めるが、あいつじゃ客が入らん」

完全ではないが、三島は甲斐が抜けた穴を懸命に埋めようとしている。それは新田も認めていた。観客動員数にこそ結びついていないが、国内最高峰のタイトルに恥じない内容を毎回見せている。

「三島がダウンを呑むと思うか」

「一度は呑んだんだろう」

先の巡業で三島が呑んだのは、シングルの連戦と膝を壊すアングルだけだった。スリー・カウントは拒まれた。神谷の試合内容を見れば仕方のないことで、新田も強くは言えなかった。妥協案が膝の故障だった。タイトルマッチの決着には相応しくないが、神谷に戴冠させるには他に手段が浮かばなかったのだ。

しかし、具体的な話をする前に立花が神谷を下した。それで白紙になった。

「タイトルが移動する、いいタイミングではあるだろう」

「神谷に背負えるのか？」

「あいつは大化けする」

「三島は安定している。いま、タイトルを動かすのは得策じゃない気もする」

タイトル戦である。本来なら台本《ブック》の取り決めはもっと早くにしているはずだった。巡業前はスターズ対策にかかりきりになり、巡業がはじまってからは立花が主役をさらっている。しかし、それは理由にはならなかった。勝敗について迷っている。それがすべてだった。

立花の奮迅にかすんでいるが、流れは神谷にある。神谷が戴冠すれば新しい風が吹くかもしれない。しかし、三島は呑むのか。それにより三島を失うことになりはしないのか。

どうしても甲斐と決裂したことを考えてしまう。丸くなったのか。選手には絶対服従の体制を敷いてきた。有無を言わせなかった。それが正しいやり方だと信じていた。

「吉川はどうしてる？」

「まだ入院中だろう」

「手なずけとけ。スターズに行かれたら面倒だ」

吉川はジャパンに入団させる。フリーとして何ヶ月か使ってみてそう決めた。本人にはすでに話してある。岩屋はそこを衝いて、吉川に似合わない仕事をさせたのだろう。

吉川の使い方でも三島は不信感を抱いているはずだった。

携帯が鳴った。岩屋がすぐに出る。

「なんだと?」

岩屋が声を荒げた。電話はすぐに終わった。

「引き抜きはしない。赤城が明言したそうだ」

ファンの拒絶反応を見て慎重になっているのか。しかし、スターズはレスラーの駒を持っていない。まさか他分野の格闘家を集めて、プロレスの真似事をさせるような愚行を赤城はしないだろう。

「新団体をつくることもしないそうだ」

「どういうことだ」

引き抜きはしない。新団体の旗揚げもない。

「買収か」

既存団体の買収。スタービールほどの資本があれば、いかなる団体であろうと買収はたやすいだろう。問題は買収先だった。

「まさか、うちじゃないだろうな」

言った岩屋の顔が強張った。笑おうとして新田は背中に嫌な汗が流れた。ジャパンを買収する。馬鹿げていた。金の問題ではない。許されることではなかった。

「それはない」

ジャパンの筆頭株主は、創立者の未亡人だった。もう八十に近いが、頭はしっかりしている。

未亡人《オーナー》が赤城に株を売るような真似をするわけがなかった。

二年前、新田の代表就任を遅らせ、間に伊刈を挟んだのは、経理のプロに大鉈を振るわせないと、倒産する寸前まで会社が危うい状況にあったからだった。長い付き合いである。憎まれ役のために伊刈を間に挟んだのは、未亡人の思いやりだととらえていた。

ジャパンの買収はありえない。ならば、赤城はどこを狙っているのか。

「オーナーには会ってるのか」

「いや」

「一応、顔を出しておいた方がいいな」

「明日の朝一番に行ってくる」

「機嫌はとっとけよ」

「任せてくれ。年寄りの扱いは慣れてる」

岩屋がはじめて笑みを見せた。安堵したのだろう。騒がせはしたが、蓋を開けてみれば、選手の引き抜きも新団体の旗揚げもなかった。スターズの名だけが一人歩きしすぎていたのだ。

伊刈の姿を見ていないが、どうでもよかった。選手のリストラが終われば、伊刈はもう用無しだった。そして来年の六月には自分が代表に就く。

「俺はもう行くぞ」

事務所を出ると、すぐに記者が寄ってきた。顔見知りのプロレス担当ばかりだった。

「新団体じゃないみたいだな。おまえらの読みは？」

「買収と予測しています」

「目星はついてるのか」

記者同士が目配せし、ふたつの団体名を挙げた。ひとつは、かつてのメジャー団体だった。ジャパンと双璧だった時代もあったが、相次ぐ分裂により弱体化している。もうひとつもその団体の派流だが勢いはない。

「根拠は？」

「どうも、互いに接触しているみたいで」

別れた団体同士が、という意味だった。他社の前で記者が口にしたということは、どこも摑んでいる情報なのだろう。

「喧嘩別れしたんじゃなかったか？」

「背に腹は代えられないかと」

「ひとつに戻ったところで元通りにはいかないだろう」

その団体が全盛期の頃はジャパンとしのぎを削っていた。双方のテレビ局の意向もあり、交わることはなかったが、裏での引き抜き合いや誹謗中傷は凄まじかった。やがて分裂し、テレビ局も撤退して解散が囁かれるようになると、ジャパンに対抗戦を持ちかけてきたが、新田は相手にしなかった。すでに死に体で、潰したところで得るものがないと判断したのだ。

「スタービールがバックにつけば、無視できない勢力になると思いますが」

「金で魂を売るのか？」

たとえスタービールの元でひとつに戻ったところで、脅威にはならなかった。核となる人間がいないのだ。

「耄碌したな、赤城も」

タクシーに乗った。行先に、目黒の自宅を告げようとして、新田は思い直した。妻と別居して随分になる。誰もいない自宅に帰っても仕方なかった。瀬田方面に向かわせ、眼についたホテルに入った。

シャワーを浴び、ベッドに横になった。

あと三興行で年内の日程は終わる。

神谷が立花との試合でタイトル挑戦権を賭けると宣言してから、最終戦のチケットは瞬く間に売り切れた。それからも問い合わせが殺到し、急遽追加席を出したが、それも残りわずかだった。

ファンは、立花のタイトル挑戦を望んでいるのだろう。わからないものだった。これが三ヶ月前なら、立花を挑戦者に指名しても、誰も見たいとは思わなかっただろう。

週刊リングの今週号は立花が表紙だった。男の生き様。確かに立花は生きざまを見せていた。完膚なきまでに相手を叩き潰すスタイルだけでなく、自分を擲った姿は強烈な光を放っていた。

しかし、折れない男だった。神谷の前に自分が行く。きれいな勝利は必要なかった。立花を止めさえすればそれでいいのだ。

睡魔が襲ってきた。

見慣れたリングがあり、男がひとり血反吐を吐いて倒れている。新田だった。そして勝者が勝ち名乗りを挙げている。

懸命に眼を凝らしたが、相手の顔が見えなかった。手を伸ばす。顔を確かめる前に、意識が途切れていた。

19

選手たちの練習する掛け声が聞こえていた。

新田が道場に足を踏み入れた瞬間から、空気が引き締まったものに変わる。自分にとっての原点。ジャパンが築き上げてきた闘いの歴史は、すべてここからはじまっている。

甲斐なら、安心して任せられた。三島では荷が重い。親分肌ではないからだ。そう考えると、森の引退は惜しかった。自分とはタイプが違うが、道場を任せるのに十分な器だった。

森はいまでもリングに上がれるような躰をしている。素人相手なら、五人は息を切らさずぶちのめすだろう。しかし、リングには上がれない。躰は作っていても、次に首をやれば、命が危ういからだ。

思い通りにはいかない。何事もそういうものだった。

汗を流していると、岩屋がやってきた。スターズの件だと、顔色を見てわかった。

奥の三畳間に入った。かつて道場長の木山が使っていた小部屋である。

「甲斐の動きが妙だ。来年の地方巡業を白紙に戻してるらしい。プロモーターが代わりにジャパンの興行を打診してきた」

「どういうことだ」

「気になって調べてみた。一周年興行で両国を押さえていたのも、キャンセルしてる」

「スタービールの買収先が、甲斐のところということか」

日本プロレス。ふざけた名称の団体を、新田は認めていなかった。喧嘩を売っているのではなく、甲斐の未練と見たのだ。袂を分かったのなら、甲斐はまったく新しいものをつくるべきだった。

「甲斐にスタービールがつくとしたらまずいぞ。選手を呼び寄せたら、うちから何人行くんだ？」

甲斐を慕っている選手は多かった。絶対的な服従体制を敷いてきた新田と違い、甲斐には生来の魅力がある。その甲斐に誘われたら、選手の心はどう動くのか。それも、先行きの見えない新団体ではなく、巨大な資本を持った大企業の元である。当然、年俸も上がるだろう。

「あいつは飼われるような男か？」

「逆だ。ジャパンの大舞台でスポットライトを浴びてきた男が、小団体のリングで満足するのか？」

唸っていた。それが自分の声だと新田はしばし気づかなかった。

「もしもだ。来年首を切った連中が、そっくりそのまま甲斐のところへ行ったらどうなる」

言うまでもなかった。ジャパンがいる場所に、甲斐がいることになる。リストラ組がまだやれることは、この巡業で証明していた。

引き抜きはしない。新団体も興さない。赤城の言葉に嘘はなかった。甲斐の日本プロレスは、スターズと名を改める。ジャパンのリストラ組だけではない。巨大な資本を持ったスターズには、他団体からも選手が集うだろう。その中心に、甲斐が立つ。

そうなれば、来期も契約更新する予定の面々もどう動くかわからなかった。倉石たち五人は、前倒しして契約を交わしたが、最悪の場合、ジャパンは倉石たち五人と自分だけを残して皆、甲斐のもとに走るのではないか。

国内一のメジャー団体が、所属選手わずか六人の小団体に成り下がる。ありえなかった。しかし、そのありえないことが起こりうるのがこの業界である。

「立花だな。あいつはやっぱりスターズの回し者だ」

岩屋が吐き捨てた。

「立花は違う」

「なんでだ。言い切れるのか?」

「しらばっくれる男じゃない」

「打つ手はないのか?」

「必要なのは駒だ。頭数が揃ってさえいれば、スタービールと勝負できる」

倉石たちと同様に、先に契約を済ませるということだった。

「リストラ組はどうする。再査定するのか」

首を切る顔ぶれについては、熟考を重ねていた。選手数は半減するが、その顔ぶれだけで興行を打つのは可能だった。いままでが多すぎたのだ。

立花には、残す側の選手を当てていた。そして全員が返り討ちに遭い、半数以上が負傷してそのまま欠場している。その穴を埋めているのがリストラ組だというのは皮肉な話だが、全所属選手と契約を更新することはできなかった。年俸がさらに下がれば、果たしてどれだけの選手が判を捺すのか。

ジャパンは、業界最大手である。せめて選手には、メジャーを名乗って恥ずかしくないだけの年俸をやりたかった。リストラは敢行するしかないのだ。

「再査定はなしだ」

「いいんだな、それで」

新田は頷いた。リストラ組が新天地へ行けば、一時は輝きを放つかもしれない。しかし、永続きはしない。それは断言できた。

「それなら賭けに出るしかないぞ」

岩屋が膝を詰めてきた。

「俺もあれから考えた。三島の頑張りは認めるが、プロレスは興行だ。客が入ってなんぼだ。神谷は若いが集客力は三島よりある」

「だから神谷か」

「若返りを図るんだ。リストラはどうしてもマイナスのイメージがつきものだ。神谷を頂点に置けば、新生ジャパンをアピールできる」

最年少挑戦者、最年少王者、デビュー三年目。神谷が戴冠すれば、記録ずくめの偉業になる。確かに話題になるだろう。しかし、いまの状況下でそれは得策なのか。秩序を乱し、挙句の果てにはジャパンの崩壊に繋がり兼ねないのではないか。

「甲斐と赤城が相手なんだ。賭けに出るしかないぞ」

岩屋が畳みかけてくる。試合内容だけで問うなら三島で問題ない。しかし岩屋が言う通り、プロレスは興行だった。客を集めるレスラーが勝ちなのだ。

「神谷は大丈夫なんだろうな」

「スタービールか。行くわけがない」

「断言できるのか」

「できる。あいつをここまで引き上げてやったのは俺だ」

岩屋は楽観視しているようだが、新田には、神谷にジャパンへの執着があるようには見えなかった。それは下積みを経験していないからかもしれないが、神谷が狙っているのは、国内最高峰のベルトであって、ジャパンのベルトではないような気がする。もしもスターズが国内一の団体になれば、神谷は迷わず行くのではないのか。

「まだ甲斐とスタービールが手を結ぶと決まったわけじゃない」

「わかってからじゃ遅いぞ」

その通りだった。神谷が二度目の挑戦ということになれば、初戴冠の価値は下がる。

「三島の説得がいるな」

「俺には無理だぞ」

当然、新田がやることになるだろう。しかし、三島は負けを呑むのか。呑まなければ、互いに引けなくなる。そして最悪の場合、三島を失うことになりはしないのか。

「一晩考えさせてくれ」

「時間はないぞ」

「わかってる」

岩屋が腰を上げた。

「未亡人《オーナー》のところには行ったのか」

「朝一番で顔を出してきた。ババアは心配ない。よろしく頼むとのことだ」

来年、新田の代表就任を機に、オーナーはプロレスから手を引く。もともとジャパンの創立者だった夫の株を相続しただけの女で、筆頭株主ではあるが経営には関与していなかった。子もおらず、社員にも親族はいない。

はじめて口を出してきたのが、銀行屋の伊刈を取締役に迎えることだった。二年前、その伊刈を代表に就任させる案を聞いたときは面食らったものだが、プロによる経営のスリム化は、団体存続のために必要な処置だったと理解していた。代償は大きかったが、会社は持ち直しつつある。それについては感謝すべきだろう。

道場に戻った。八人の若手がそれぞれ練習をしていた。神谷の姿はない。

「神谷は?」

近くにいた神谷の同期に訊いた。

「わかりません」

「部屋にはいないのか」

「はい」

オフなのだ。練習をするかしないかは個人の自由だった。

しばらく練習を見た。新田の眼を意識した、生ぬるい内容だった。

若手の指導は佐久間たちに任せているが、見直す必要がありそうだった。竹刀を持った木山がいた頃は、それだけで道場の空気が張りつめていた。時代は変わり、指導法も変わったが、それと引き換えになにか大切なものを失くしたような気がした。

「明日は早朝練習をするぞ。付き合え」

全員が顔を向けて返事するのを見て、新田は道場を出た。

通りまで歩いた。あの八人のなかにもリストラ候補はいた。デビューまで漕ぎつけても、ものにならない人間はいる。しかし、まだ若いのだ。やり直しはいくらでもきく。

誰しもが頂点に立つわけではなかった。頂点はむしろひとりでいいのだ。絶対的な存在が王者として君臨する。それが新田の思い描く団体の理想図だった。

三十年、この世界にいる。期待していなくても、大化けする例もあった。自分もそうだった。アマレスの実績はあったが、エリートではなかった。実力で勝る相手に何度も負け《ダウン》を呑まされた。それでも腐らなかった。プロレスだと割り切ることもしなかった。悔しさに打ち震えながら、怒りをリングでぶつけた。見返してやろうという意地。愚直なそのスタイルがいつしかファンに支持された。そして自らの力でチャンスをものにし、頂点に立った。

選ばれし者がいる。

甲斐をはじめて見たとき、間違いなく頂点に立つ男だと確信した。近い将来、ジャパンだけでなく、日本のプロレスそのものが、この男によって変わる。そう思えるほどの輝きを、甲斐は入門したときから放っていた。

自分はいずれ追い抜かれる。そう悟った。嫉妬すら無意味に思える天稟《てんぴん》が甲斐にはあった。踏み台になることは厭わなかった。しかし、容易に頂点の座を渡す気もなかった。乗り越える壁が高ければ高いほど、甲斐の牙城は強固なものになる。しのぎを削る一方で、甲斐の時代になってからのことも考えた。絶対的な王者にはライバルがいる。眼をかけた選手もいたが、皆ジャパンを去っていった。甲斐がいる限り、頂点には立てない。見切りをつける選手を責められなかった。それほどに甲斐はものが違った。

他団体と同様に、ジャパンも分裂と無縁ではなかった。

人数が激減した年もあった。ライバル団体はここぞとばかりに攻勢を仕掛けてくる。凌ぐには、他団体《よそ》に負けない試合をリングで見せるしかなかった。新たな人材も必要だった。会社は引き抜きではなく、一から新人を育てる選択をした。

プロレスが隆盛を極めた時代である。分裂騒動はあっても入門志願者は後を絶たなかった。

しかし、逸材は見当たらなかった。

とんでもないやつらが入ったぞ。あるとき、道場長の木山が興奮して言ってきた。立花、三島、森の三人。同日入門だった。新田は三人に特別なものは感じなかった。しかし、木山は三人を自らの手で育てると宣言した。道場を任されているのだから、それは木山の仕事だが、木山の宣言には別の意味がこめられていた。木山は練習とは別に三人を直接鍛えはじめたのだ。

相当に過酷なものだという噂が聞こえてきた。育てる前に潰してしまうかもしれないが、それは木山の責任である。それでも気にはなり、密かに覗いてみたことがある。噂はほんとうで、三人は血反吐を吐きながらしごかれていた。ただ、悲愴感はなく、三人はむしろ楽しんでいた。それは木山も同じで、動きは現役時代を髣髴させるように軽く、老体に鞭打ってという感は微塵もなかった。

センスはある。しかし、三人に対する新田の印象は変わらなかった。関わる気はなく、またその余裕もなかった。

やがて、三人はデビューした。前年も、さらにその前にもデビューまで漕ぎつけた新人はおらず、三年ぶりの新人だった。

あるとき、開場前にリング上でスパーリングをしている三人を見た。トップ選手の練習相手をさせられていたのだが、新田は思わず眼を見張った。十年以上のキャリアを持つベテランが、三人のひとりとして極められないでいたのだ。それどころか、三島と森には余裕さえ感じた。

反撃しなかったのは相手の顔を立てたのだろう。立花は違った。あっさりとベテランを絞め落とし、失神させた。

当然、取り巻きに袋にされた。三島と森は、慌てる様子もなく静観していた。それを見て新田は止めるのをやめた。そのとき不意に立花が爆発した。取り巻きの三人は瞬く間に血反吐を吐いて転がった。人体の急所を狙った立花の攻撃は実に的確だった。そして容赦がなかった。

木山はとんでもない若手を育てた。新田はようやく三人が秘めている可能性に気づいた。甲斐のような天性の輝きはない。しかし、丁寧に磨けば、どんな光を放つかわからない原石だった。

木山は、三人を育てることを最後の仕事にした。木山のしごきに耐えられず新人が辞めてしまうため、道場長として木山に対する会社の評価は決して高くなかったが、それでも、団体創成期からジャパンを支えてきた功労者である。これを最後の仕事にすると言われれば、容認するしかなかった。そして、宣言通り、三人が独り立ちすると木山は道場長を退いた。

木山は常々、一流を育てたいと言っていた。木山のもとから巣立ったなかには甲斐もいる。間違いなく一流だが、甲斐には天稟がありすぎた。木山のなかには育てたという意識が希薄だったのかもしれない。

そして、不毛のときを経て立花たち三人が入門した。同じ年の同じ日に入門した三人が三人とも原石であることを木山は見抜き、歓喜した。二度はない。だから、孫のような三人の若者に、すべてを叩きこんだ。惚れ込んだのだ。

三人が二人か一人なら、また違っていたのだろう。同じ年の入門者は他にもいたが、同日に入門したのもデビューまで漕ぎつけたのもこの三人だけだった。それはただの偶然でしかない。しかし、二度目がなければ偶然は偶然でなくなる。

ライバルはひとりでなくてもいい。次第にそう思うようになった。

絶対的な王者として君臨する甲斐に、三人を当てる。四人の闘いが、どんなものを生み出すのか、新田は想像できなかった。想像できないことに、時代の流れを感じた。

気がつくと、かなりの距離を歩いていた。

前方から来たタクシーを停めた。乗り込んでからしばし迷い、結局昨夜と同じホテルに戻った。

部屋に入り、二本電話をかけた。一本目は三島で、明日の出発前に話があると伝えた。三島はなにも言わず承諾した。背後で子供の声がしていた。

二本目は、マッサージ師を呼んだ。

「立花、凄いですね」

一時間近く待たせたマッサージ師は、部屋に入ってくるなり言った。

口数の多い男だったと、顔を見てから思い出した。

「さっさとやってくれ」

「わかりました」

新田はベッドにうつ伏せになった。マッサージがはじまる。

「呼ばれるのは、最終戦の日だと思ってましたよ」

「オフだ」

「知ってます。だから今日はてっきり伊勢崎かと」

「黙ってやれ」

マッサージは痛みからはじまり、それが次第に和らいでいく。気がつくと眠っていた。眼醒めると深夜だった。マッサージ師は帰っていた。よほど深く眠っていたのだろう。躰が重かった。備え付けの冷蔵庫からミネラルウォーターを取り出し、ちびちびと飲んだ。十年。あと十年若ければ、スタービールの参入に脅威を感じることはなかっただろう。ファンの眼を、ジャパンのリングだけに釘づけにさせるものを見せることができた。

選手人生のピークは一度ではない。二十代のピークがあり、三十代のピークがあり、四十代にもあった。しかし、五十代にはない。それは本能的に感じ取っていた。選手としての自分は峠を越えた。もう第一線に立って、スターズに対抗することはできない。

赤城と甲斐。その繋がりはまったく頭になかったが、目的は読めた。あの二人はジャパンを潰したいのだ。

甲斐から持ちかけた策だとしたらたいしたものだった。しかし、赤城に乗せられたのだとしたら、甲斐は使われるだけで終わる。甲斐ほどの男がそれを見抜けていないとは思わないが、それを良しとするだけの金を眼の前にぶら下げられたのかもしれない。

対抗する手段がないわけではなかった。

岩屋には言わなかったが、考えていることはあった。立花との契約である。トップ選手として三島と同じ待遇で立花と契約を交わす。そして二枚看板で三島と競わせる。同期である。ただのライバル以上の感情が両者ともあるはずだった。それを素直にぶつけ合うことができれば、どこにも負けない試合を見せることができる。立花の実力はすでに証明済みだった。

しかし、立花が契約に応じるのか。廃業すると言いきった男なのだ。終わりだと思い定めたから、命を投げ出すようなファイトを見せているとも言える。かりに立花が廃業を思い留まったとしても、その気力をどこまで持続できるのか。

立花の火を消さないようにするしかなかった。

立花が最終戦まで行きつくことを考えていたとは思えなかった。しかし、神谷の暴走で図らずもタイトルマッチの挑戦権が手に入るかもしれないチャンスを得た。王者は同期の三島である。散るのならこれ以上ない舞台だろう。

だから、三島に挑戦させてはならない。三島まで行きつけば、勝ち負けではなく立花の火は消える。終わらせないためには、自分が勝つしかなかった。内容はどうでもいい。とにかく立花を仕留め、いったんけりをつける。契約の話はそれからだった。

眠れないまま朝を迎えた。五時に道場についた。若手が起きてくるまで、ひとりで汗を流した。

六時前に八人が揃った。神谷の姿はない。

新田はリングに上がった。

「グラウンドだ。本気でこい。遠慮せず極めていいぞ。俺のタップ一回につき五万だ」

八人が眼の色を変えた。

一人目。タックルで倒した。馬乗りになる。顔を押さえ、足をとりにいった。足首を摑む。逃れようとした若手のバックをとり、スリーパーで絞め落とした。すぐさま、二人目が突っ込んでくる。首根っこを摑まえた。絞る。もがいていた若手から力が消え、両腕がだらりと下がった。三人目はタックルをとらせた。上になるが、殴ってこようとはしない。下から張った。二発続けると、三発目に合わせて若手が腕を捕りにきた。とらせた。腕十字を狙ってくる。動きに合わせて躰を起こし、一瞬の動作で若手の動きを上回った。反対に腕を極めていた。

四人目は来なかった。三人を相手にして二分もかかっていない。息も上がっていなかった。

一瞬の動きは鈍っていない。タイミングも勘も、衰えはなかった。

神谷がリング下から見ていた。

「おまえの出番はないぞ」

上がってこいという言葉を呑み込み、新田は言った。

神谷はなにも言わず背を向けた。神谷と立花がやることはない。従って、武道館で三島に挑戦するのは神谷である。

前橋への出発は昼である。九時を過ぎると続々と選手が集まりはじめた。

三島が来たら呼ぶように言い、新田は奥の木山が使っていた三畳間に入った。不思議と居心地が良かった。いまは誰も使っていないようだが、きちんと掃除がされていた。

「入りますよ」

磨り硝子が開き、三島が靴を脱いで上がってきた。この一年で風格がついた。喋り方も着るものも変わった。チャンピオンの責任。それだけではないだろう。防衛を重ね、団体を牽引してきた自信が、三島に箔をつけた。

「スターズの件で、おまえの意見を聞いておこうと思ってな」

「誘いなら来てませんよ」

「そうか」

「俺はジャパンの顔ですからね」

軽はずみに誘いはかけられない。つまり、ジャパンそのものであると三島は言っているようだった。

「それは、チャンピオンだからという意味か？」

「まあ、ベルトがなくなれば身軽になりますね」

どういう意味で言っているのか、新田は考えた。牽制とも受けとれる。

「スタービールと甲斐が接触しているという噂がある」

「そうですか」

「驚かないな」

「出て行った人ですから」

「誘われたらどうする」

三島が苦笑した。

「俺は俺の土俵であの人と勝負しているつもりですよ」

「同じ土俵に上がる気はないか？」

「あの人は、別の道を行ったと思ってます。俺の道とは違う。まあ、先のことはわかりませんが」

「そういうもんか」

「俺が向こうに行くと心配してるなら大丈夫ですよ。だいたいあの人は、俺より立花や森のことを買ってましたからね」

「おまえだってかわいがられていただろう？」

「あの人は、俺が馬鹿をやるのを楽しんでいただけですよ。立花や森がやらないから、俺が代わりにやっていただけで」

「俺は、おまえを買ってた」

「知ってますよ。だからって、媚を売る気はないですが」

「うまく使われる気もないんだろう？」

直接育てたわけではないからか、三島たち三人は扱いが難しかった。それぞれが一匹狼のようなところがあり、三人ともこれまで団体内の派閥争いとは無縁できている。

三島と森は、いまでも仲が良かった。チャンピオンの三島に対し、対等な付き合いができるのは森だけだろう。立花との関係はわからない。

「タイトルマッチの件だが、神谷相手に負けは呑めないか？」

言うのは二度目だった。一度目は、蹴られた。膝をやる仕掛け《アングル》はなんとか呑ませたが、三島は納得していなかった。しかし、三島との間を微妙なものにする前に、神谷が立花に敗れた。

「まだ挑戦者は決まっていませんよ」

「タイトルマッチの相手は、神谷だ。立花は俺が止める」

「そうですか」

「立花とやりたいか？」

三島は答えず腰を上げた。

「話は相手が決まってからでいいでしょう」

三人のなかでは、最も愚直な男だった。その分、遠回りもした。しかし、頂点に立ったのは立花でも森でもなく三島だった。

昼になった。選手バスが到着し、選手たちが乗り込んでいく。

新田は最後に乗車した。席は一番前の指定席である。

バスが動き出す。新田は眼を閉じた。

三島も神谷も、新田が立花に勝てると思っていない。しかし、勝ちさえすればいいのだ。勝利は絶対だった。自分のため。会社のため。ひいては立花のためにもなる。

背負っているものの大きさも、くぐってきた修羅場も違う。

負ける気はしなかった。

20

しなやかな鍼が、両足に刺さっていた。

二十本を過ぎたときから、立花は数えるのをやめていた。鍼は両足だけでなく、腹から胸、首や顔にまである。

鍼を打つとはよく言ったものだった。刺すのではなく打つことで、鍼は奥まで入る。痛みはなく、くすぐったいような感覚だった。鍼の上部には打つ部分があり、それが錘になって、鍼は振り子のように細かく動いていた。肌の表面よりも、むしろ躰の内部でそれがわかった。

伊勢崎に入って二日目だった。

昨日の午後に寺尾の紹介を受けて志波のもとを訪ねた。志波は、一目見た瞬間に、右膝の古傷を指摘した。それには驚いたが、すでにパンク状態だと言われたのは解せなかった。腫れ上がった左足を診てもらいに来たのだ。

しかし、左足に鍼を打ち、腫れが嘘のように引いていくと、ふいに右足の古傷が痛みを主張しはじめた。それは歩行が困難なほどで、実際、動けなくなったのだ。

志波曰く、無意識のうちに右足をかばっていたのが、左足を毀したことで、限界がきたのだという。

右足の古傷は完治しないと志波は言った。そんなことはわかっていた。ただ、リングに上がれさえすればいいのだ。歩けさえすればリングに上がれる。それで十分だった。

志波はしばらく考えていたが、何試合やりたいのかと訊いた。立花は三戦と答えた。その先はなくても構わなかった。

志波は、五本の鍼を右足に打った。その鍼は太く、痛みも強烈だった。それから細い鍼を首と肩に打たれた。右足の痛みがやわらいできたように感じたとき、意識も薄れていった。

気がつくと朝で、同じ寝台で寝ていた。志波は今日の予約をキャンセルした、とぼやきながら、右足に鍼を打っていった。それが今朝で、いまは午後である。会場入りの時間が迫っていた。

「ほんとうは、何日もかけてやるんだ」

煙草をくわえながら志波が言った。四度目の鍼だった。医院と看板を掲げているが、寝台がひとつあるだけの個人宅だった。

「煙草、いいですか」

「吸うか？」

立花は頷いた。志波が、自分の煙草を立花の胸に置いた。

「頭と首は動かすな。手はいい」

仰向けで煙草をくわえた。志波がマッチを擦り、火をつける。

「灰は床に落とせ」

吸い込むと、眼がくらんだ。丸一日吸っていないだけだが、躰に拒絶反応があった。

「プロレスラーか」

志波が呟く。長い白髪の総髪を後ろで束ねていた。還暦は過ぎているだろうが、はっきりとした年齢はよくわからない。

「ここには、いろんなスポーツをやっているやつが来るが、一番ひどい状態で来るのはレスラーだな。躰を労わるということを知らん」

立花は手だけを動かし床に灰を落とした。

「新田のところか?」

「ええ」

「おまえも五十までやるのか?」

「考えてないです」

「新田も同じことを言っていた。三十代の頃だ」

「新田さんも来たことがあるんですか」

「もう二十年近く診てる。俺が診ているなかで、プロレスをやってるのは新田だけだ」

「そうですか」

寺尾も顧客なのか、訊こうとしてやめた。

「おまえのように躰を虐めているやつは長くはできん。完全に毀してしまう前に、さっさと辞めるんだな」

立花は煙草を吸い込んだ。それだけでも顔の筋肉が動き、鍼が細かく振動した。

「老婆心で忠告しておいてやるが、おまえの足は限界を超えている。ふつうなら、二ヶ月は休養して治さないといけないレベルだな」

「あと、三試合だけです」

「かたわになってもいいのか?」

その覚悟はできていた。しかし、覚悟は口に出すものではなかった。己の心の裡の問題なのだ。

「右足ですか?」

「両方だ。爆弾を抱えていると思え。爆発したら、選手生命は終わりだ。運が良ければ生活に支障はない。悪ければ、車椅子だな」

「そうですか」

「あこぎな商売だな」

志波が差し出した灰皿に、立花は煙草を押し潰した。志波が鍼を抜いていく。

「試合まで時間はあるのか」

「二時間くらいですかね」

「出番は後なんだろう?」

「多分」

「これから打つ鍼で、両足の痛みは消える。もう一本は首だ。それで二時間ほど眠れる。出番には間に合うだろう」

喋りながら、志波は手を動かしていた。両足に二本打ち、それから先にあった鍼を抜いていく。無造作に首に打たれた。その瞬間、意識が波打ったように混濁した。志波が無表情な顔で見下ろしている。左眼が義眼だと気づいたとき、抗えない力に襲われ、瞼が落ちていった。

眼醒めると、志波の姿がなかった。鍼は抜かれている。六時をまわっていた。立花は寝台を下り、服を着た。足は動く。痛みは引いていた。治ったのでも、麻痺しているのでもない。鎮めているだけだとわかった。足を使えば、すぐに眼を醒ますだろう。

治療費をいくら払えばいいのか考え、財布を見ると、札がごっそりとなくなっていた。志波が抜いたのだろう。気を遣われたのか、タクシー代だけは残されている。

通りに出てタクシーを拾った。前橋の会場に向かう。

携帯が振動した。森だった。

「もう試合ははじまってるぞ」

「いま向かってる」

「呑気なもんだ。おまえが逃げたんじゃないかと、一部の連中が慌てふためいてる」

「放っとけ」

「まあ、ゆっくり来い。出番はメインだ」

それだけ言って森は電話を切った。

対戦相手には触れなかった。言わなくてもわかる。新田しかいなかった。新田とやると知れば、志波はなにを思うだろうか。やはり、あこぎな商売だと笑うか。

会場が見えたところでタクシーを降りた。地方らしく、会場の周辺は車で埋まっている。歩きながら電話をかけた。

里子はすぐに出た。

「元気か？」

「うん」

「いま前橋だ」

「知ってる」

リビングのテーブルに置かれた卓上のカレンダーを立花は思い浮かべた。

「今日は、ボスとやる」

「それも知ってる」

「そうか」

里子が小さく笑った。

立花は立ち止まり、煙草に火をつけた。話したいことがたくさんあった気がするが、言葉として出てこなかった。

「用があったわけじゃない」

「うん」

「声が聞きたかった」

「わたしも」

ほんとうの俺を見たのか。そう問いかけたかった。

明日、帰る。言いかけてやめた。試合はどうなるかわからない。無事にリングを下りられるかも定かでない。

「これから、ひとつけじめをつけてくる」

「けじめ？」

「ジャパンとのけじめだ」

十五年、ジャパンのリングで闘ってきたけじめ。

立花のなかで新田はジャパンそのものだった。

そして、三島。

あとふたつ山を越えれば、最後のけじめをつけることができる。

「行ってくる」

里子の返事を待たず、電話を切った。

会場に入った。

「ようやくお出ましか」

関係者用の出入り口前に、森がいた。

「いま何試合だ？」

「次が休憩だ」

出番まで一時間ほどある。躰を温めるには十分だった。

森に誘われ、マットが敷いてあるトレーナー室に入った。部屋は暖房がきいていた。

「テーピングは？」

「いらん」

「たまにはトレーナーの言うことを聞け」

「なら、頼むか」

立花は椅子に座った。森がテープを巻いていく。

「腫れが引いたな」

「気力だ」

森が左膝に顔を近づけた。

「鍼か」

「まさか、打てるなんて言うんじゃないだろうな」

「打てるなら開業してる。しかし、相当な腕だな」

「義眼の鍼師だった」

「伊勢崎のか」

「知ってるのか」

「有名人だ。常連じゃなきゃ、予約しても一年後とか言うぞ」

「誰かが、自分の予約を譲ってくれた」

「なるほどな」

森が二本目のテープを伸ばした。

「なにか意味があるのかを考えた」

「ないだろう。そういう人だ、あの人は」

誰に予約を譲られたか、森は察したようだった。

ふと思った。倉石や佐久間たちにとって、新田は父親のようなものだろう。立花たちには違った。父親は道場長の木山だった。ならば、新田はどういう存在だったのか。

「上司と部下じゃないな」

「なんだ?」

「俺たちとあの人の関係だ。例えるなら、木山さんは父親で、甲斐さんは兄貴だろう。あの人は、俺たちにとってなんだ?」

「あの人は監督だ。それでいいんじゃないか」

「監督か」

「身内のような親しさはない。俺たちが若い頃は、新田さんと距離があった。それに俺たちは扱いにくかった。それでも、現場監督になってからの新田さんに、俺たちは守られてきた。俺もおまえもな」

守られてきた。森の言う通りだと思った。親しみを新田に感じたことはなかった。一緒に酒を飲んだこともない。誰に対しても一定の距離をとる姿勢は、昔から変わらなかった。心を許せる相手はいるのかと疑問に思うこともある。

好きではなかった。おそらく大方の選手はそうだろう。しかし、憎むこともできない。気難しいが、裏表はないのだ。そして、実によく選手を見ていた。その視線は誰しもが感じているはずだった。

絶対的な服従を要求する新田のやりかたは、出稼ぎに来る外国人が呆れるほどだった。しかし、恐怖だけで選手をまとめることはできなかった。堅苦しさを覚えながらも選手が新田に従うのは、好き嫌いの感情以前に、新田への信頼があるからだろう。

テーピングが終わった。膝を曲げ、伸ばしてみたが、なんの違和感もなかった。

試合が終わったようだった。これから休憩を挟んで後半戦がはじまる。立花はロングタイツとシューズを履いた。それからレガースを着ける。

「セミで、チャンピオンと神谷がタッグでやる」

「タイトルマッチの前哨戦か」

「おまえが挑戦することはないという監督からのメッセージだろう」

「俺は、俺のけじめをつける。それだけだ」

「それで終わりか?」

「三島ともけじめをつける。おまえともな」

森が一瞬、哀しげな眼を向けてきた。新田や三島は、ジャパンを背負っている。しかし、誰にでも背負うものはあるのだ。森にも、立花にも多分それはある。

トレーナー室を出た。記者が取り囲んできた。新田との試合、そしてスターズについて矢継ぎ早に質問が飛ぶ。

立花は足を止めた。はじめて記者に口を開いた。

「スターズ行きはない」

「では、今後もジャパンに参戦ですか？」

「それもない」

怪訝な顔をした記者にそれ以上の質問はさせず、無人のロッカー室に入った。後半戦がはじまる。リングアナの井上が観客数を読み上げる声がかすかに聞こえた。超満員札止め。そのマイクを大歓声がかき消した。

心拍数が速い。両膝に肘をつき、指を組んだ。静かに息を吐く。

三十年、第一線で闘ってきた男。勝っていいのか。自問した。この世界を去ろうという人間にそれが許されるのか。

迷いが膨らんでくる。勝利しなくても、けじめはつけられるのではないか。意地は十分に見せた。新田との試合で散り、終わりにする。それこそがけじめではないのか。

思考が止まった。躰から湯気が立ち昇っている。

躰は正直だった。ぼろぼろになりながらも、まだ闘えることに興奮を抑えきれないでいる。

指を組み直した。感覚が研ぎ澄まされていく。本能的な部分で躰が疼いていた。

時間の経過を感じなかった。

ドアが開いた。

「出番です」

立花は腰を上げた。躰は汗ばむほどに温まっていた。

薄暗い廊下を入場口に向かう。扉の前で息を落ち着かせた。

扉が開く。眩い照明と超満員の歓声に包まれた。

群がる観客を、若手がかき分ける。リングが見えた。赤コーナー。新田が仁王立ちで待っていた。

リングに上がった。新田は眼を合わそうとしない。立花も眼を伏せ、ボディチェックを受けた。リング下には、タッグ戦を終えたばかりの神谷がそのまま残っていた。

「初対決」

井上の口上に、客席がどよめいた。十五年やって新田とのシングル戦はなかった。タッグマッチでも数えるほどしか経験がない。闘う舞台が違った。背を向けたのだ。

ゴング。はじめて眼が合った。新田は微動だにしない。立花も動かなかった。

新田は凄まじい闘気を放っていた。一時代を築いた男。ジャパンの象徴。

くぐってきた修羅場が違う。新田はそう言っているかのようだった。修羅場なら海外で経験したが、新田は認めないだろう。ジャパンのリングが劣るものはないという誇りを抱き、第一線で躰を張ってきた男だった。

新田はまだ動かない。呑まれているのか。百戦錬磨である。三十年近いキャリアがありながら、新田の黒星は異様に少なかった。シングル戦になればその数はさらにぐっと減る。先の巡業の最終戦で神谷に敗れたが、おそらく何年かぶりの黒星であるはずだった。

威圧してくるものを振り払うように、立花は動いた。

距離を詰めていく。新田はまだ動かない。蹴りの間合い。さらに詰めた。左の拳。見えていたが、予測していなかった。その分、反応が遅れた。しかし、大振りだった。踏み込み、カウンターを狙った。フック気味のパンチを避ける。踏み込んだ。そこに、唸りを上げながら右が来た。脇腹。躰がくの字に折れ曲がった。

距離をとれ。本能が警告していた。倒れ、転がろうとして、新田の眼に気づいた。倒れることを読まれている。踏ん張り、構えた。脇腹が効いている。折れたのか。

呼吸一つ。背中は一瞬で汗に濡れていた。

新田が消えた。タックル。面食らうスピードだった。切った。なおも新田がタックルに来る。

五十前の男の動きではなかった。

距離をとった。しかし、新田が間合いを崩さない。

リング上で見せたことのない動きだった。アマレス出身だが、プロレスでは封印していた。パワーで叩き潰すのが新田のスタイルだった。見せないだけで、引き出しはあるということか。

三度目のタックル。腰が高かった。カウンターでエルボーを放った。空を切る。誘いだった。

四度目のタックル。低く、さらにスピードが増していた。

倒された。逃れる隙はなく、マウントをとられていた。

間髪容れず、垂直に拳が振り下ろされてくる。一発で額が割れた。左右の連打。両腕でガードした。構わず新田はガードの上から丸太のような腕で打ってくる。

衝撃を殺せない。食らい続けるのはやばかった。右も左もまともに食らえば一撃で意識を断つ威力がある。強引に逃れれば、バックをとられる。絞められて終わりだろう。プロレスではなかった。新田は己のスタイルを変えてまで潰しにきている。

パンチを引くのに合わせて上体を起こした。新田の胸にしがみつく。クリンチ状態になれば、打たれることはない。

新田が、顎の下に腕をこじ入れてきた。左手は躰を押している。

必死に食らいついた。同時に、逃れる隙も探したが、まるで腕がもう二本あるかのように下半身は完璧に押さえつけられていた。

新田が躰を離そうとする。押してくる力に抗った。殺気をむき出しにした拳。側頭部をガードした。それも誘いだった。上から首を抱え込まれた。フロントネックロック。喉元に食い込む腕に、かろうじて指一本捻じりこんだ。

新田が絞り上げてくる。骨が軋む。頭のなかでぶちぶちと嫌な音がした。完全には入っていない。しかし、気道が塞がれていた。呼吸ができなかった。視界がくらむ。

指一本では足りなかった。意識が薄れていく。もう一本。隙間はない。指先で首の皮を抉った。指を捻じりこむ。血が潤滑油になる。かろうじて、呼吸ができた。

新田が絞る。手を伸ばした。なにもない。渾身の力でさらに手を伸ばした。サードロープ。

アウェイのリングである。賭けに近かった。摑んだ瞬間に、新田のロックがずれ、頸動脈を絞められた。

ブレイク。山口の声が聞こえた気がした。それが遠くなる。

落ちていた。何秒か。何分か。天井のライトが見える。試合は終わったのか。ゴングは聞こえない。新田のテーマ曲も鳴っていない。

衝撃がきた。蹴られている。ストンピングの連打。髪を摑まれた。引きずり起こされ、倒される。

リング中央。新田の姿がなかった。躰を起こす。悲鳴が聞こえたような気がした。背後から首に手が巻きつく。スリーパー。完璧だった。指を入れる余裕もなかった。ロープは遠い。躰を寝かせて逃れるのも無理だった。

新田は勝つことだけを考えていた。試合内容も観客も度外視して、自分を仕留めにきた。心構えですでに負けていたのか。

息が詰まる。意識が薄れていく。終わるのか。これまでなのか。手を伸ばした。背後に新田の顔がある。触れた。指先が震える。意識が遠のく。鼻。額。眼。眼球に親指を突き立てた。

スリーパーが外れた。マットに顔をつけたまま動けなかった。防御もできない。全身で息をした。真っ白な視界が赤くなる。

新田が眼を押さえていた。指の隙間から血が流れている。

志波に、三試合できるだけの鍼を打ってもらった。はじめて先を見た。甘かったのだ。新田だけを見るべきだった。眼の前の相手だけを見てきたからここまで来られたのだ。気合を吐いた。自嘲を、甘さを、吐いて捨てた。後のことは考えない。この男にすべてをぶつける。ぶつけた上で撥ね返されるなら、散ればいい。

新田が立つ。右眼が塞がり、鮮血が流れていた。しかし、左の眼は死んでいない。この男を見て育った。憬れはなかった。華がない。相手の良さを引き出す懐の深さもない。それでも、新田の試合を見ていると血が滾った。媚は売らず、寡黙で、他の選手にはない凄味があった。そして、背中で生きざまを語っていた。

森を引退に追いやり、廃業を決めたとき、新田に引き留められた。あのとき、なぜ従ったのか。森のため。それがすべてではなかった。どこかで甘えた。そして諦めもした。ほんとうは潰してほしかったのだ。制裁を加えられ、放り出されれば踏ん切りがついた。廃業したかもしれず、アメリカに戻ったかもしれない。少なくとも、いまとは違うかたちになっていたはずだった。そう考えるのもまた甘えだった。

七年もの間死んだ男を新田は黙って使い続けた。チャンスを与えられることも、試されることもなかったが、試合は必ず組まれた。新田は自分を見ていた。ずっと守られていたのだ。

新田のタックル。反射的に膝を合わせていた。顔面。新田が仰け反る。間髪容れず、上から拳で顔面を打ち抜いた。それでも新田は倒れない。

構えた。すべての音が消えた。新田。ほかにはなにも見えなかった。蹴りを放つ。側頭部。一瞬、棒立ちになった新田の左眼が反転し、頭から崩れ落ちた。

新田の顔を覗きこんだ山口が即座にゴングを要請した。井上がゴングを打ち鳴らす。四分二十四秒、ノックアウト。

立花はコーナーポストにもたれかかった。山口が、新田の口をこじ開け、舌を引っ張り出そうとしていた。その躰がロープ際まで吹っ飛んだ。新田が意識を戻していた。焦点の合っていない眼で自分を探している。

前に出ようとしたが、足がいうことをきかなかった。立とうとして新田が膝を折った。セコンドの若手が駆け寄り、ようやく新田は試合が終わったことに気づいたようだった。

神谷がリングに上がり、新田に肩を貸していた。

若手が二人、立花のところに来た。動けず、立花は両脇を支えられて退場した。記者が群がってくる。テレビのカメラもあったが、森が割り込んできて記者連中を追い払った。そのままトレーナー室に担ぎ込まれた。

「縫うぞ」

マットの上に寝かされた。額の血が拭われ、消毒液をぶっかけられた。森が縫合をはじめる。

「へぼい試合をした」

「喋るな」

縫合が終わると、頭に包帯を巻かれた。

「悪いが、少しでいいから休ませてくれ」

「はっきり言って、試合はもう無理だ」

「挑戦者を決める試合だ。穴は開けられん」

「神谷に負けてやるまでがおまえの務めか」

「若造に負ける気はない」

森が溜め息をついた。

「けじめはついたのか？」

「わからん」

なにか言おうとした森が、背中を向け部屋を出ていった。

ひとりになった。立花はペットボトルの水を飲んだ。

試合には勝ったが、勝負には負けた。内容も気迫も圧倒された。

なにもできなかった。勝った気はしない。

それでもまだ終わっていない。終わりではなかった。

21

ドアが開く音で眼が醒めた。

森が入ってくる。喧噪が消えていた。すでに客は引き、リングの撤収も終わったのだろう。

時計を見ると、試合が終わってから二時間近く経っていた。

「出ないといけないんだろう」

立花は躰を起こし、スーツに着替えた。

「東京に帰るのか？」

「いや」

「ホテルは？」

「まだ決めてない」

「なら、大宮だな。送ってやる。車で来てるんだ」

外に出ると、選手バスも客の車もなかった。正面玄関にはトレーラーが横づけにされ、裏方が機材を積み込んでいた。

裏方は、リングの設置と解体から、グッズ販売や、テレビ局のスタッフがいなければ音響や照明までこなす。裏方のなかには、デビューまで至らなかった者や、怪我で引退を余儀なくされた者もいた。レスラーになる夢は断たれたが、プロレスには携わりたい。興行はそうした男たちに支えられている側面もある。

森が車をまわしてきた。立花は助手席に乗った。

「ジャパンで座席の設置のバイトをしたことがある」

煙草に火をつけて立花は言った。

「徳島でか？」

「十五のときだ」

会場の客席は、地元のバイトを雇って設置させる。ボランティアでやらせる団体もあるようだが、ジャパンは昔から金を払っていた。

「よく断られなかったな」

「十八だと偽った」

「まじめに働いたのか？」

「控室を覗きに行こうとしたら、荒井さんに見つかって怒鳴られた」

「殴られただろう」

「木山さんに助けられた」

「まだ試合に出ていたのか？」

「引退して、道場長と現場監督を兼任していた。道場専任になったのは、その後だろう」

「まさかスカウトされたって言うんじゃないだろうな」

「服を脱げと言われた。躰のあちこちを触られて、逆水平一発だ。躰を作って、興味があるなら道場の門を叩けと言われた」

「そのことを木山さんは覚えていたのか」

「覚えてない。他のバイトにも同じことを言っていた」

森が笑った。

ほんとうは覚えていた。入門して、あまりに過酷な練習に心が折れかけたとき、木山に逆水平を食らったのだ。竹刀は数えきれないほど打たれたが、そのチョップ一発の方が強烈だった。二度目だ。俺のチョップは三度目はないぞ。木山はそう言って練習に戻るよう促した。

「この間、木山さんに会った」

「元気にしてるのか」

「いま七十六だが、丈夫なもんだ。いまだに歯は全部自前だと言っていた。毎日五キロ走っているそうだ」

「相変わらず化物だな」

「三島は時々、子供を連れて顔を出すらしい」

「あいつらしい」

三年の海外修行から帰国したとき、木山は完全に隠居していた。顔を出す暇もないまま、凱旋シリーズがはじまり、森を毀した。木山に合わせる顔はなかった。

高速のインターが近づいてきたとき、電話が鳴った。

「おまえのだ」

立花は携帯電話を取り出した。

「甲斐さんだ」

言って電話に出た。

「いま、どこだ?」

「前橋で、これから高速に乗るところです」

「東京に戻るのか」

「いや、大宮です」

「そう思った。今日、俺たちも浦和で試合があってな、いま大宮の駅前のホテルにいる。顔出せ」

「森も一緒なんですが」

「一緒に来い」

ホテル名を言って、甲斐は電話を切った。

「一緒に来いとのことだ」

森は前を向いたまま難しい顔をした。少し意外だった。甲斐がジャパンを退団してからも、森だけは付き合いがあると甲斐が言っていたのだ。

「行かないのか」

「いや、行こう」

高速に乗った。森はそれから黙り込んだ。運転に集中しているようには見えなかった。

「スタービールの件、少しは把握してるのか？」

何本目かの煙草に火をつけたとき、森が言った。

「プロレス参戦を正式に表明したんだろう」

「ああ、しかも甲斐さんと接触してるって噂だ」

「寺尾から聞いた」

「それでも、会いに行くのか。いまの業界の動きに、自分が無関係だと思っているなら、馬鹿にもほどがあるぞ」

「フリーだからな。誰と会おうと問題はないだろう」

森が黙った。ジャパンを解雇されたことについて森と話したことはなかった。

大宮の駅前にあるホテルはすぐに見つかった。地下の駐車場に車を置き、最上階にあるバーに上がった。甲斐は奥のブースにいた。ひとりだった。

「おまえらが二人並ぶと昔を思い出すな。なにを飲む？」

「立花は、今日は酒はやめてください」

「その姿で飲めとは言わんさ」

森はビールを頼んだ。甲斐は焼酎をやっていて、立花には烏龍茶が運ばれてきた。

「俺がいてもよかったんですか？」

ビールに口をつけて森が言った。

「おまえにも話があった」

「スターズの件ですか？」

「そう喧嘩腰になるな」

「立花と違って、俺はジャパンの人間ですから」

「そのジャパンの象徴に勝った気分はどうだ？」

甲斐の顔が立花に向けられた。

「勝ったとは思ってないです」

「酷い面《つら》だな。明日は出るのか」

「出ますよ」

「三島まで行きついて、その先になにかあるのか？」

「散りたいだけです」

「馬鹿げてるな」

グラスを摑もうとした甲斐の手が、裏拳で脇腹に入った。思わず呻いた。脂汗が全身に滲み出てくる。

「折れてはないか」

「肋骨ですか」

「おまえもまだまだだな」

森が険しい顔で手を伸ばしてくる。脇腹に触れられ、また汗が滲んだ。新田の最初の一撃だった。無防備な状態で食らったのだ。躰は熱を発していた。

「明日は無理だ」

「出ると言ってる」

「頑固なやつだ」

甲斐が声をあげて笑った。

「こうと決めてやがる。神谷に秒殺するよう言ってやるんだな」

「神谷相手に散る気はないですよ」

「三島とやることにこだわっているなら、そのうちできる。万全の状態でやればいい」

「スターズですか」

「そうだ。俺は勝負に出るぞ」

「タイトルをつくるんだと思ってましたよ」

「その話は忘れろ。業界を再編する。スタービールは、マネージメント会社を新たに立ち上げた。事業内容はプロレス大会の企画と主催だ。スターズという大会を二ヶ月間隔で開催し、地方大会もやる」

「甲斐さんのところがスターズになるんじゃないんですか？」

「再編なんだ。日本プロレスは解散する。他団体もだ。解散してスターズに集う」

「どこが参加するんです？」

「ジャパン以外のすべての団体と考えていい」

「馬鹿な。そんなの無理だ」

強張った顔で聞いていた森が口を挟んだ。

「プロレスはどん底まで堕ちた。どこも運営していくだけで精一杯だ。そのくせ団体だけは腐るほどあって、ただでさえ少ない客を取り合ってる。リングに専念することなんてできやしない。毎日、地方のプロモーターに営業をかけて、手打ちのチケットを売って、スポンサーに媚を売って、練習なんて二の次だ」

「甲斐さんが選んだ道じゃないですか」

「その通りだ。一国の主になって現実を思い知らされた。だけどな、俺はリングで思いきり暴れたいんだよ。月々の支払いや、営業や、そんなことは考えずに、スポットライトを浴びていたい。練習をしたい。俺の思いはそれだけだ。スターズはそれをさせてくれる」

「ファンは納得しますか？」

「俺のところだけなら、金に釣られたと思われるだろうな。でも、そうじゃない。すべての団体がスターズに集うんだ。誰もやれなかったことをやる。ファンは必ず支持する」

「凄い人数になりますね。全員が試合に出るのは無理だ」

「スターズに上がれる人間は厳しく査定する。最高峰のリングに立てるのは一握りの人間だけだ。いずれは東西のチームに分けて地方大会を行い、二軍リーグもつくる。これは都内限定で、ここで認められれば一軍に上がれるシステムにする。入れ替えは頻繁にする。最高の試合を見せるためには競争がいるからな。ただし、契約中の怪我の保障は万全だ。ギャラもな」

「それでも、溢《あぶ》れる人間の方が多い」

「それだけ本物が残る。プロレスラーとは名ばかりの偽物を淘汰できる」

「制服組はどうなるんですか」

「スタービールに興行のノウハウはない。各団体から精鋭を集めることになるが、全員を雇うことはない。前時代のやりかたが身についている人間も無用だ」

「溢れた選手と制服組がひとつになって、団体を興すんじゃないですか」

「ひとつにはなれない。なったとしても、必ず分裂する。それはおまえにもわかるだろう」

「そして、また団体が乱立しますよ。いまと同じだ」

「徹底して潰す。客が入らなければ、運営は成り立たない。興行を当ててでも他団体の存在は認めない」

そうして潰していく。興行が打てなければ、運営はままならず、選手も生活ができない。廃業するしか道はないということか。

「業界は、ジャパンとスターズだけになるということですか」

森の問いに甲斐は答えず、焼酎のグラスを空けた。

「おまえらだから言うが、ジャパンは年明けに解散する」

「解散?」

「言っておくが、俺はそれには絡んでない」

「どういうことですか」

「新田は、伊刈に選手の首を切らせて、その後で晴れて代表に就任する予定だった。その前に、伊刈がジャパンを解散させる」

「伊刈にそんな権限があるんですか」

「オーナーは、了承していると聞いた」

森が言葉を失った。

「俺だって自分の城を持ったんだ。簡単には捨てられない。けどな、スターズの構想を聞いて、プロレスが生き残るにはそれしかないと思った。いくつかの団体に話をかけた程度なら相手にしなかった。そうじゃなく、スターズは全団体を視野に入れていた。一流だけを集めて、本物のプロレスを見せる。俺は賭けてもいいと思った。最後はジャパンの解散を聞いて決断した。ジャパンが先陣を切って解散するんだ。業界の命運を賭けた大勝負だ。俺が加わらないわけにはいかないだろう」

「新田さんは、なにも知らないんですね」

「多分な」

「あの人は、黙っていないですよ。必ず、新団体を興します」

「何人かはついていくかもしれないが、それでも、長くは続かない。スターズに上がれないすべてのレスラーが新田の元に集まったとしてもだ。プロレスはまったく新しいものに生まれ変わる。勝負するのは無理だ」

「スターズの旗揚げは、ジャパンの解散が前提だったということですね」

立花が言うと、甲斐が頷いた。

「要するに、スタービールと伊刈の間で最初から話ができていたと」

「伊刈は、スターズのフロントに入る」

とんだ食わせ者だった。新田と岩屋は、伊刈を憎まれ者として利用したつもりが、反対に踊らされていたのだ。

「俺には新田さんを追放しようとしているようにしか思えないです」

森が熱くなっていた。

「私怨はない。しかし、あの世代が業界全体の足枷になっているのも確かだ。いままで分裂は繰り返しても、融合することはなかった。それが成る。俺たちの世代だからできるんだ」

「話はわかりました」

「おまえたちをスターズに誘いたい。当然、三島もだ」

「三島はこの一年、気を張ってましたよ」

「それは認めてる。俺たちで新しいプロレスを作るんだ。スタービールの下につくんじゃない。あいつらは舞台を用意するだけだ。演じるのは俺たちだ」

「俺は断ります」

森が腰を上げた。

「新田に恩義があるのか」

「俺は選手じゃないですし、所属する団体はひとつと決めてましたから」

頭を下げ、森がバーを出ていった。

立花は煙草に火をつけた。甲斐が眼をくれ、肩をすくめる。

「あいつは新田派だからな」

溜め息をついて甲斐が言った。

「ジャパンにリストラ計画があるのは知ってるか」

「ええ」

「リストラの人選をしたのはあいつだ」

言われてみれば、適任だった。森なら私情を挟まず、公平な眼で選手を査定するだろう。そして、そのなかに自分も入っていた。正しい判断だった。

「ひとつ言っておくが、おまえのスターズの件に俺は絡んでない」

「そうですか」

「おまえを騙していると思われたくなくてな。俺は絡んでないし、なにも知らない。信じてくれるか」

「信じますよ」

業界の勢力図を塗り替えると豪語した甲斐の言葉には熱があった。だから響いたのだ。自分の移籍が報じられたあの時点では、甲斐とスターズの接触はなかったのだろう。

「スターズがおまえに眼をつけているのは確かだ。一番はじめに白羽の矢が立ったのがおまえだった。俺よりも先にな」

「買い被りです」

「おまえはどうする」

「俺は先を見ていませんから」

「その躰で負けるのが散ると言えるのか」

立花は煙草を丁寧に消し、腰を上げた。

「立花、新しいものが作れるんだ」

「甲斐さんが、なにを作るのか見てますよ」

「おまえの力が必要なんだがな」

「失礼します」

頭を下げた。握手はしなかった。

右足はやはり感覚がなかった。

22

神谷は浅い呼吸を繰り返した。

躰の震えが止まらなかった。昂ぶりと恐怖が全身を支配している。昨夜は一睡もできなかった。眠ろうとしたが、気がつけば寮の天井の染みを数えていた。その度に染みは血になり、鮮血にまみれた立花の姿と重なった。

これから立花と闘う。

昨夜の試合後の立花を見て、記者たちは欠場を噂していた。それほどに立花は満身創痍だった。たったひとりで十五戦闘い抜いてきたのだ。連戦のダメージは深刻で、もはや試合ができる状態にない。それでも立花は来るはずだと神谷は思っていた。レスラーなのだ。たとえ這ってでも立花はリングに上がってくるだろう。

新田と立花。凄まじい試合だった。五分に満たなかったが、あれほど緊張感に満ちた試合を神谷は知らなかった。新田は勝利だけにこだわっていた。およそプロレスとはかけ離れた試合だったが、なんとしても立花を仕留めるという覚悟が新田にはあった。

新田は意地を見せた。それどころか、立花を終始圧倒した。大阪では勝たされたことを神谷は痛感した。

試合は、立花の蹴りを側頭部に食らった新田が失神して終わった。誰も見たことのない光景だった。森が病院へ行くよう進言したが、新田は耳を貸さず、選手バスで皆と一緒に帰京した。病院へ行かなかったのは、新田の意地だったのだろう。自分なら行く。しかし、行かないと言った新田の矜持も理解できた。

その新田はいつものモニターの前にいる。立花に指を突っ込まれた眼は血の色をしているが、選手バスで大宮まで来て、試合も普段通りこなしていた。

暖房が効きすぎていた。汗が頬を伝う。そのくせ躰の震えは止まらなかった。

一度は躓いたが、国内最高峰のタイトルに手が届く位置にいる。

松江で下手を打ち、無様な姿をさらした。立花戦の屈辱を頭から拭うことはできなかった。だから三島への挑戦権を賭けて対戦を申し出た。独断だった。岩屋は怒り狂ったが、立花を避けてタイトルを獲ったところで意味はなかった。雪辱を果たし、立花に引導を渡す。そしてタイトルを獲る。

試合を終えた選手が戻ってきた。すでに次の試合がはじまっている。出番が近づいていた。

「かっこいいな、おい」

荒井が隣に座った。

総合格闘技戦で使ったコスチュームである。レスリングシューズにオープン・フィンガー・

グローブ。ボクシングのグローブのように拳全体を覆うものではなく、指先が開くものだった。

当然、ボクシングのグローブよりも薄く、硬い。

「立花は寝てたぞ。まあ、練習もできない状態なんだろうが」

立花は試合に穴を開けない。それはわかっていた。

「今日で終わらせますよ」

「まあ、せいぜい早く仕留めてやるんだな」

荒井は神谷の勝利を疑っていないようだった。

「あいつはのんびり中堅をやる器じゃなかった。てめえに嘘をついてずるずるやるよりは、潔く廃業した方がいい」

汗をぬぐった。神谷の震える指先を荒井が見ていた。

「もし、俺が負けたらどうなりますか」

「なんだ、弱気になってるのか」

「仮の話です」

「おまえが負けても三島が看板を守ってくれる。だから心配するな」

三島が立花のスタイルに対応できるとは思わなかった。三島は台本があってはじめて生きるタイプのレスラーだろう。自分は違う。それを証明しようとして一度は失敗したが、同じ轍を踏むつもりはなかった。

「チャンピオンってのは負けちゃならねえんだ。負けが許されない相手には、なにがあっても負けない。それが看板を背負っている人間の責務だ」

仕掛け《アングル》があればそうだろう。プロレスは巧みなアングルと台本《ブック》により、ファンを熱狂させるドラマを作り上げてきた。台本はあらゆる展開を可能にする。しかし、その約束事に固執するあまり、プロレスは勝負という面で胡坐をかいてきたのではないのか。

セミファイナルがはじまっていた。神谷は控室を出た。

廊下には会場の歓声も届かない。自分の足音だけが響くなか、入場口に向かう。汗と震えが止まらなかった。ふいに嘔吐しかけ、神谷は壁に手をついた。胃が痙攣するが、なにも出てこない。

壁から場内の歓声が伝わってくる。

なぜか出番を待つ甲斐の姿を思い出した。新田がジャパンの象徴なら、甲斐は絶対王者だった。世界の猛者にも引けを取らない国内最高のレスラーですら、大一番の前には緊張を隠せないでいた。

その姿を思い浮かべると少し落ち着いた。

甲斐はスターズと合体するという。甲斐の日本プロレスが、スターズになる。率直に言えば期待外れだった。スタービールという大企業のプロレス参入に、もっと大きなものを想像していたのかもしれない。甲斐にも幻滅していた。あれほどの男が金に転んだのだ。

甲斐に憬れていた。しかし、それはジャパンのリングに立つ甲斐だった。甲斐はジャパンを捨てた。そのときから神谷のなかで甲斐は遠い存在になった。小さな会場で、雑魚を相手に奮闘する甲斐の姿は虚しいだけだった。スタービールがついたところで、甲斐がジャパンにいたころのような輝きを放てるとは思えなかった。

自分は自分の道を行く。甲斐でさえ成し得なかったことをやり、歴史を塗りかえる。

ゴング。試合が終わった。その瞬間、躰の震えが止まった。

立花の入場曲が鳴り響く。凄まじい歓声が聞こえてきた。この巡業《シリーズ》の主役に向けられたものだった。しかし、試合が終わったとき、ファンはほんとうの主役が誰なのかを知る。

入場曲が神谷のものに切り替わった。扉が開けられる。満員の客。気合を吐き、神谷はマウスピースをはめた。頂点に立つための試合がこれからはじまる。

客がどよめいた。神谷の姿を見てのものだった。リングに上がる。神谷の総合格闘技の出で立ちを見ても、立花は表情を変えなかった。

向かい合う。ゴング。神谷はボクシングの構えをとった。

オープングローブはパンチを打つために着用した。前回の試合では、立花のパンチに対応できなかった。言い訳はしない。プロレスのリングだという思い込みから、まったく頭になかったのだ。

ジャブの連打。立花の動きを見て、神谷は勝利を確信した。すでに試合ができる状態ではないのだ。さらにジャブを繰り出した。立花の顔面にヒットする。踏み込んでのストレート。立花が後退した。しかし、右足がついていかず、もんどりうって倒れる。神谷は滑り込むようにして、ボディに膝を叩きこんだ。

顔を歪めながら立花が転がる。脇腹も負傷しているのか、テーピングで固めていた。さらに膝をぶちこみ、マウントポジションをとった。顔面にパンチを振り下ろす。連打した。立花の額の包帯が外れ、生々しい傷口から血が噴き出す。

見る間に立花の顔が鮮血に染まった。立花はサンドバックのように殴られ続けている。溜めたパンチを放った。立花の後頭部がマットで跳ね、血飛沫が飛んだ。すでに意識がないのかもしれない。連打しながら、止めるタイミングを見計らっている山口に眼をやった。

パンチが空振りした。立花の頭が凄まじい勢いで迫ってきた。頭突き。顎だった。なにかが砕けたような衝撃があり、神谷は後ろに倒れた。

口から流血していた。マウスピースが吹き飛んでいた。マットに零れた血のなかに、白いものが混じっていた。自分の歯だった。一瞬、それに気をとられた。跳ね起きる。立花の姿がなかった。違う。真横にいた。腰をロックされた。躰が浮き上がる。

捻りをくわえた高角度のバックドロップ。マットで躰が跳ねた。つま先まで痺れが走った。えぐい角度だった。すぐに立てなかった。

顔面を血に染めた立花が近づいてくる。髪を摑まれ、立たされた。ボディを打ったが、再び腰をロックされた。二発目。神谷は空中で躰の向きを変えた。全体重を浴びせる。押し潰した。山口が飛んできてカウントを叩く。カバーしたのではなかった。プロレスをする気はない。

山口の声に反応して、立花が返す。神谷は腕をとると同時に足をかけた。腕ひしぎ逆十字固め。立花の腕が伸びきった。極まった。完璧だった。

「ブレイクッ」

立花の足がサードロープにかかっていた。山口が腕を離させる。立花が転がってリング下に落ちた。

違うだろう、と神谷は思った。真剣勝負なのだ。ロープに逃げるのも、場外へ逃げるのも卑怯ではないのか。

山口が場外カウントをとる。

十五カウントを過ぎて、立花がリングに上がってきた。リングインの隙を狙うことはしなかった。向かい合うまで待った。

タックル。立花が後退し、ロープを摑んだ。神谷はステップを踏み、立花から離れた。踏み込んでの右ストレート。立花は防御すらしない。血と汗が飛び散った。しかし、倒れない。意地になった。左ボディから右フック。立花が棒のように倒れる。

マウントポジション。左肘で喉元を押さえ、側頭部を連打した。立花の出血が凄まじく、血で滑る。

立花の反応がない。終わらせる。右腕を振り上げた。次の瞬間、激痛が走った。左の小指が違う方向を向いていた。立花の手が顔に近づいてくる。眼に指を突っ込まれ、流血した新田の姿が脳裡に浮かんだ。

ぞくりとし、立花から離れた。怯えたのではない。そう自分に言い聞かせた。構えた。立花の動きは緩慢だった。立ち上がろうとするのに合わせ、ストレートを放つ。立花が前のめりにダウンする。

「ストップ」

山口が前を塞いだ。今度こそ終わりか。立花の顔を覗きこんでいた山口がダウン・カウントをはじめた。静まり返った客席に、神谷は気づいた。客が声を失っている。

どよめきが起こった。立花が立とうとしていた。客の足踏みで会場が揺れる。なんなのだ。とどめを刺せということか。

立花はふらついている。ローキック一発で、立花は膝をついた。背後にまわり、神谷は後頭部へ蹴りを放った。客席から悲鳴が上がる。立花がゆっくりと倒れた。

立花はギブアップしないだろう。ならば、レフェリーストップでいい。腕をとる。腕十字。リング中央だった。逃げ場はない。腕が極まろうとした瞬間、立花が躰を起こした。そのまま神谷に覆いかぶさり、両肩を押さえつけてくる。丸め込み。カウントが入る。客の大合唱が聞こえる。まったく予測していなかった。カウント・ツー。かろうじて返した。

全身に冷や汗が流れた。すぐに怒りがこみ上げた。男と男の勝負で、小賢しい丸め込み技を仕掛けてきた。許せなかった。

右のストレート。立花の顔面から弾けたように血が飛ぶ。とどめの一発。かわされた。立花の眼。死んでいなかった。首根っこを摑まれる。下からかち上げるエルボー。立花が回転する。首筋への水平のチョップ。さらに反転した。もう一撃。視界が白くなった。頭を抱えられた。

立花が飛ぶ。膝が顔面に迫ってくる。なにかが弾けた。熱い。灼熱した金属で殴られたかのように、ただ熱かった。

なぜか、流れが読めた。高角度のバックドロップをもう一撃。

予想したのが先か、実際に投げられたのが先なのか、わからなかった。マットに叩きつけられた自分の躰が大きく跳ね上がっていた。照明が眩しい。立花が倒れかかるようにして、覆いかぶさってきた。

カウントが入る。それがひどくゆっくりしたものに感じた。

ゴングが乱打されていた。

立花がけだるそうに、躰を起こした。血に染まった顔が、なにか言った気がした。訊き返そうとしたが、セコンドの躰が前を塞いだ。

三島がリングに上がってくるのが見えた。負けたのだと神谷は思った。三島は神谷を見ていなかった。

紙一重の差だったのか。それとも、絶対的な差があったのか。

ひとつだけわかった。立花はプロレスをした。プロレスに徹したのではなく、相手を毀す試合も、流血戦も、新田との殺し合いのような一戦も、立花にとってはすべてプロレスだったのだ。

同期の肩を借り、神谷はリングを下りた。

リング上では、三島と立花が向かい合っている。立花はコーナーポストにもたれかかっていた。自分で立つ力も残っていないのだろう。ただ、今日の立花は勝利への執念を見せた。責任感からリングに上がったのではない。最後の最後まで試合を捨てなかった。ずっと勝機を狙っていたのだ。

レフェリーは森に。三島のマイクを背中で聞いた。三島の声は昂ぶりを隠せないものだった。客の眼はリングに向いている。マスコミもテレビカメラもまわりにいなかった。

入場口の扉が開く。ふと客席から離れたところで、壁を背にして立っている大きな男に気づいた。

帽子を目深に被っているが、甲斐だった。隣に週刊リングの寺尾がいる。足を止めかけ、神谷は思い直した。甲斐は自分の試合を観に来たのではないだろう。

扉の前で振り向いた。

リング上に立つ二人の姿を、神谷は眼に焼きつけた。

23

三週間ぶりの東京だった。

インターホンを押そうとした手が途中で止まった。かすかな不安がある。それを振り払うように立花はボタンを押した。

「おかえりなさい」

里子の笑顔に迎えられた。いつもの里子だった。

様々な感情が押し寄せては消えた。

「風呂に入りたい」

荷物を里子に渡した。

洗面所に入った。ひどい顔だった。どす黒い痣と腫れで、顔が変形している。頭の包帯をといた。血が固まって瘡蓋《かさぶた》のようになったものが、ぼろぼろと落ちてくる。

新田戦で縫った額の傷は、神谷との試合で再び開いていた。縫い直しても、明日また試合があるため、テープで応急処置だけをしていた。出血は止まっている。

立花の服を脱がすと、里子は当然のように裸になった。傷ひとつない白い躰が眩しかった。

脇腹のテーピングを剝がすと、激しい痛みが走ったが、おそらく折れてはいないはずだった。

ガチガチに固めた右足のテーピングを見て、里子が息を呑んだ。

躰を洗われ、湯船に浸かった。里子も入ってくる。里子の躰には触れなかった。

腫れた顔を洗った。かなりの数のパンチを貰ったのだ。

神谷は、総合格闘技のコスチュームで来た。真剣勝負《シュート》だという気構えだったのだろう。しかし、総合格闘技にもルールはあった。その制約はプロレスよりも遥かに多い。

プロレスのルールは曖昧だった。そのかわり、プロレスには台本《ブック》という最大の制約がある。

だが、台本がないということは、一切の制限がないのと同じだった。神谷はそこをはき違えていた。制限のない試合に、自ら制限を設けたのだ。

「起きて」

頬を触られた。湯船で眠っていたようだった。

立ち上がった。ふらつき、壁に手をついた。里子が支えてくる。

躰を拭かれ、下着一枚でソファに座らされた。リビングは十分すぎるほどに暖房が効いていた。

里子が怪我の手当をはじめた。

「いままで楽をしてきたツケだな」

頭に包帯を巻かれ、顔中に湿布を貼られた。里子は驚くほど手際がよかった。

「海外ではずっとヒールでやっていた。それが性に合ってた。日本でもそのスタイルで行きたかったが、会社が許さなかった」

里子は黙って膝に氷嚢を当てた。

「こじれたまま、リングに上がった。会社は制裁を加えようとしてきた。そのひとりが森だった。俺は森を毀した。引退させた。廃業しようと考えたが、新田さんに留意された。それで現役を続けたが、上を目指そうとは思わなかった」

「あなたはずっと苦しんでたわ。自分を殺しきれなくて。躰を作り直してから、苦しみはより深くなった気がする」

「不思議なもんだな。見切りをつけたと言い訳をしながら、心はずっと疼いていた」

「いまはどうなの？」

「終わるつもりだった。無様でいいから散って、けじめをつけようと思っていた。それなのに、プロレスがおもしろい」

意地でも責任でもなかった。躰を削りながらも、試合ができる歓びがあった。

「明日、三島と森とけじめをつける」

立花はスーツの上着をとり、内ポケットからチケットを出した。

「観に来ないか」

里子が立ち上がり、寝室に入っていった。クローゼットを開ける音がし、少ししてから戻ってくる。チケットの束が手にあった。すべてジャパンのものだった。都内の興行を中心にかなりの枚数がある。最も古いのは三年前で、新しいのは今夜の大宮のチケットだった。ただ、一枚も半券が切られていない。

「買うだけで一度も行けなかったの。あなたに来いと言ってもらいたかったから」

里子とは、岐阜の試合会場で知り合った。里子はそれがはじめての観戦で、プロレスについては無知だった。岐阜の女になってからも、里子が試合を観に来ることはなかった。それは東京に出てきて、一緒に暮らしはじめてからも変わらなかった。

大一番とは縁のない中堅。勝敗も関係ない前座のひとつ。観戦に来ないのは、職業的に試合をこなす自分を理解しているからだと勝手に思っていた。しかし、プロレスに興味がないわけではなかった。専門誌は欠かさず眼を通し、ネットでも試合結果をチェックする。そして、ときおり記事に出れば、嬉しそうに話す。

里子は耐える女だった。それを知りつつ、心の裡に気づいてやれなかった。ずっと里子を苦しめてきたのだ。

「どうしようもないな、俺は」

里子が見上げてくる。

「明日、来てくれるか？」

「行ってもいいの？」

「おまえに見てもらいたい」

里子が肩に頭を寄せてきた。

「多分、最後の試合になる」

「あなたが決めたのなら、それでいい」

闘う理由がある。そして待ってくれる女がいる。

「勝てとは言わないのか？」

「勝ち負けじゃないんでしょう？」

その通りだった。勝ち負けは関係ない。

三島とやるのは何年ぶりになるのか。最後の対戦は、海外修行権を賭けた若手のトーナメント戦の決勝だった。邂逅という意識はなかった。当時と立場は逆転している。

「躰が熱い」

里子に言われ、熱があることに気づいた。

「安心したんだろう」

ベッドに横になった。熱は測らせなかった。たとえ歩けなくても、明日の試合は出る。そして散ればいい。三島ならきっちりと引導を渡してくれるだろう。

里子の匂いを感じながら眠っていた。

眼醒めると朝だった。里子がベッドの横にいた。

「寝てないのか?」

微笑み、里子の手が顔に触れた。

「熱、下がったみたい」

里子を抱き寄せた。リビングで携帯電話が鳴っていた。

「いいの?」

「放っとけ」

しばらくすると、家の電話が鳴りはじめた。

「大事な用かも」

里子が寝室を出ていく。かすかに受け答えする声が聞こえて、里子が受話器を持ってきた。

「寺尾さんから」

受話器をとった。

「なんだ」

「朝刊を見たか?」

「いや」

「すぐに見ろ」

それだけ言って電話は切れた。

「どうしたの？」

「わからん。朝刊を見ろと言って切れた」

「買ってくるわ。コーヒー飲んで待ってて」

煙草を一本吸う間に、里子は戻ってきた。

スポーツ紙の一面。ジャパンの解散発表とスターズ参戦が大々的に報じられていた。ジャパンは来年一月を以て解散。本日の日本武道館が、事実上最後の興行となる。ただし発展的な解散で、ジャパンはスターズに参戦する。

記事には、ジャパンを筆頭に、スターズに参加する団体名が明記されていた。名のある団体をはじめ、活動中の団体がほぼ揃っていた。甲斐の日本プロレスの名もある。

プロレス界の再編。団体という枠はなくなり、リングはスターズひとつになる。甲斐が言った東西に分けての地方巡業や、一部、二部のリーグ制まで詳細に説明してあった。

「やられたな」

甲斐は、ジャパンの解散は年明けだと言っていた。その発表を最終戦の当日に当ててきた。もちろん、故意だろう。

「どういうことなの？」

「業界をひとつにまとめたいんだろう。プロレスが衰退した元凶は、団体の乱立にある。それを正そうということだ」

「そんなことができるの？」

「分裂した原因は、古い体質にある。その世代を一掃して、しがらみのない世代が旗手になれば な」

一堂に集えば、プロレスは世間に打って出る余力がまだあるかもしれない。しかし、業界内の人間が音頭をとったのでは不可能だった。外部の人間。それも、社会的な地位と影響力を持ち、プロレスへの理解もなければいけない。そう考えると、かつて業界に協会を設立しようとした際にコミッショナー就任を打診され、プロレスへの造詣も深いスタービール会長の赤城は適任だった。

「ほんとうに、実現するの？」

「どうだろうな。実現したら大改革になるが」

「あなたはどうするの？」

「俺には関係のない話だ」

甲斐は今朝の発表を知っていたのか。知らなかったと思いたかった。古巣の最終戦なのだ。

それからも何度か電話が鳴ったが立花は出なかった。

昼になり、支度をした。

「行ってくる」

最後の試合が、ジャパンの最後の興行になる。皮肉な巡り合わせだった。

「帰ってきてね」

五体満足で帰ってこられるかはわからない。約束もできない。それでも、自分には帰る場所がある。

午後二時に日本武道館に入った。マスコミの数が異様に多かった。見ない顔もある。業界最大手の突然の解散発表が、それだけ波紋を呼んでいるということだろう。

挑戦者として認められたのか、個室の控室が用意してあった。練習はしなかった。躰が必要ないと言っていた。テレビ局のスタッフが来て、インタビューを申し込まれたが断った。

開場時間が近づいてくる。森は姿を見せず、立花は自分で膝にテーピングを巻いた。脇腹には巻かず、頭の包帯はといた。両足は膝と足首を固定した。森ほどうまくはいかないが、動くことはできる。

ドアが開いた。

「いいか?」

「どうぞ」

新田は無表情でドアを閉めると、椅子に座った。

「まさか、伊刈がスタービールの回し者だったとはな」

溜め息をついて、新田が言った。

「おまえも絡んでいたのか」

立花は黙って新田を見つめた。

「すまん、失言だった」

立花にフリーで参戦するよう言ったのは伊刈だった。繫がっていたと思われても仕方なかった。

「見えるものが見えていなかったんだろうな」

「構想はたいしたものだと思いますが」

「なるようになる。俺は不要なんだろうが」

「引退しますか」

「確かに、潮時ではあるな」

新田が薄く笑った。思わずはっとするほど老いを滲ませていた。

「新しいものが生まれると思うか？」

「期待はするでしょうね。ファンは」

「甲斐は、甘く見てる。好きなように引っ掻き回されて、放り出される可能性もある」

「あの人は、大舞台に立ちたいんですよ」

スポットライトが似合う男だった。入場シーンだけで絵になる男はそうはいない。

「一年我慢すれば、現場はあいつに任せた」

「我慢できなかったんでしょうね」

「いまさら言うことでもないか」

新田が苦笑いを浮かべた。

「リストラの査定、森にさせたんですね」

「あいつなら私情を挟まない」

「確かに」

「あいつが名前を挙げた一人目がおまえだった」

「なるほど。森も辞めるつもりだったんですね」

「自分も退く。それが条件だった」

森らしいと思った。リストラを敢行しなければ生き残れない会社の状況を踏まえた上で、あえて損な役目を引き受けたのだろう。そのかわり、自らもジャパンを去る。いかにも森が考えそうな筋の通し方だった。

「あれだけの男だ。トレーナーにしておくのは惜しい。何度もフロント入りを打診したが、森はそのたびに断った。それどころか、契約更新の度に退団を願い出てくるようになった。腑抜けた同期の姿を見たくなかったんだろう」

森は死んだようにリングに上がる同期の姿が許せなかったのだろうか。引退後もリングに上がれるほど躰を鍛えていたのは、ただの習慣だと思っていた。それをリングへの未練だと考えたことは一度もなかった。

「あいつは、守られていたと言いましたよ。新田さんに」

新田が横を向いた。右目はまだ血の色をしていた。視界は赤いのだろう。

「おまえに現役を続けさせ、森をトレーナーにしたのが、正しい選択だったのか、いまでも考えることがある」

新田に非はなかった。正しい選択があったとすれば、あのとき、きっぱりと廃業するべきだったのだ。同期の心情を慮ることなく、自分を殺し、偽りながら現役を続けたことで、森を苦しめてきた。それに気づくこともなかった。

「森との件の後、会社はおまえの解雇を考えていた。止めたのは木山さんだ。事務所に直談判しに来た。他団体へ行けば脅威になる、海外に行かせてもいけない、だから考え直せとな」

「木山さんが」

「甲斐も解雇には反対していた。おまえへの仕打ちが気に入らなかったんだろう。とくに森をあてたことを怒っていた。同期にさせることじゃないとな」

帰国後、甲斐とは距離を開けていた。語るのは、対戦してからでいい。口に出さなくても思いは伝わっていたのだろう。甲斐の方も接触を避けていた。

森にシュートを仕掛けさせたのは岩屋だった。三人の間に生じた差に焦る森をけしかけたのだ。新田は当時から現場監督だったが、フロントと揉めた席に、新田がいたことはなかった。フロントとの衝突は耳に入っていただろうが、自分が出て行くよりも、海外帰りの若手がどこまでやれるのか見ていたのかもしれない。

「おまえと森との試合は、事故ということでけりがついた。事故なら、おまえを処分する理由はなくなる。だが、おまえは廃業するつもりだった。だから、森にトレーナーになって会社に残るよう言った。おまえのためだけじゃない。木山さんがおまえを惜しがったように、俺も森が惜しかった。おまえや三島の後塵を拝しちゃいたが、森はいずれトップになる器だった。それが、これから脂が乗ろうってときに引退だ。実力がなく、見切りをつけるのとはわけが違う。相当に悩んだだろう。それでも、最後は呑んだ。自分がジャパンを去ることで、おまえまで殺すことになると思ったんだろう」

森は犠牲になった。自分を引退に追いやった同期のためにだ。

「おまえは、気にせず上を目指すべきだった」

他の誰かなら、そうしただろう。海外でも帰国してからも、何人も殴したが、気が咎めることはなかった。しかし、森だった。同期であり、兄弟同然の親友だった。

「邪魔したな」

新田が腰を上げた。

「現場監督として指示はありますか」

「なんだ」

「台本はありますか」

「呑むのか」

「最後の試合です」

ドアに手をかけた新田が、束の間天井を見上げた。

「台本はない」

「そうですか」

「好きにやれ。女に生きざまを見せるんだろう」

「わかりました」

「華々しく散れ」

24

シリーズ最終戦のメインイベント。

はからずも、プロレスリング・ジャパン最後の試合となる。そのリングに、新田でも甲斐でもなく自分が立つ。

自ら摑んだとは思わなかった。そんな巡り合わせもある。

テーマ曲が鳴った。入場扉が開けられる。

会場は超満員だった。急遽売り出された立ち見席も完売したのだという。テーマ曲がかき消されるほどの歓声が降り注いできた。

花道の先に、無数のライトに照らされたリングがある。いつもと同じリングのはずだが、なぜか眩しく見えた。

リング上に、レフェリーの服を着た森がいる。似合っていなかった。服の上からでも筋肉が盛り上がっているのがわかる。

青コーナーに立つ。素早く森がボディチェックをしてくる。ロングタイツの上から、両膝を念入りに触られた。きちんとテーピングが巻けているか、森の手は確かめているかのようだった。

テーマ曲が変わる。今日一番の歓声が沸き起こった。

ガウンを着た三島が入場してくる。腰にはチャンピオンベルトを巻いていた。

新田が巻き、甲斐が巻いたベルト。そして、約一年、三島が防衛してきたジャパンの王座。アメリカでは何度もタイトルを獲った。ロスでは権威のあるベルトも巻いた。しかし、ジャパンでタイトルに挑戦することはなかった。森を毀すことがなければ一度は腰に巻いていただろうか。森は間違いなく歴代王者に名を連ねただろう。

考えても仕方のないことだった。タイトルへのこだわりはなかった。プロレスは強者ではなく、客を呼べるレスラーがベルトを巻く。海外修行でベビーフェイスには向いていない自分の性格に気づいたときから、タイトルへのこだわりはなくなった。

三島がリングインした。

王者の風格がある。前王者から奪取したベルトではなかった。甲斐が退団し、剝奪された空位を何人かで争い、獲得したに過ぎない。適任者は三島しかおらず、番狂わせもない、淡々としたトーナメント戦だった。

それでも、三島は奮起した。

十五年のキャリアのなかで優れたチャンピオンを見てきた。新田と甲斐は、紛れもなく超一流の王者だった。アメリカで毎日のようにタイトルを争ったジョゼフも、ベルトが似合う男だった。そして、甲斐の後釜として王者になった三島も、防衛を重ねるごとに真のチャンピオンになっていった。いまでは立派にジャパンの顔だった。

森が、ベルトを四方に掲げた。

防衛しても、奪取しても、その先がないタイトルマッチだった。それに気づいてか、客席が静まりかえっていった。伊刈、出てこい。そんな悲鳴のような野次が聞こえたが、後には続かなかった。発展的な解散であることはファンも理解している。プロレス業界の再編。新たなものを生み出すための解散なのだ。それでも感傷的になるのは、老舗団体が幕を下ろさざるを得ない時代の流れに対する寂しさゆえか。

リング下に選手が集まっていた。セミファイナルの試合を終えたばかりの選手も、コスチューム姿のまま残っている。日頃の対立もチームも関係なく、最後の試合を見届けようとしている。新田の姿だけがなかった。最後まで現場監督として、いつものように控室でモニターの前に座っているのだろう。

そして、会場のどこかに里子がいる。

リング中央で向かい合った。最後の試合に、同期の三人が同じリングに立っている。胸に去来するものを、立花は見ないようにした。

ゴング。

立花も三島も動かなかった。視線が合う。

腰を低くし、ゆっくりと間合いを詰めた。指先で探り合う。次の瞬間、がっつりと四つで組んだ。

胸を合わせる。圧しあった。力は三島が勝っていた。体重差もある。三島は百二十キロを超えているだろう。三十キロの差。組んだまま、押し倒された。両足で三島の首を搦め捕り、すぐさま躰を入れ替える。背後をとろうとしたが、三島が先に立った。

歓声。それを無視するように、三島が距離を詰めてきた。再び組み合う。払い腰で投げられた。三島には柔道の下地がある。

三島がそのままヘッドロックをかけてきた。太い腕が、万力のように頭を絞めつけてくる。体重も存分に乗っていた。

足をばたつかせた。とっさにポイントをずらしたが、凄まじい力だった。

少しずつ躰を起こした。三島の腰に手を回す。膝をつき、腰を上げた。両足の痛みは、入場したときから忘れていた。

ヘッドロックをかけられたまま、ロープに振ろうとした。なおも三島が絞めてくる。振ることはできず、そのままうつ伏せに倒れた。

体勢が悪い。頭蓋が軋んでいた。落ちてもおかしくない強さで三島は絞め上げている。

大量の汗。滑りを利用して頭を引き抜こうとした。動きを読んだ三島が巧みにポイントをずらし、さらに絞め上げてくる。

五分経過。意識が断続的に途切れた。三島の手首の骨の部分がこめかみに当たっている。

邂逅ではなかった。感傷的になっていたのは自分だけか。三島には王者の責任がある。チャンピオンとして勝利し、ジャパンに幕を下ろす。負けることは許されないのだ。

ごきりと骨が鳴り、こめかみが軋んだ。意識が揺らぐ。

なにかを感じた。腕が持ち上げられていた。それが離される。森の手。意識があるのかを確認されている。再び持ち上げられた。立花は拳を握りしめた。まだやれる。

足を動かし、躰をばたつかせた。立花の躰の動きが伝わり、少しずつ三島が動きはじめた。なおも躰を左右に振る。かすかにロックに遊びが生じた。膝をつく。倒そうと踏ん張っていた三島が力を弱めた。

ヘッドロックされたまま立った。三島の腰をロックした。バックドロップで投げようとしたが、その前に三島にロープに振られた。走ったつもりだったが、躰がついていかなかった。

倒れた。背中にストンピングが落ちてくる。

髪を鷲摑みにされ、強引に起こされた。首に腕が回り、タイツが摑まれる。三島の躰を支点にして、軽々と躰が持ち上がった。頂点に達したとき、躰がぴたりと静止した。三島の頭上で逆さを向いた格好だった。二人分の体重を膝で支えながら、三島は微動だにしなかった。

いきなりだった。ひやりとした風を感じたときには、脳天から垂直に落とされていた。

意識がぶっ飛んだ。垂直落下式のブレーンバスター。三島の決め技だった。

視界に森の顔が見えた。カバーされているのか。カウントは聞こえない。髪を摑まれた。カバーではない。朦朧としたまま、立たされた。再び、首に手が回る。そう思ったときには、躰が持ち上がっていた。

二発目。食らえば返せなかった。試合が終わる。

三島の頭上で逆さを向いた状態で暴れた。投げ技は、相手に身を委ねる。それが一番安全だからだ。そのセオリーを破った。バランスが崩れる。三島の上に折り重なるようにして倒れた。どこを打ったのかもわからなかった。意識がはっきりしない。立とうとして、右足が動かないことに気づいた。異常を察したのか、森が右足に触れてくる。やはり感覚がなかった。

ロープを摑んで立とうとした。横から蹴られた。転がる。三島が両足を持った。敏捷に動く。足四の字固め。プロレスの古典技だった。がっちりと決まっていた。思わず声を発していた。三島の太い足と、テーピングで固めた立花の足が合わさり、ポイントをずらす隙間がなかった。激痛が全身を駆け巡った。膝が悲鳴を上げる。無意識のうちにロープに手を伸ばした。ロープは間近にある。しかし、届かない。

三島が叫ぶ。四の字固めを使うところなど見たことがなかった。似合わない真似を。そう思ったとき、森が好んで使用していた技だと気づいた。

汗にまみれた三島が、立花を見ていた。心の裡は読めない。しかし、返してこいと言われているような気がした。

手を伸ばす。ロープには届かない。三島が咆えた。その程度か。もう終わりなのか。声にしない叫びが、はっきりと聞こえた。

森もギブアップを訊こうとしはしない。返せと言っているのか。優男に見えて、根性はあった。木山のしごきに耐えぬいたのだ。

気力を振り絞った。上腕をマットに擦りつけ背中で這う。僅かに動いた。それでもロープは遠い。

リング下に神谷がいた。マットを叩きながら、なにかを叫んでいる。若造までが、まだやれと言っている。上体を起こした。いつの間にか額の傷が開いていた。汗と混じった血が口のなかに入ってくる。血の味。ふいに、意識が覚醒した。まだ終われない。華々しく散れ、と新田は厳命したのだ。ギブアップで終わったのでは許さないだろう。

躰を捻りながら手を伸ばした。膝への負担。考えなかった。圧し折れるなら圧し折れるでいい。

サードロープを摑んでいた。

「ブレイク」

森が技を解く。

骨折していようが、リングにさえ上がればプロレスはできる。痛みを客に伝える。それがプロレスだった。勝敗ではなかった。闘う姿勢。客を感動させれば勝ちなのだ。

右足は動かない。サードロープからセカンドロープ、トップロープと順に摑まり、なんとか立った。三島がゆっくりと近づいてくる。

手刀。首元に突き刺さった。骨が軋む。雄叫びを上げ、なおも三島が手刀を振り下ろす。まるで分厚い刃をした鉈だった。

ロープから手を離せなかった。三発目。膝がぐらつく。痙攣していた。三島の手刀は切るのではなく断つ。この手刀で三島は試合の流れを変えてきた。若手の頃から使っていたが、当時とは桁外れに威力が違う。

このまま食らうのはやばかった。三島の手刀は心まで折る。

立花。咆えながら三島が打ってくる。鬱憤を晴らしているかのようだった。何年も口をきかなかった。森を毀したことにではなく、殻に閉じこもったことを許せないでいるのはわかっていた。逃げていたのだ。そんな男がリングに上がる資格などなかった。しかし、未練を断ち切れなかった。ずっと燻っていた。命を燃やし、限界を超える闘いをしたかった。

三島とならそれができる。すべてを吐き出して散れる。

命がある限りやれる。ロープから手を離した。感覚のない右足で蹴った。三島の胸元。威力がなかった。顔色ひとつ変えず、三島が手刀を返してくる。そして躰を開く。打ってこい。眼で言っていた。

キック。三島は微動だにしない。あと何発蹴りを放てるのか。足はどこまで持つのか。

手刀。膝をついていた。髪を摑まれる。さらに手刀。リング下に転げ落ちていた。この一発の重みは王者の意地か。七年という年月が長すぎたのか。

入門当初は、柔道の下地がある三島と差があった。立花は受け身《バンプ》すら知らず、スパーリングでは敵わなかった。喧嘩では勝てると思いつつ、タップしていた。体操をしていた森は、躰が柔軟だった。上背があったため、体操は断念せざるをえなかったが、特性を生かしたブリッジは木山が舌を巻くほど美しく、三人のなかでジャーマン・スープレックスを真っ先に習得したのは森だった。

木山の過酷な練習の前では、格闘技の経験など微々たる差でしかなかった。立花は教えられるがまま吸収した。それでも三島との試合は黒星が続いた。森とは五分。三島と森は、森が圧倒していた。インサイドワークが巧みで、頭脳派の森を三島は苦手にしていた。

デビューまで漕ぎつけたから、自分たちが辞めていった他の同期より優れているとは思わなかった。何度も逃げようとした。思い留まったのは、三島と森がいたからだった。俺は残る。二人のどちらかがそう言えば、決心は揺らいだ。ひとりだけ残して行くわけにはいかなかった。

名前を呼ばれていた。誰かが叱咤している。顔を上げた。神谷だった。他の選手たちまでもが立てと言っている。

森のカウントがはじまっていた。二十カウントでリングアウトになる。しかし、動けなかった。躰がいうことをきかない。

会場が揺れていた。超満員の客が、自分の名前を叫びながら足踏みをしている。ヒールだぞ、俺は。思いながら、右膝を殴った。動け。かたわになってもいい。だから、もう少しだけ耐えろ。

背中を叩かれた。三島か。違う。森だった。場外カウントをやめている。頬を張られ、リングに押し上げられた。レフェリーだろう、おまえは。声にならなかった。

三島が近づいてくる。髪を摑まれ、顔を持ち上げられた。額に拳が打ちつけられる。痛みも、出血の感覚もなかった。ただ視界が赤い。立て。顔を近づけて三島が叫ぶ。動かない躰が反応していた。

三島がロープに走る。本能的に立ち上がっていた。躰に染みついた習性。なぜ立つのか。理由などなかった。レスラーだから立つ。三島が飛びながら躰を回転させた。フライング・ニールキック。これも森の技だった。蹴りよりも躰全体でぶつかってくる。

弾き飛ばされた。森の華麗さなど微塵もない。三島は休まなかった。起こされる。手刀の連打。膝が折れる。その前に、がっちりとロックされた。躰が持ち上がった。速い。垂直落下式ブレーンバスター。脳天から落とされた躰が大きく跳ねた。わかったのはそれだけだった。

爆発したような歓声が起こった。立花の顔の上で三島が啞然としている。森が指を二本立てていた。カバーされ、返したのだと気づいた。意識はなかった。躰がカウントに反応したのだろう。

再び起こされた。三島は仕留めに来ている。手刀。なおも助走をつけての手刀。かわした。同時に三島の腰をロックする。引っこ抜いた。捻りながら、高角度から落とす。三島の巨体が脳天からマットに突き刺さった。

カバーに行けなかった。足が動かない。感覚のない膝を殴った。

三島が先に立った。しかし、足がふらついている。

近づいてきた三島の躰にしがみつくようにして立った。胸元にチョップを入れる。強烈な手刀が返ってきた。

来い。三島が指だけを動かす。蹴り。胸元にぶち込んだ。三島が首をふる。こんなもんか。

気合を吐いた。感覚のない右足で連続して蹴る。

三島は倒れない。雄叫びを上げていた。渾身の蹴り。三島が仰け反る。歯を食い縛った。もう一発。口内から脳天に鋭い痛みが走った。奥歯が割れたか。三島の躰が揺れていた。一切の防御をせず、蹴りを受けきった。それでも倒れない。

畳みかけろ。本能が命じていた。ボディへのパンチ。三島の口が開いた。跳んだ。後頭部への蹴り。息ができなかった。三島は倒れない。棒立ちで、激しく躰を揺らしながらも、三島は踏ん張っていた。懐に入った。再度、腰をロックする。三島が踏ん張った。頭に肘が降ってくる。ロックが外れた。右腕が上がらない。左の拳。フック気味に三島の顔面をとらえた。右のハイキック。そして左。三島の側頭部が弾けたかのように見えた。同時に視界が反転した。

倒れていた。上からではなく、水平の手刀。這いつくばったまま、立花はマットに血を吐いた。三島も膝をついている。その姿が何度も歪んだ。ひどい耳鳴りがする。鼓膜が破れたのだろう。

三島が立ち上がる。タフな男だった。若手の頃から太りやすい体質だったが、なぜかスタミナはあった。

近づいてくると思った三島がふらつき、コーナーにもたれかかった。立花はロープを探した。右腕が上がらない。両足の感覚もなかった。左手で摑まり、トップロープに脇を引っかけて、なんとか躰を持ち上げた。

強くなった。そう言えば三島は怒るだろうか。

三島と最後にシングルをやったのは、海外修行権がかかったトーナメントの決勝だった。あのときは三島を圧倒した。優勝は必然で、ひとつの過程でしかなかった。台本はあったが、内容でも三島を寄せつけなかった。

いつしか、エース候補として扱われていた。しかし、ずっと先頭を走っていたわけではなかった。入門時もデビューしてからも、三島を追う立場だった。ようやく追いつき、拮抗するようになったのは、キックを習得してからだった。三島も森も各々のスタイルを確立させた。三島は打撃と強烈な投げ技を持つパワーファイターで、森は多様な古典技を駆使するテクニシャンだった。スタイルは異なるのに、二人との試合は嚙み合った。勝敗とは別の次元で遠慮なくやれた。そしてリングを下りれば、兄弟のようにつるんでいた。

三島がリングの中央に出てきた。立花もロープを離れた。向かい合う。張り手。手刀ではなかった。立花も左で張り返した。三島がふらつく。踏み込み、頭突きを入れた。骨が鳴る。三島の眼が宙を泳いでいた。どうした。打ってこい。俺を殺しにこい。頬を張る。右の蹴り。浅いが、三島は膝を折った。

三島。叫んだ。胸元への蹴り。三島が大の字に倒れる。カバーに入った。森のカウント。三島が肩だけを上げた。

三島は全身で呼吸をしていた。立花も息が上がっていた。試合は何分経過したのか。肺に空気が入っていかなかった。消耗が激しい。

躰を起こしながら三島が手刀を打ってきた。威力がなかった。しかし、眼は死んでいない。

高が腕くらい。レスラーとはそうだろう。腕が折れようが足が折れようが、諦めない。そこからが勝負なのだ。

三島が立ってくる。手刀。強烈だった。打った三島の顔が歪む。右腕を毀したのか。拳で殴った。三島は避けもせず、顔面で受ける。そして毀れた右手で手刀を返してくる。ボディ。ストレート。左の拳だけで連打した。しかし、弱い。右が欲しかった。

ふっ飛んでいた。三島の拳。マットに大粒の血がぼたぼたと零れ落ちた。

三島の顔が眼の前にある。多分、立ったのだろう。左の拳を握り、大振りで殴りつけた。三島はガードさえしない。笑いたくなった。意地ではない。ただ馬鹿なだけだ。

三島の拳。百二十キロを超えるスーパーヘビー級のパンチ。ノーガードで受けた。痛みは感じない。肉の悲鳴も聞こえない。ただ、躰のどこかが割れた。そこからなにかが出ていく。気力なのか、命なのか。

パンチ。割れる。砕ける。そろそろ散れるのか。足がふらつく。倒れたら起き上がれない。それがわかった。パンチ。崩れそうになる。踏ん張った。もう返すことも考えなかった。

踏み出したとき、自分が境界線を越えたことに立花は気づいた。生死の境。すぐそこに死があるとわかっても恐怖はなかった。

すべてを出し尽くした。命を燃やした。こんな闘いがしたかったのだ。

拳。耳鳴りがひどい。頭のなかで砂嵐が吹き荒れているかのようだった。

三島の雄叫び。躰のなかでなにかが破裂した。三島がアピールしている。決め技。三度目の垂直落下式ブレーンバスター。

これで散れる。満足だった。悔いはない。ただ、最後は眼を開けてスリー・カウントを聞きたい。そう思った。

25

風の匂いがした。

眼を開けた。ひどく眩しい。真っ白な部屋だった。ブラインドがかすかに揺れている。

「ようやくお眼醒めか」

誰かが顔を覗きこんでくる。森だった。

ベッドの上にいた。手には管が繋がっている。

「どこだ、ここは」

「病院だ。試合後に救急車で担ぎ込まれた。二日経ってる」

外は明るかった。躰を起こそうとすると血の気が引いた。

「かなりの重傷だった。右手は拳の骨折に、肩の筋も切れていた。肋骨は二本折れて、一本に罅だ。筋を繋ぐ手術はもう終わっているから安心していい。脳の出血もなかった」

「そうか」

喋ると顎が痛んだ。立花は、森の言葉を反芻した。森は足のことに触れなかったと思った。

完全に毀れたということか。

「どんな具合だ?」

「顎が痛い」

にやりと森が笑った。

「救急治療室に運ばれた途端に、おまえは暴れはじめた。仕方ないから俺が眠らせてやった」

「これは、おまえか」

「一発でおまえは白眼を剝いてた」

右手は固定されている。左手でベッドの柵を摑み、ゆっくりと躰を起こした。もう眩暈はしなかった。

「いい試合だった」

森が言った。華々しく散れたのか。記憶が蘇ってこなかった。眠りすぎたのだろう。

「おまえが眠っていた間に、いろいろ動きがあった。話してやりたいところだが、いま聞いてもわからないだろう。またにする」

「帰るのか」

「こう見えても忙しいんだ」

森がベッドから離れた。背後の棚に、ベルトが飾ってあった。

「三島か」

小僧たらしい真似をする。餞別代りに拝ませてやろうと置いていったのだろう。

「おまえのベルトだ」

森の言う意味が理解できなかった。

「わかるように言え」

「おまえが勝った。だからベルトがここにある」

ますます混乱した。

「ほんとうに覚えてないんだな」

「三島は、決め技の体勢に入ってた」

三度目の垂直落下式ブレーンバスター。覚えているのはそこまでだった。

「俺も終わりだと思った。まさか返すとはな」

「返した？」

「三島が技をかけようとした瞬間、おまえは反対に三島をブレーンバスターで返した。しかも、三島のお株を奪う垂直落下式だ」

「記憶にない」

「そういうものなのかもな。三島が油断していたわけじゃない。紙一重の差だった。一番面食らったのは三島だろう」

ブレーンバスターは、かける側もかけられる側も、まったく同じ体勢になる。相手を逆さに担ぎ上げ、そのまま一緒に背後に倒れる基本形は、若手の頃にマスターするが、頂点まで担ぎ上げた相手を、脳天から垂直に落とす変形のブレーンバスターは、三島のオリジナル技だった。

使ったことは一度もない。

それを咄嗟に、しかも無意識の状態で繰り出したのか。

「相手の必殺技で勝つ。しかも、チャンピオン相手にだ。これ以上の禁じ手はないな。台本じゃありえない」

森の言う通りだった。台本では絶対に描けない。

一度も使用したことがなく、練習でも試みたことのない技を、なぜ出せたのか。強いて言うなら、二度受けたからか。三島の技の威力を躰が覚えた。そして、意識を失う寸前、死を覚悟した。防衛本能が、半死の躰を突き動かしたのだろうか。

「執念だな。ゴングが鳴ったとき、おまえは失神していた。しかも、鼾をかいてた。脳をやったと思った。ベルトの授与式どころじゃない。焦ったもんだ」

「三島は？」

「かろうじて、自分の足で退場したが、控室でぶっ倒れて病院送りだ。もう退院したが」

「そうか」

散れなかったのか。勝利に意味はなかった。そこから先がない試合だったのだ。三島が防衛し、ジャパンの幕を下ろす。それが最良の終わり方だっただろう。

「ずっと看病してくれていたのか」

「忙しいと言ったろう。看ていたのは彼女だ。今朝来てみたら、寝ずに付きっきりだと言うから、俺が代わった。夕方にはまた来るそうだ」

試合が終わって三日目。昼前だった。今朝まで里子はここにいたのか。

「同期の寝顔なんて見るもんじゃないな」

「顎の借りは返す」

森が笑い、ドアを開けた。

「ひとつ言い忘れていたが、足はなんともない。パンクしかけていたが、靭帯も骨もいかれてない。頑丈なもんだ」

感覚のない右足を殴りながら試合をした。車椅子を覚悟していた。なにか言おうとしたが、言葉が出てこなかった。その間にドアが閉まった。

点滴が終わっていた。自分で針を抜き、立花はベッドを下りた。一瞬、激しい立ちくらみに襲われた。躰が重いのは、長い時間寝ていたからだろう。右腕は、簡単に固定されていた。脇腹はコルセットが巻かれている。額には、分厚い絆創膏だった。

病室を出て、廊下の端まで歩いてみた。点滴のなかに痛み止めの成分が入っていたのか、痛みはまったくなかった。そして、足はふつうに動く。

途中で看護師に見つかり、強引にベッドに戻された。

しばらくすると医師が来て短い診察を受けた。昼を過ぎていたが、腹は減っていなかった。

それよりも煙草が吸いたかった。

ドアがノックされた。

「入ってもよろしいですか」

伊刈が能面顔で言った。

「どうぞ」

「具合はいかがですか」

「見ての通りです」

椅子を勧めたが、伊刈は立ったまま棚の上に置かれたベルトに眼をやった。

「少しばかり現場を混乱させてもらえたらと期待していたのですが、まさか最後まで行ってしまうとは思いもしませんでした」

伊刈に乗せられたわけではなかった。意地でもない。ただ好きなようにやり、散りたかったのだ。

「はじめからスターズの計画はあったんですね」

「プロレスを再興する最後の手段でした」

悪びれず、伊刈ははっきりと言った。

業界再編を実現させるためには、ジャパンの参加は必要不可欠だった。国内最大のメジャー団体が先陣を切って解散することで、真の意味で改革は成る。しかし、新田がジャパンの代表に就けば、解散はありえない。そこでスターズ側はジャパンに伊刈を送り込んだ。オーナーにどう取り入ったのかはわからないが、新田の代表就任は先延ばしになり、会社を再建するという名目で伊刈が代表に就いた。

「あなたの役割はなんだったんですか」

「新田体制に楔を打ち込むことです」

フロントの変動は、現場にもしわ寄せをもたらした。現役チャンピオンで、新田の後を担うはずだった甲斐が退団する事態に発展したのだ。会社のダメージは計り知れなかった。

「甲斐さんが辞めたこともですか？」

「あれは想定外でした。当初の計画では、新田さんを勇退させて、甲斐さんを名実ともジャパンのトップに据えてから、スターズ計画を推進する筋書きでした。ただ、甲斐さんの退団で、計画は前倒しすることになりましたが」

スターズの顔には、はじめから甲斐を立てるつもりだったのだろう。しかし、甲斐は新田との軋轢から、ジャパンを飛び出し、自ら団体を興した。もはやそういう時代ではなかった。甲斐ほどの男でも、時勢を見誤った。勢力図を塗り替えようにも、業界そのものが衰退し、相次ぐ団体の乱立劇にファンはそっぽを向いた。

スターズが計画を前倒ししたのは、甲斐の商品価値が下がるのを危惧したからだろう。

一方、甲斐を失ったジャパンでは、新田が生き残りをかけて選手の人員整理に取りかかった。汚名はすべて伊刈が被り、晴れて新田が代表に就く。しかし、巨大資本を持つスタービールの業界参入が突如報道され、ジャパンから半数の選手を引き抜くという噂が立った。新田の子飼い選手までもが移籍候補として名前が挙がり、フロントも選手も疑心暗鬼に陥った。移籍を報じられたなかで、立花だけが解雇されたことも選手を混乱させた。

解雇されながら、フリーの立場でジャパンの巡業に出るよう要望したのは伊刈だった。あえて憎まれ役になり、潰されることで選手を一致団結させる。伊刈はそんなことを言ったが、実際は現場の混乱にさらなる拍車をかける狙いがあったのだろう。

「あなたが負けた時点で、リストラ計画をマスコミにリークする手筈になっていました」

それにより新田の統制力は揺らぐ。そして、スターズの構想を発表する。慌てて新田がリストラ組を留意しても、残る人間はいないだろう。リストラ対象外の選手も他人事ではなかった。駆逐されない側だったはずが、新田と心中することになりかねないのだ。

「最終戦に合わせて解散発表をしたのは？」

「あれは苦肉の策です。解雇した立花さんにベルトまで獲られたら、ジャパンの解散の重要度が下落しますから。それを避けるためには、最終戦そのものを無意味にするしかありませんでした」

この男にも、この男なりの信念があったのだろう。

「なぜ、最初に俺の名前が出たんですか」

「赤城会長の指示です。アメリカであなたの試合を観たことがあるそうです。異国の地で、ひとりでヒールとして闘っている姿に感銘を受けたと言われていました。森さんとのことも御存知でした。それからはずっと干されていると思われていたようですが」

伊刈が薄く笑った。

「今日はスカウトに来ました。あなたを甲斐さんに次ぐ待遇で迎えます。最高ランクだと思っていただいて結構です」

「買い被りですね」

「あれだけのファイトを見せたあなたがスターズに参戦しないのでは、ファンが納得しませんし」

「最後だと決めていたからやれた。それだけです」

「終わらせませんよ。あなたには、主役のひとりとしてプロレスを再興する義務がある」

「どうするかは、もう決めています」

束の間、眼が合った。

ブラインドが音を立てた。冷たい風が入ってくる。

「実は、甲斐さんにあなたとの契約は無理だと言われました。いまではない、と。いずれ、交わるときがくると」

先のことはわからない。この業界は特にそうだった。状況は目まぐるしく変わる。ただ、それはリングに上がっていればの話だった。

「新田さんは、意地を張るみたいですね」

寝ている間に、いろいろ動きがあったと森が言っていた。意地を張る。つまり、新田は新団体を興すということか。

「嫌いではないんですよ、あの人が。晩節を汚すことにならなければいいのですが」

それでもやる。新田の心情は手に取るようにわかった。虚仮にされたままでは終われないのだ。

「三島さんも断りました」

三島もまた意地を張るのか。頑固ではある。チャンピオンとして、巡業を妨害されたに等しいスターズのやり方を嫌悪しているのかもしれなかった。

「三島さんは、新田さんと行動を共にするのでしょうか」

「さあ」

「あなたたち三人の動向が気になるのですよ」

自分はもう下りた。森がどうするのかも関係のないことだった。

「長居してしまいました」

伊刈は最後まで立ったままだった。遠慮したのだろうが、手が届く間合いに入ろうとしなかったようにも見えた。

「私もいずれ立花さんと仕事できるような気がします。そのためにもスターズは必ず成功させます」

甲斐がいるから心配ないだろう。自分の城を捨ててまでして挑むのだ。生半可な覚悟ではないはずだった。そしてスターズの成否が業界の未来を左右することを、甲斐は誰よりも理解している。

伊刈が帰った。立花はベッドに腰掛けたままでいた。眼の前にはベルトがある。

三島も森も、新田について行くのだろうか。馬鹿げていた。現実を見ていなかった。甲斐でさえ苦戦したのだ。

スターズは、団体が乱立している業界の在り方を一新しようとしている。成功すればプロレスは再興するかもしれない。そんななかで、あえて時代に逆走するような真似をしようというのか。

煙草を我慢できなくなった。時計を見る。針はまったく進んでいなかった。帰るか。そう思った。右肩の手術は、眠っていた間に済んでいる。リハビリは抜糸をしてからだろう。肋骨は放っておくしかない。

決めると、すぐに支度をした。コスチュームは見当たらないが、スーツも革靴もあった。右肩を考慮してか、ワイシャツの代わりに緩めのTシャツが置いてある。里子が用意したのだろう。右腕を固定したままTシャツを着た。上着は肩にかけるだけにした。

荷物をまとめた。最後にベルトが残った。自分のものだという気はしないが、置いていくわけにもいかない。仕方なくバッグに入れた。

誰にも止められることなく病院を出た。金はまた払いに来ればいいだろう。

タクシーで青葉台のマンションまで帰った。インターホンを押す。返答がなかった。里子は夕方に来るという話だったが、まだ寝ているのかもしれない。

自分で鍵を開けた。空気が冷たい。寝室を覗いたが、里子の姿はなかった。三時を過ぎたところだった。行き違いになったのかもしれない。暖房をつけ、リビングのソファに座った。

煙草の封を切った。火をつける。吸い込むと眩暈がした。

テーブルの上に、スポーツ紙が重ねられていた。広げてみる。いずれも二日前の朝刊だった。

各紙一面に自分の顔が載っていた。壮絶。死闘。最後。崩壊。そんな見出しが並んでいる。

紙面をめくった。試合後のことにも触れていた。担架に乗せられて運ばれている自分の写真があった。その背後のリング上には新田がいた。ジャパンは終わらせない。新田のマイクの扱いは小さかった。新田のアピールそのものを完全に無視しているところもある。ジャパンの解散は動かないと裏を取った上での判断だろう。

試合についての記事をくわしく読むことはしなかった。

二本目の煙草に火をつけた。テーブルの上に、来年の卓上カレンダーがあった。開いてみる。当然のように、里子の字はどこにもなかった。旅はもう終わったのだ。

暖房がようやく効きはじめていた。空腹とかすかな痛みがあった。脇腹だった。しばらくは練習ができない。そう思って、なんのための練習なのかと苦笑した。

まどろんでいた。玄関のドアが開く音で眼を醒ました。まだ夕方ではない。廊下を駆けてくる足音がして、リビングのドアが勢いよく開いた。

「おう」

立ち尽くしている里子に、立花は言った。

「病院から電話があったの。消えたって」

「煙草が我慢できなくなった。ずっと居てくれてたんだな」

ゆっくりと里子が近づいてきた。手を伸ばすと、里子は膝をつき、胸に顔を寄せてきた。

「どこかに行ったのかと思った」

「俺が帰る場所はここしかないだろう」

里子は体重をかけないようにしていた。しかし、立花の足を摑む手は強い。その強さが胸を打った。

「もう起きないのかと思った」

里子の頭を撫でた。脳に異常はなかった。躰が休息を必要としていただけなのだろう。森の言う通り、呆れるほど頑丈な躰だった。

「心配かけた」

里子が顔を起こして頷く。立花はひとつ息を吐いた。

「一緒になってくれるか」

「わたしでいいの？」

「頼んでるんだ」

これからは一緒にいられる。このまま東京にいてもいいし、岐阜に越してもいい。里子の望むようにしようと思った。仕事はどうにかなるだろう。

「引退するの？」

「嫌か？」

「あなたが決めたのならいい」

「もう燃え尽きた」

里子が頷く。無理に微笑んだようにも、廃業を許したようにも見えた。

「病院に連絡しないと」

「そうだな」

里子に手伝ってもらいながら服を着替えた。

夕方になると、痛みが増してきた。耐えてみようと思った。もう痛みとは無縁の生活になる。最後だと思うと、痛みでさえ愛おしく感じた。風呂は禁じられていた。里子に躰を拭いてもらった。躰に触れようとすると、里子は拒んだが、三日目には許した。

朝は、一緒に朝食をとり、里子を仕事に送り出す。外出はしなかった。スポーツ紙も見ず、携帯電話は電源を切ったままだった。

夕方になると里子が帰宅する。二人でのんびりした時間を過ごした。里子はよく喋ったが、プロレスのことには触れなかった。

数日すると、暇を持て余すようになった。そこで年末の大掃除をはじめた。柄ではないが、躰を動かしていると落ち着いた。痛みは、日ごとに和らいでいくのがわかった。襲ってくる間隔が段々と長くなり、やがてなにも感じなくなる。

里子を抱いた夜から、シャワーを使った。立花は立っているだけでよかった。躰を洗うのから、服を着るのまで里子が世話をしてくれる。

大掃除に取り掛かったものの、さしてする場所はなかった。里子がこまめに掃除をしているのだ。暇を持て余しているのではなく、ただ躰を動かしたいだけなのだと気づいた。

廃業したにも関わらず、頭のどこかに、足の筋力が落ちないかという不安がある。そんな自分に呆れた。もう必要ない。呪文を唱えるかのように、何度も言い聞かせた。

森から連絡があったのは、病院に抜糸に行く前夜だった。

「呼び出しだ」

「そう」

里子の反応は薄かった。正月は岐阜で過ごすことになっていた。里子の両親に、一緒になる報告をしに行くのだ。里子はそのまま徳島にも行くつもりのようで、その準備で忙しくしていた。

翌日、抜糸をすませ、その足で瀬田の道場に寄った。

約束の時間を過ぎていたが、道場は無人だった。リングがあり、壁際には練習器具が整然と並べられている。なにも変わりないが、リングには薄っすらと埃が積もっていた。

足音がして奥から森が出てきた。週刊リング編集長の寺尾が一緒だった。

「勝手に退院して、山にでも籠ってたのか」

「家にいた」

森が鼻で嗤った。

「未亡人《オーナー》が解散を撤回した。解散発表は伊刈の暴走だとな。伊刈は代表解任だ」

「どういうことだ」

「新田さんの執念が実った。オーナーにも、新田さんへの気後れが多少はあったんだろう。最後は、ジャパンの名前を残したいという二人の意見が一致した」

「新田さんが代表に就くのか」

「ジャパンの所有権も新田さんが持つ。自宅と土地を担保にして、金を工面したらしい。タニマチにも頭を下げたんだろう」

「そうか」

「と言っても、残るのはジャパンの名称と、道場《ここ》くらいのもんだ。事務所は引き払うことになった」

「何人ついて行くんだ？」

「数人だな」

「三島は？」

「あいつは馬鹿だからな」

三島らしいと思った。そして、森も貧乏くじを引くつもりなのだろう。

「スターズはどうなる」

「早速動きを見せた」

寺尾が口を開いた。

「契約には基準を設ける予定だったが、ジャパンの選手は例外だそうだ。望めば、全員と契約すると発表した」

「ハードルを下げたのか」

「新田さんに選手がついて行くのを警戒してるんだろう。しかし、他団体の選手は黙っていないだろうな。全所属選手の契約はできないのを覚悟した上で、解散してスターズに参戦するんだ」

「また揉めるのか」

「足の引きずり合いにならなければいいが」

業界らしいいつもの展開になるのかもしれない。それがプロレスだと言ってしまえばそれまでだった。

立花はバッグを床に置いた。

「なんだ？」

「忘れものだ。解散しないなら必要だろう」

寺尾がバッグを開け、ベルトを取り出した。

「返上は認めん」

森が言った。

「おまえは、チャンピオンとしてタイトル戦を行なう義務がある」

「俺はもう下りた。王座保持者《タイトル・ホルダー》扱いするな」

「勝ち逃げはさせん」

ふいに寺尾が笑いはじめた。

「難しいな、同期というやつは。素直に一緒にやってくれと言えないのか」

「なんで編集長がここにいるんだ」

「俺は立会人だ」

「仕事をしろ」

「ジャパンがどうなるのか、気になってる。立花、三島、森の三人が揃うとなれば無視できない」

「あんな試合はもうできん」

「してもらっちゃ困るさ。俺の台本《ブック》に従ってもらう」

森が言った。

「おまえの?」

「俺は、マッチメイカーになった」

「フロントに入るのか?」

「デスクワークは向かん。現場監督をやる。俺がボスだ。新田さんであろうと、文句は言わせない」

おまえも降りるつもりだったのではないのか。言いかけてやめた。森は覇気に満ちていた。現役の頃のような眼をしている。

「怪我はしっかり治せ。そのかわり、復帰したら、もう休みはないと思え。仕掛け《アングル》は考えてある。おまえのタイトルは無効にする。返上じゃなく無効だ。おまえはそれに噛みつけ。あとのやり方は任せる」

「悪役《ヒール》か」

「得意なんだろう?」

「俺を使いこなせるのか」

「誰に言ってる」

　ベルトを押しつけられた。

「俺の台本は甘くないぞ。存分に憎まれろ」

「さしずめ、おまえを血祭りに上げるかな」

「やり方は任せると言った」

　リング上で向かい合っているような気分になった。意地を張ったのでも、貧乏くじを引いたのでもない。森はやる気でいる。

「おまえの目指すプロレスはなんだ」

「決まってるだろう」

　森が笑った。

「最強だ」


　仕事の帰りに、それぞれの実家への土産を買いに行くと言っていた里子が、先に帰宅していた。夕飯の準備をしている。

　立花はソファに座った。森に呼び出されたことについて、里子はなにも訊いてこない。

「肩はどうだったの?」

「明日からリハビリだ」

「そう」

「森に会って来た」

里子が灰皿を持ってきた。

「あいつらは、新田さんについて行くらしい」

「そう」

驚くかと思ったが、拍子抜けするほど里子はあっさりしたものだった。煙草に火をつけようとして、立花は箱に戻した。

「寒いな」

「ごめん、エアコンつけたばかりなの」

「風呂は？」

「入れるわよ。先に入ってて。用意してから行くから」

なにか物足らなさを感じながら、立花は腰を上げた。

湯船に浸かっていると、五分も経たず里子が入ってきた。

「もうできたのか」

「今夜は鍋なの」

かけ湯をして里子が浴槽に入ってくる。

真っ白な躰を立花は抱き寄せた。

「また傷が増えた」

抜糸した傷跡を、里子が指でなぞる。

「森の話だ」

「うん」

「俺も誘われた」

「そう」

「それだけか」

「なんて答えたの？」

「一応、ベルトは俺が持ってる」

顔に湯がかけられた。驚いて掌で拭うと、里子がいたずらっぽい顔で微笑んでいた。

「やりたいんでしょう」

「いいのか？」

「引退なんかさせないから」

どこまでやれるかはわからない。潰されてすぐに終わるかもしれない。それでも、三島と森がやると決めたのだ。付き合う意味はあるだろう。

また旅に出ることになる。

「気張ってみるか」

呟いた。悪くなかった。

中上竜志（なかがみ・りゅうし）
1978年生まれ。奈良県出身。高校卒業後、様々な職業を経て、現在は自営で住宅関係の仕事に従事。2022年、本作で第14回日経小説大賞を受賞しデビュー。

散り花

二〇二三年二月二十四日　第一刷

著者――中上竜志

発行者――國分正哉

発行――株式会社日経ＢＰ
日本経済新聞出版

発売――株式会社日経ＢＰマーケティング
〒一〇五―八三〇八　東京都港区虎ノ門四―三―一二

印刷・錦明印刷／製本・大口製本

ISBN978-4-296-11742-0　Printed in Japan